U0024907

浪臺經商
旅遊隨筆

冀家琳 著

許超雲博士　序

詩經小雅有「高山仰止，景行行止，雖不能至，心嚮往之。」這正是我拜讀冀家琳先生的「浪臺經商旅遊隨筆」的感言。

冀先生在如此耄耋高齡下，仍然記憶力佳，觀察力強，加上文筆羅輯思維清晰。閱讀本書，實為一大享受。

本書內容；涵蓋範圍廣泛；從科技，到外貿，旅遊及兩岸交流：無不涵括。尤其先生本身擅長以深入淺出的方式介紹，令人回味無窮。

書中甚多有趣的地方，如各國商人性格漫談一章；對於日本商人、美國商人、法國商人、挪威商人和印度商人之評論深刻，遣詞用字，令人讀後叫絕！

冀先生出身望族，因戰亂避走於台。辛苦經營，經商有成，平日熱心公益，關心科技發展。對本會貢獻良多，在無線電界，重為泰山北斗。

對於先生的書，只有推崇；對於先生的求知精神，懷著無比敬重；對於先生的為人謙和熱心公益，更是由衷佩服。深感讀其書，可感受其積極向上精神，可以為人生注入活力。吾輩當以此為學習典範！

推薦人

大同大學講座教授　許超雲博士

中國無線電協進會39屆理事長

前大同大學電資學院院長

李文益先生　序

冀家琳先生是我們「中國無線電協進會」的資深前輩，即將步入96歲高齡，仍然思緒清楚還可以騎乘腳踏車來會，再爬上三樓，也是目前本會理監事中年齡最高者，當然也是我們會裡很難得的「耆老」，我們都很尊敬他。冀先生於1990（民國79年）8月1日，經理監事會審查通過入會，當時是第28屆黃詠昌理事長時期，於1993（民國82年）考取業餘無線電人員執照，呼號為BV2PS，架設電台開始參加業餘無線電愛好者的陣容。我是於1985（民國74年）7月5日通過審查入會的，剛開始因為還在中央電台上班，當時有很多專案工程正在進行，對本會會務比較沒深入，等到張啟泰先生擔任理事長時期，對會務才有較深入的了解和參與；在此之前對冀先生的印象是鄉音很重，好像很多人聽不懂他在講什麼，需要經過翻譯大家才知道他的意見，後來因為會務關係我經常跟他交談，聽慣了他的鄉音也就不須翻譯了。

他曾經擔任過第31屆，張啟泰理事長時期的理事、32屆常務理事；第33屆、34屆，許超雲理事長時期的常務監事；第35屆、36屆，李明威理事長時期的常務監事；第37屆李文益理事長時期的常務監事、38屆監事等，對協進會的會務及發展皆相當關心，協進會所舉辦的活動及各種會議他都積極參與，包括理監事會議、大會、國內參訪還有兩岸學術科技交流旅遊活動等有時也會捐款。冀先生也有很多優點值得我們學習：

一、好學不倦

為了提升英文能力，他曾經進美爾敦英文學校（MILTON INSTITUTE）進修，由最基礎班開始就讀，整整歷經六年，所以他的英文程度是很紮實的，今年竟然可修改孫子申請赴美就讀的英文論文，好像日語也不錯能跟日商以日語溝通。也上淡江大學就讀完成學士學位。

二、邏輯觀念強、思維清楚、研究精神特佳

電腦中文輸入法是從1980年代發展起來的，從漢字的邏輯構造上看，漢字並無法像英文字母那樣，可以被分成少量的元素單位，從而不能進行以文字構造為基本單位的分類歸放、處理等。冀先生研究出自己的模式，發明中文電腦字根位符輸入法，並獲准申請專利15年。

三、敬業執著、學有專精

冀先生從事氣象工作歷經25年，1949（民國38年）～1973（民國62年），從最基層開始，經歷三個氣象機構，從事過氣象通信工作、氣象觀測工作、天氣預報工作，工作環境和生活機能都非常辛苦；於1959（民國48年）參加交通事業人員氣象高級技術員考試及格，取得了氣象預報員的資格，1962（民國51年），用英文寫了一篇Typhoon in Taiwan的論文，當時只供機關內部參考未對外發表，1973年（民國62年）退休後忙於私人事業，無暇再從事研究工作，至2017（民國106年）心血來潮，將原著Typhoon in Taiwan譯成中文，出版『台灣的颱風』一書深受好評，書中並蒐集了1961（民國50年）～2016（民國105年）的颱風統計資料，使本書具有1897（民國前4年）~2016（民

國105年），共120年間的颱風統計資料，用簡單明瞭的文字敘述颱風的形成、颱風的結構、颱風的季節與路徑，以及颱風預報技術的演進等作系統性的敘述，對初學氣象者應會有所幫助，對氣象研究有興趣者更可提供參考。冀先生並非氣象科班出身，能將25年寶貴的實務經驗彙整成冊提出專業報告共享專業同好，如果沒有敬業精神和執著的研究毅力是不可能達到的。

四、觀察入微

曾經有幸，多次機會與冀先生到中國大陸從事學術交流或旅遊，當地陪在遊覽車上一一介紹說明景點時，冀先生因重聽、聽不清楚，但一直往外看低頭紀錄，回來後竟然可以將路過的這些景點資訊記載的一清二楚；開會時亦同，他可以將開會內容、與會人員記載得清清楚楚，讓我感到非常驚訝。由於冀先生的這些人格特質，所以能將一生所經歷的這些寶貴資料，分類彙總出版、毫不藏私地提供與大家共享，實屬難得，不同領域的人都值得慢慢細讀，內容包含有：

1. 實用的氣象、無線電技術、中文電腦發展史，讓我們明瞭與紀錄這一代人們對這些科技的努力與追求發展的心力路程。
2. 對外貿易上，從實際體驗觀察到各國不同商人的人格特質和習慣，不同的企業管理模式，值得國際貿易從業人員參考。
3. 在旅遊篇中，可以觀察到歐、美、加、香港、新加坡、日本、中國大陸等風土人情、商業動態、交通、貿易發展遠景等分析。
4. 兩岸的學術技術交流，了解到大陸在科技上的發展狀況，值得大家深思共勉。
5. 冀先生在本書中收集了很多本協會歷年團體活動的照片，本協會同仁甚樂於在本書中刊登，作為永恆的紀念。

這些內容都是透過冀先生親身的體驗記載分析，絕非華而不實的作文內容可比，值得大家，如同上等茶葉或葡萄酒般慢慢品嘗，所以我願意推薦這本書並為之寫序。

李文益 謹誌

中國無線電協進會（台北）理事長

前中央廣播電台副總台長

2022（民國111年）11月22日

自序

這本浪臺經商旅遊隨筆，收集了作者於公元1949～1973年擔任公職時期所寫的一些文章，以及1974～2018退休後從事商業時期所寫的一些文章。

1949～1973年的文章討論的題目有；氣象方面的題目、無線電技術與中文電腦發展的歷史。

1974～1998年的文章；包括從事國際貿易與外國商人交流活動的問題、旅行香港、新加坡、日本、美國、加拿大以及歐洲的見聞。

1998～2018年，則集中在隨同中國無線電協進會與大陸交流，及在中國大陸各地旅遊的見聞。

這些在氣象、無線電技術上，以及中文電腦發展的歷史，雖然說不上什麼高深的學問，但都是實用方面的技術，和一些人們對這些科技所不知道的發展歷程，這樣亦許可明瞭與記錄這一代人們對這些科技項目努力追求發展的歷程。

在對外貿易接觸方面，從實際經驗上體察到各國商人不同的性質與習慣，這些是有關國際貿易書籍中未曾敘述過的事情，對從事國際貿易的人們，亦許有些參考價值，在這方面，我們並可以看到各國管理科學的不同，值得從事企業管理的人們，擇優選擇，除去那些華而不實，空談管理哲學的弊病。

在這本隨筆的旅遊篇中，我們可以了解日本的風景、和日本人的習性與日本公司的制度、與從業人員的態度，在『美加來去』中，除描寫了一些美國西部與東部的風景外，並對美國現在所面臨的問題加以探討。

香港與新加坡的繁榮，都是佔了地理位置的優勢，新加坡的航空與水陸交通運輸成為歐洲到東南亞的樞紐，商業依靠東南亞的腹地而興盛，香港與台灣若離開大陸廣大的貿易市場則很難發達。

本書第九章附錄；記錄了中國無線電協進會由1998～2018年與大陸各大專名校，無線電學術與技術研討會的交流紀錄，並收集了將近400篇有關無線電的技術論文，因限於篇幅，這些論文並未列入本隨筆內，僅在此表示中國無線電協進會歷任理事長努力下非凡的成就。在台灣甚少有團體或學校與中國大陸；北大、清華、北京郵電大學、傳媒大學、哈爾濱工業大學、南京東南大學、上海交通大學、合肥及成都中國科技大學、武漢大學、福建大學、廈門大學等，許多頂尖名校作學術與技術交流，這些交流活動使海峽兩岸無線電學術與技術獲益甚鉅，而中國大陸這些名校培養的無線電科技人才，在航太科技、衛星發射、行動電話4G～5G、機器人、無人飛機、人工智慧（AI）等，作出了震驚世界的成就，而我們台灣數十年來無線電專業人才顯得流落與凋零，二十一世紀無線電科技的發展可以與十九世紀工業革命比美，它重大地改變了人們生活習慣，我們能不警惕急起直追嗎？

「浪臺」一詞的來源，有點傳奇與巧合，1930年代，筆者五、六歲的時候，家中請了一位家庭老師，他是前清的秀才，教我們兄弟三人，讀書識字，清末民初，人們除姓名外，對字與號非常重視，如國父名孫文，字載之號逸仙、如先總統蔣公，名中正，字介石、胡適字適之等。這位老學究的家庭教師給我起了一個字，叫「浪臺」，我很不喜歡這個字，因為他的筆劃太多，而且不知道是什麼含義，1944年，我在北京讀書時，校長張仁侃先生，給我起了一個字，叫「希玉」，筆畫簡單，而且字義明確，我很喜歡，一直沿用到現在。

1948年，我受老師與朋友的鼓勵，由天津乘船來到臺灣，一轉眼流浪臺灣七十餘年，忽然想起老秀才給我起的字「浪臺」二字，這不是傳奇與巧合嗎？因為當時我連臺灣正確的地理位置在哪裡都不知道，故特以「浪臺經商旅遊隨筆」銘名本書，以紀念忘記了姓名的這位家庭老師，並彰顯我流浪臺灣七十幾年的事實，希望讀者讀了本書除賜予批評與指教外，並對這種傳奇與巧合能作莞爾一笑。

此外本書作者在本書中提供了將近80幅在中外各地經商旅遊時拍攝的照片，並對這些珍貴的照片加以註明其歷史淵源及特性，這些照片，除可供讀者欣賞各地風景外，也可讓讀者了解各地的歷史與人文情境，甚有參考價值。

目錄

第一章
亞太經商旅遊雜記，五十年前的亞太情況

第一節　香港泰國出差與觀光旅遊

一、香港

在台灣，我第一次出國是民國59年（公元1970年）5月，民用航空局選派了我與藺先生、李先生等三人，前往泰國、香港等地的氣象機構觀摩考察民航氣象業務，當時台灣尚未對外開放旅遊觀光，申請出國非常困難，此時，民航局局長毛瀛初先生，正準備按照政府政策，修建中正國際機場（2006年改稱桃園國際機場），他感覺到民航從業人員不可以抱殘守缺，必須要有一定的國際知識，尤其是與台灣通航的國外各國際機場的相關業務，應有所了解，故大膽的，有遠見的，一口氣指派了22人出國觀摩考察，以求了解附近各國際機場之業務優點與缺點，俾作建設國際機場之施政之參考，在這22人中；其中10人被指派分批前往琉球、日本，10人分批赴香港、泰國，2人赴新加坡。我與藺先生、李先生，被指派觀摩考察的單位是香港天文台與泰國氣象局，因為這兩個單位；一個負責香港啟德機場的民航氣象業務，一個是負責曼谷國際機場的航空氣象業務。

香港天文台（Hong Kong Observatory），簡稱H.K.O.，位於香港九龍尖沙嘴彌敦道，公元1883年由英國人Dr. William Doberck，中文名字杜柏克創建，1970年時，香港天文台的台長是英國人Mr. Gordon Jon Bell ，中文名字是鐘國棟先生，他指派中國人岑柏先生Mr. Sham Pak Patrick接待我們，第一天我們參觀了香港天文台本部，它的範圍雖較當時台灣省氣象局小，但設備新穎，除地面觀測儀器、無線電探空儀、氣象雷達外，並具有氣象衛星接收站，剛好於1969年開通WMO

的全球氣象電信系統，與日本東京交換氣象資料，1970年與曼谷交換氣象資料，地面觀測項目包括；溫度、相對濕度、最高及最低溫度、氣壓、風向、風速、雲形、需高能見度、降雨量、日照、潮汐等，作24小時觀測，天氣預報的準確率已達90%以上，遇颱風時，利用信號球來表示颱風強度，這點與台灣有所不同，但市民質疑颱風預報的準確情形，則各地相同，可見天氣預報的工作吃力不討好的性質，各地相同。

第二天，岑柏先生帶我們參觀了啟德機場的氣象台，在當時，赤鱲角機場尚未落成，它好像是設在機場塔台，觀測儀器較為新穎，都是英國製造，沒有使用日本製的氣象儀器，觀測項目與香港天文台本部的觀測項目大致相同，惟注重能見度、雲型與雲高、風向、風速與氣壓，而編製METER每小時定時天氣，SPEC、特別天氣報告，特別注重閃電、雷雨、側風等危害飛航安全的天氣、TAF，都是按照國際民航組織（ICAO）的規定，特別值得一提的是，當時香港天文台受英國殖民地的影響，主管以英國人為主，很多氣象計量單位仍採用英美制度，如雲高用呎（英呎）、溫度用華氏（Fahrenheit）、氣壓用英吋（Inch）等，後來才改用公制。

第三天，岑柏先生帶領我們前往新界大帽山，由此北望中國大陸的深圳，山路陡斜，他駕駛他的私人汽車，彎彎曲曲，走了將近一小時的車程，抵達山頂。當時那裡尚有英國駐軍在守護邊境，好在他有香港天文台的服務證，因之通行無阻，我們在山頂遙望大陸深圳一片荒涼（那時深圳尚未開發），心中起伏，感慨萬千，我那時計算，自民國三十七年（1948）離開大陸到台灣，已經二十二年，遙望故土，深感此生將無歸期，沒想到民國79年（1990）兩岸融冰，台灣開放大陸探親，世事滄桑誰能預測到未來，總之我們此行非常感謝岑柏先生的熱心接待，遊罷大帽山，我們回到富都旅館，約中午12：00左右，邀請岑柏先生午餐後，下午是我們自由活動的時間，我們坐地鐵參觀了灣仔、九龍等地區，在彌敦道的裕華國貨公司，購買了該公司委託法國製的香港紀念酒TISSINIER XO一瓶，價格美金15.00，現在已有47年的歷史，作為此行的唯一紀念品。

我於1973年由公職退休，輾轉從事過航空貨運業務四年、無線電設備整合業務、電腦安裝與維修業務數十年，於1990年（民國79年），與香港電信CSL簽約代理該公司在台灣維修國泰航空公司的CUBEC電腦系統，計有11種設備，這是一個嚴格的維修合約，叫修時3小時內到現場，3小時內修復，我率領2名工程師在香港受訓10天，這個合約維持了2年，於1992年香港電信CSL投標國泰航空電腦設備維修業務失敗，合約轉變為香港Digital，它在台灣的代理商是台灣德聚企業，不願意接收這種嚴苛的服務維修合約，一直由我的公司繼續維持合約，由1992～1995共四年，但待遇遠不及香港電信，在這前後六年間，我幾乎每年都要到一趟香港，順便旅遊香港各個景點，此時正值台灣開放到大陸探親，但尚未直航，到香港轉機赴大陸，成了台胞的常態，所以香港各旅遊景點，幾乎很多台灣人都耳熟能詳，九龍、彌敦道、香港灣仔、市郊赤柱、西貢、長州、海洋公園，處處都有我與很多台灣旅客的蹤跡，值得一題的是香港迪士尼樂園，我們全家9人是在2009年在那裡玩了三天，2個孫子及2個外孫當年都在讀幼稚園，他們對香港迪士尼樂園，幾乎到了流連忘返的情形，原因是它較日本東京的迪士尼更適合中國人的胃口。

香港賽馬，據說沙田賽馬場已有一百七十年的歷史，設備是世界頂級，但我去過二次後即不再去，原因是太擠太吵，成為一種單純的賭博，失去了觀賞馬的姿態，預測勝負的樂趣，所以我比較喜歡舊金山的賽馬場，哪裡很安靜，不甚擁擠，人們可以沉靜地選擇馬的輸贏，我初到香港旅遊的時候，因為不會講廣東話，與當地人交談須用英文，但1997年香港回歸大陸以後，國語逐漸流行與普及，較當年方便多了。

二、泰國

泰國氣象局（Thai Meteorological Department），它的組織與台灣完全不同，行政部門；包括局長辦公室與國家防災委員會，預報中心包括；國家天氣監察中心及地區天氣監測中心。1970年，我與同事到泰國作氣象技術與業務觀摩時，他門是由局長辦公室派了一位女士與男士接待我們，他們帶領我們參觀了曼谷機場的氣象中心，氣象設備與服務都屬上乘，曼谷機場因為是轉運歐洲的樞紐，航班很多，非常忙碌，國際民航組織（IATA）派有代表常駐，曼谷代表是原來台灣民航局技術處處長陳乃寧先生，我們與他相談甚歡。

次日，泰國氣象局的代表，邀請我們參觀了曼谷鄭王廟，鄭王廟在湄南河西岸，於1809年建成，供奉的是大城王朝的鄭信，最著名的景點是大乘舍利塔，塔高82米，建築的美侖美奐，它全是佛教形式，景觀優於巴黎的艾菲爾鐵塔，下午我們遊玩了中國城，那裡除了中國美食外，最驚人的是金店，整條街都是販賣金子的店鋪，陳列在櫥窗內的金飾，金光閃閃，這裡的華人大都來自廣東潮汕地區，辛苦經營數代，成了泰國的富有階級，據說唐人街的土地房產，是曼谷最昂貴的地區。

在泰國的第三天，我們由曼谷乘船前往清邁，它距離曼谷700公里，乘船約需4小時，他是泰國的第二大都市，曾經是藍納泰的首都，人口約25萬，市區清新安靜，沒有像曼谷大城市的五光十色，熱鬧吵雜，那裡有著名的街頭美食，遊罷清邁，回到曼谷已是晚上九點多鐘，次日早晨搭機返回台灣，結束了香港、泰國各四天的航空氣象技術觀摩活動與旅遊，我以後再也沒有去曼谷旅遊，到是因為商業需要，參加了多次的新加坡商務及觀光旅遊。

香港天文台格林威治標準時鐘屹立在其建築物外，數十年來都沒有變動。

第二節　新加坡參加商展與旅遊

我第一次到新加坡旅遊是1992年，我的公司於1989年開始代理日本YAESU MUSEN的無線電設備，在台灣銷售。YAESU MUSEN曾於1991年，參加台北世界貿易中心的電子展，它的總經理藤崎先生與我相談甚歡，並由我的公司派三人協助參加該次商展一週，但在此次商展中發現，該公司一位經理野心勃勃，經常與他唱反調，當時行動電話尚未問世，而業餘無線電則非常流行，不過藤崎先生已有了行動電話的樣品，他向我說明若將來在台灣銷售，市場會很好。

1992年，YAESU MUSEN在新加坡世貿展覽中心參加商展，並邀請亞洲的代理商在新加坡開會，我帶領了公司的李工程師前往參加，那次會議有20多個代理商參加，沒有想到YAEUS MUSEN竟頒發我公司1991年銷售傑出成就獎，在晚宴上藤崎先生宣布他將退休，以後由YAESU MUSEN的小老闆Mr. Jon Hasegawa負責，在那次會議中，有一位台灣的代理商，告訴我公司的職員XXX在外開公司，賣YAESU的產品，當時我並不相信，因為他是我兒子的同學，原來他不懂無線電，在我公司學習培養了三年，現在負責銷售部門，這亦許是此次參加新加坡開會與商展的商業方面的流言，當時新加坡除烏節路、牛車水、聖淘沙、世貿中心外，旅遊景點並不多。

回台灣後，該名職員提出辭職，稱要到美國留學讀書，我不得予以批准。事實上，他不但個人離開，還帶領了另外一位業務代表，與二位工程師離開公司，那年我損失將近千萬的生意，台灣的法律，所謂競業禁止行為，如同虛設，對公司無任何保障，成了公司發展的障礙，所以說青年就業28K，薪資太少，但對公司訓練後的忠誠問題，才是薪資的關鍵問題。我的公司自1978年開始營業，40年來遇到很多這樣的員工，損失難以計算，幸虧一部分好的員工支持，才使公司40年不倒，我衷心感謝這些優秀的員工，給予他們好的待遇及優厚的退休保障。

其次談到與外國公司業務來往，說實在的並無道義可言，純是利害的考慮。

像日本這家公司與我公司的職員私下來往，本是一種背信棄義的行為，但他們照做不誤，萬幸是在這期間，我認識了美國ZETRON的一位中國人朱先生，他比較有中國人從事商業的誠信原則，所以我們二十年來合作無間，每隔二年，他們就在新加坡或美國Las Vegas舉行商展，所以我成了兩地的常客，見證了新加坡發展的歷程。

1991年日本YAESU MUSEN總經理Mr. K Fujisaki參觀我的公司，我與他相談甚歡，當時YAESU的業餘無線電產品流行世界各地，2000年後他的繼任者與我們逐漸淡出，我們擺脫業餘無線電產品銷售後，作無線電系統整合工作，業務蒸蒸日上。

美國ASI公司印度籍副總經理Mr. Uden陪同我們洽商時攝影。

ZETRON公司邀影我到新加坡參觀他們的商展，我與他澳洲公司印度籍總經理Mr. Ranjan Bhagat合影。

會後ZETRON邀請我們到山上露天餐廳聚餐。

新加坡花柏山公園（Miunt Park）。

舊時新加坡和台灣一樣，保留有三輪車。

第三節　日本經商與見聞

公元一九八九年，新加坡華僑Steve稱，中國大陸深圳急需吊車、堆土機等重機械，從事道路等基礎建設，問我有沒有辦法從日本進口此等重機械設備，我當急電，日本大阪的親戚劉君，他與大阪的川崎重工業株式會社聯繫後，矚我們前往大阪洽談，我與Steve到大阪參觀了川崎重工的工廠，川崎重工歷史悠久，第二次世界大戰期間是日本重要的軍事工業設備的生產者，二戰後，成為吊車、堆土機等重機械主要製造商，我們收集了很多產品型錄，並取得報價，滿足了Steve的要求，他先回到新加坡，成立了一個叫起樓記的公司，並赴中國大陸接洽賣主，我則在大阪多留了五天，由親戚劉君帶領我遊玩了大阪市區，大阪是日本第二個大城市，地處關西地方，物價較東京便宜，街道清潔整齊，居民住所小巧玲瓏，在親戚劉君的邀請下，我由旅館搬到劉君在大阪東淀川區的住宅居住，初步體會了日本人的家庭生活狀況，劉君並帶領我參觀了京都的清水寺、金閣寺、以及平安神宮。平安神宮是祭祀日本第五十代桓武天皇的神社，京都是日本的古都，值得參觀。下午回到大阪，應劉君之邀，參加了他家所開設的大阪中華料理的晚宴，由其叔父出面招待，這間中華料理店規模很大，據說可容納二五〇人用餐，在大阪為首屈一指的中國餐廳，惜於一九九〇年代，日本泡沫經濟風暴下倒閉，非常可惜，誠所謂天有不測風雲，經濟循環非人力可挽回，此次旅行在大阪停留了一週，回到台北等待新加坡Steve有關重型機械的訂單，等了二、三個月，成了空谷足音，不了了之，生意的成敗，往往謀事在人，成事在天，運氣、機運、人際關係非常重要，尤其是在中國大陸做生意，沒有良好的人際關係休想做成生意。

時序進入了一九九〇年代，台灣的業餘無線電開始流行，在偶然的機緣下，我的公司代理了日本Yaesu Musen無線電設備在台灣經銷代理權，我幾乎每年都要到日本東京該公司開會一次，最初日本Yaesu Musen對我非常熱情招待，我與他們的總裁Mr. Sako Hasegawa、總經理Mr.Fujisaki相處甚歡，促成了我的公司於一九九一年亞洲業餘無線電的銷售冠軍，不幸一九九三年老總裁Mr.Sako Hasegawa病故，其子Jon Hasegawa接任總裁，總經理Mr. Fujisaki離職，後繼者Tomiro Ohmodo，公司名稱改為Vertex Standard，在一九九〇至一九九三年間，我藉談生意機會，遊玩了東京的新宿、銀座、日本皇宮、東京鐵塔、秋葉原以及原宿。當時英國的披頭四非常流行，沒想到日本的原宿青年一代，亦仿效英國的披頭四，五花八門，看了使人莫名其妙，他們亦許是對二十世紀文明的抗議，不過當時東京的秋葉原，倒是很好的電器產品及無線電產品的零售市場總匯，很多遊客到那裡參觀及購物，當時台北的光華商場尚未成立。

公元一九九八年集群無線電Trunk Radio System，俗稱特哥大，在台灣及中國大陸開始流行，日本Kenwood邀請我參觀他們在日本橫濱的工廠，我攜同公司的俞君前往日本橫濱，Kenwood是製造音響設備起家，但位於橫濱的無線電工廠，歷史悠久，規模很大，它生產的無線電設備，在中國大陸以「建伍」的廠牌，幾乎壟斷了當時大陸的無線電市場，後來中國大陸的HYT興起，才逐漸淡出。當時Kenwood招待我們非常熱情，有一位來自北京的孫姓職員，日語之流利，勝過很多日本人，在那裏我們認識了他們很多的高級主管及職員，參觀了無線電設備的生產程序，Kenwood贈送了我們很多無線電樣品，較Yaesu Musen慷慨大方，休息時，帶領我們乘船參觀了橫濱港，以及中國城，日本橫濱的中國城，較美國紐約與舊金山的中國城清潔整齊，生意朝氣活潑，可見中國人耐勞吃苦的精神，無論在任何國家，任何艱難困苦的環境中，都可生存下去，我們的華僑值得崇敬。

開罷Kenwood在日本橫濱舉行的會議，回台後積極準備開拓Kenwood無線電產品在台灣銷售的市場，意外發現，Kenwood的產品交貨時間需要六個月，這與台灣市場習慣交貨時間最長三個月不相符合，很難克服，而當時台北的無線電市場，業餘無線電市場已逐漸飽和，傳呼機（BB Call）正在流行，集群無線電系統（Trunk Radio System）剛開始問世，勉強在高雄賣了一套小型的Kenwood集群無線電系統，但問題很多，發生故障時，連由日本派來的工程師，都不知道如何解決，因為他們的集群無線電系統的控制單元，是荷蘭一家公司供應的，因禍得福，由於推銷集群無線電系統失敗，深切了解到無線電控制系統的重要性，傳統的無線電以及業餘無線電通信方式已成過去，新式的公共安全無線電通信系統及行動電話將成為市場主流。

公元一九九八年下半年，美國華僑桂君，介紹我認識了美國的Zetron公司，起初該公司負責遠東區的經理是位美國人，他離職後，由華僑朱先生接任，他受過良好的無線電及電子計算教育，為人正直熱心，他與我公司銷售人員以及工程人員合作良好，二、三十年來，我們在台灣賣了很多他們的系統。

最後回到日本經商的本題，時序回到一九九九年，我的公司根據美商石威公司之設計、規格、安裝了龍門核四廠的無線電通訊系統，此一工程要求甚為嚴格，製造品管、儲存、安裝、測試都有嚴格的規定，二〇〇〇年時，無線電控制派遣系統及無線電基地台、車機、手機等，都已按照規格要求及交貨時程準備就緒，設計公司要求派員到工廠實測，了解品質。日本Yaesu Musne的經辦人，有點推三阻四，使工廠實測幾乎不可能執行，後經與他們的總裁Mr. Jon Hasegawa親自交涉，才告解決。他們的工廠在日本的福島縣須賀市，就在二〇一一年三月十一日日本第一核電廠發生核災事件的附近，Yaesu的工廠人員非常合作，使廠測進行的非常順利，倒是貿易部門的行政人員，有點驕傲自滿，不甚合作，我們在那裏停留了三天，部分人員必須隨同檢查員前往美國西雅圖，進行無線電控制系統的廠測。須賀市並不大，我們在一家日本料理店，宴請了日方工廠人員及貿易部人員，次日在Yaesu東京總公司開會，我們提出了一份消防無線電的訂單，他們以總經理不在，而不能決定推諉，回台後一直得不到確認訂單的回應，只好改用美國的Motorola無線電設備，這成了我最後一次訪問日本。公元二〇〇七年，Vertex Standard被Motorola併購，產品市場流行週期，製造商與經銷商必須隨時檢討與改進。

1989年前往日本大阪經商旅遊時攝影留念。

日本Yaesu無線電設備展示會場。

日本橫濱Kenwood工廠大門，在1990年代我與這兩家公司都有業務來往，可惜Kenwood較為短暫。

第四節　日本富士山及東京自由行

緣起

2019年9月中旬，二女兒雅芸建議作一次日本旅遊，我因本年6月才從山西平遙故鄉探親旅遊歸來，本年度再無旅遊計畫，但太座同意了她的旅遊計畫，我就沒有反對的餘地。二女兒亦邀約了她的公公與婆婆，以及我們夫婦二人，組成了一個五人的迷你旅行團。我們這個旅行團其中4人都是75歲～92歲的高齡老人，她願意與我們一起旅遊，自然成了我們的領隊，由她計畫一切，亦可顯示她的旅遊能力。

我們這個五人自由行旅行團，於2019年9月24日在台北松山機場搭乘日本航空JAL96班機，前往日本東京羽田機場，這些年來我們大多數都是從桃園國際機場搭機出國，沒想到台北松山機場也修繕的美麗可觀，日本航空公司使用的班機是772型，它是雙引擎，中遠程，廣體客機，最多可以搭載旅客325人，較747型略小。這班客機搭載了九成的旅客，生意可稱良好，由台北飛往東京約3小時，我們於上午09：00出發，於12：10即到達東京，應注意日本實施夏季節約時間，比台灣快一小時；到達目的地的時間是當地時間的13：10。

在西元2000年以前，我經常到日本經商與旅遊，那時候的羽田機場顯得較為陳舊，現在卻改造的美侖美奐，用楓樹林點綴得非常華麗。

一、富士山下河口湖小鎮

2019年9月24日下午14：00，我們這個迷你旅行團由羽田機場搭乘巴士前往河口湖，約需四小時的車程，在羽田機場即有三個巴士站，巴士經由海岸線公路，經品川、八王子、都留等地，到達河口湖車站。此一車站即是火車站也是巴士總站，廣場附近有許多餐廳，用畢晚餐已是19：00左右，我們於車站等待旅館的接駁專車接我們到旅館，我們訂的旅館是在川口橋的Toyoko INN（東橫INN），到達旅館已是19：50左右，日本的旅館房間較小，房價卻很貴，不過清潔衛生等均屬上乘。

二、西湖小鎮根廠

富士山在日本山梨縣境內，它的周圍有五個湖，即河口湖、山中湖、西湖、本棲湖及精進湖。它們都是由富士山噴發而形成的堰塞湖，有幾個湖的面積很廣闊。2019年9月25日我們參觀了西湖根場，入場費每人日幣350元，那裡有幾間茅草頂的房屋，是日本古代建築物（合掌屋），還有穿和服的女子與持武士刀的男士與遊客拍攝照片，我們這個迷你旅行團的三位女士租了和服試穿，有如花蝴蝶般美豔動人，我與她們拍了很多照片，太座穿上紅色花式和服，顯得容光煥發，年輕很多，非常美麗，也許這是這次旅行最大的收穫。中午我們在一家蕎麥麵店用餐，蕎麥在中國大陸是山西省晉北的特產，沒想到蕎麥麵條在日本非常流行。

在日本餐飲標準的消費額約為日幣1200～2400元左右，大約是新台幣350～700元，較台灣的一般餐飲貴約40%～50%不等。

傍晚時，我們回到旅館略加休息，在旅館附近的餐廳，用畢晚餐後，參觀附近的小型超市，在這裡日本糕點種類花樣很多，包裝漂亮，價格不很便宜，但女士們還是忍不住買了一些，河口湖小鎮馬路不是很寬，行人道更是窄小，夜間行走應多加小心。

三、河口湖大石公園

2019年9月26日早上09：00在旅館用畢早餐後，搭乘旅館接駁專車載我們到車站，再搭乘公車前往河口湖的大石公園。

河口湖較西湖要大，周圍有20公里，是富士山五湖中最大的一個湖。大石公園群花艷麗，雖然九月份不是櫻花季節，也不是秋冬的紅葉季節，我們在河口湖自然生活館購買了一些紀念品，我買了一個印有富士山的酒瓶與兩個酒杯（稱Japanese Sake Set），以作紀念。中午到一家名為HOTO的麵館，享受富士山美食，據說這一家餐廳非常有名，遊玩富士山的旅客聞名而來者甚眾。

四、登覽車、船遊河口湖

2019年9月26日下午，我們由大石公園搭巴士出發到淺川，搭乘瞭望富士山的纜車，票價每人日幣950元，這裡的纜車顯得老舊，座位只有四、五個，不過速度很慢，感覺很安全。展望台是仰視富士山全景最佳的地方，那裏有一家叫狸子的茶屋，賣一些糯米糰與紀念品，而平台上的「天上鐘」更是吸引人拍照的地方，我們在那裏拍攝了很多照片，據說只要你虔誠的敲鐘，就會保佑情人們戀愛成功，無病消災，此外還有一個卯兔神社，據說摸一摸石雕兔子的腳，就可以獲得強壯的雙腳，摸一摸兔子的頭，就可以獲得聰明智慧。中、日兩國同文同種，迷信也是大同小異。中國的西湖有金山寺、雷峰塔，也有白蛇傳的傳奇故事，信與不信皆憑個人信仰。

遊罷富士山展望平台，我們步行到船津濱，搭乘遊船繞行河口湖一週，約花費30分鐘左右，但見青山綠水，岸邊有不少別墅型的建築物，也許是森林陽光反射的關係，有的地方湖水陳黑色狀。

乘船遊罷河口湖，已是下午16：30左右，我們搭乘公車回到河口湖車站，第三個女兒雅芳，由台北趕來加入我們旅行團，這個迷你旅行團增加為六人，更加熱鬧。晚餐時我們在車站附近的日式料理餐廳，享用生魚片等日式海鮮料理喝了不少日本啤酒，這是我們在日本旅行中最好的一家餐廳。

五、初乘日本國有鐵路JR（Japan Railways）的火車

從東京搭乘巴士到河口湖需4小時，雖然沿途可欣賞日本鄉間小鎮風景，但感覺很累。2019年9月27日我們決定搭乘JR（Japan Railways）國有鐵路火車回東京，我們於上午11：00離開了東橫INN旅館，旅館的接駁專車送我們到河口湖車站，亦即巴士的總站。我們購買了下午14：00的車票，每人票價為日幣4690元，由河口湖至新宿，因搭乘時間尚有兩、三小時，我們在車站的行李寄存處，寄存了行李，每件為日幣300元。趁著時間的空檔，我們隨性的遊逛了車站附近的大街小巷，街道不寬，有很多小店，不是餐廳就是紀念品店。來富士山旅遊的觀光客，除日本本地人外，外國人也很多，所以用英文都可以與這些小店的工作人員溝通，日本東京較台北國際化，能夠賺取較多的觀光外匯。

公元1990～2000年，這十年間，因為我的公司代理日本品牌的無線電產品在台灣銷售，那時我幾乎每年都要到日本一次，但都是在東京、橫濱、大阪、神戶等大都市打轉，沒有搭乘巴士、鐵路到日本鄉下旅遊，這次自由行是難得在日本鄉下，城市隨心所欲旅遊的機會，我們在河口湖車站附近用畢午餐後，即搭火車前往東京。

六、東京自由行

我們這個迷你六人旅行團訂的旅館是在淺草，距離新宿較遠，我們搭乘東京JR（Japanese Railways）山手線地鐵（綠色），再轉搭日本私營地鐵銀座線（橘色）到達淺草，幾乎經過了半個東京市區。日本搭乘地鐵的人很多，較為擁擠，而且沒有讓座予老人的習慣，這就是自由行的代價，沒想到我們這個迷你旅行團中的三位75歲～92歲的高齡老人，都能勝任愉快。到達淺草地區，我們在商店街的麥當勞速食

餐廳略加休息，很快找到所訂的Richmond Hotel。在日本搭乘計程車沒有像台北那麼簡單容易，滿街都是，招手即到。這家旅館在淺草的位置適中，與日本其他地方一樣房間不大，但很整齊清潔，早餐較河口湖的東橫INN的餐飲可口。

2019年9月28日上午09：00，我們在旅館用畢早餐後，於10：30在淺草的田園町搭乘紅線的露天雙層巴士，遊覽東京，我們買的是24小時使用全日通用票，票價每人日幣3500元。紅線巴士是行走於淺草・東京晴空塔路線：經丸之內三菱大樓→小傳馬町站→江戶東京博物館→東京晴空塔前→淺草花川戶→淺草田原町→上野站前→上野松阪屋百貨→秋葉原→新日本橋站→丸之內三菱大樓。我們先繞行了一圈，當日天氣晴朗，日照不算很強烈，否則太陽直射真受不了。所以建議旅客夏天白天最好不要搭乘露天雙層巴士，我們搭乘的這班巴士，外國人的遊客較多，可見東京國際化的情形，我們繞行一圈後，於上野松阪屋百貨站下車，參觀了百貨公司，用畢中餐，略加休息，再於此站上車，前往丸之內三菱大樓站，換乘藍色路線前往東京鐵塔、築地、銀座路線的露天雙層巴士。

藍線巴士是行走於東京鐵塔、築地、銀座：丸之內三菱大樓→皇居→東京塔→東京王子飯店→築地、銀座→丸之內三菱大樓。

我們先乘露天雙層巴士繞行藍色路線一圈後，於丸之內三菱大樓站下車，徒步走到東京駅（車站），此一車站的建築物有點像台灣的總統府，古歐洲式建築型態，只是正樓較矮。我們在車站前拍了一些照片，休息兼觀賞了一會，再乘坐藍色路線露天雙層巴士於銀座下車，當晚感覺銀座沒有以前熱鬧，而秋葉原的電器品街也較以前衰退，我們於銀座搭乘私營地鐵橘線回到淺草。於慢慢走回飯店的路上，在一家北海道拉麵館用餐，拉麵口味很重，有點後悔找錯餐廳。晚上我們年紀較大的老人在飯店休息，較年輕的四位女士，逛街到21：00左右才回到飯店。

2019年9月29日是我們這個迷你六人旅行團停留在日本東京的最

後一天，但飛機起飛的時間為下午18：15L，我們在飯店用畢早餐後，參觀了淺草寺。淺草寺距我們住的飯店Richmond Hotel不遠，徒步約走10分鐘左右即行到達。據說淺草寺是日本最大最古老的佛教寺廟，供奉的是聖觀音，始建於公元645年，相當於中國的唐朝貞觀年間，迄今已有1374年的歷史。有很多人在那裡參拜與抽籤，淺草寺也稱金龍山，入口處的雷門建築物很有特點，懸掛了一個大燈籠。我們在雷門與淺草寺內拍攝了很多照片，附近的商店街販售著各種古董、玩具、日式點心以及各種美食的小店，我們在那裡遊玩到13：00左右，即回到飯店，準備搭日本航空班機回台灣。

七、歸程

我們這個迷你六人旅行團，回程時只有五人三女兒因所訂的班機日程不同，尚須留在東京多住一日。我們五人雇了一部七人座的廂型車，於14：30左右離開Richmond Hotel，於15：30左右到達羽田機場，很快辦完了登機手續，在羽田機場瀏覽了免稅商店，感覺日本的物價要比台灣貴了50%左右，但仍忍不住在免稅商店買了一瓶叫瑞光的日本酒，作為紀念品。日本的消費稅（營業稅）8%比台灣高了3%，並且將於2019年10月1日要增加為10%，那麼消費者的荷包又要縮水了。

回程我們搭乘的日本航空JL99班機，準時於18：15由羽田機場起飛，回到松山機場是20：55，飛行時間豈不成了2小時40分鐘，實際上是3小時40分鐘，因與日本有一小時的夏令時差關係，我們這個迷你旅行團老人們能順利完成這次自由行旅遊，已屬難能可貴，我們在松山機場互道珍重後各自回家。

現在自由行旅遊非常盛行，它全靠藉由網路規劃行程及預訂旅館，此次二女兒所設計的旅遊路線與所訂的旅館可稱A級，使我們這些參加的成員甚感滿意，值得稱讚。

日本富士山頂之「天上鐘」，富士山日本人尊稱為聖山，敬拜有加，但他也有火山爆發的危險。

這是本富士山附近西湖的根場，這裡有幾間茅草屋頂的房屋，日人稱為「合掌屋」，他提供和服供遊客拍照。

我在根場合掌屋外，等待女士們換上和服拍照。

這裡是淺草寺的小舟町。

淺草篋印塔，高19公尺，1761年建成，內供奉九尊佛，香火鼎盛。

第二章
歐美經商旅遊觀感

第一節　美加來去

我第一次去美國是民國67年（西元1978年），當時美國有一個叫American Sign Indicator，簡稱ASI的公司，它著名的產品是UNEX廣告顯示板，所謂UNEX顯示板；是利用燈光，經由電腦控制的讀寫頭（Reader Head），來啟閉板面的洞孔，顯示各種文字與圖案，當時這種UNEX顯示板，在美國西岸從舊金山到西雅圖，以至於德州的達拉斯（Dallas），到處都有，可謂盛極一時。當時我認為它既能用電腦顯示圖案，用它來顯示中文，亦許沒有問題，因為當時中文電腦尚未問世，幾經書信往返後，AIS公司邀請我到他們公司洽談代理UNEX顯示板在台灣銷售的合約問題。

一、舊金山（San Francisco）

AIS公司位於美國華盛頓州的Spokane，我於1978年10月下旬，搭乘華航班機到舊金山，住在一個叫Villa Hotel的旅館，它是華航機組人員指定住宿的旅館，我因為有華航友人介紹，享有優待，它是一個很好的旅館，交通方便，招待親切，後來它成為我每次到舊金山習慣性投宿的旅館。

從舊金山到Spokane前後在舊金山住了4天，幸有過去同事饒君帶我遊玩了金山大橋、舊金山城區及中國城，舊金山是我國華僑最早、最多聚集的地方，在中國城仍保持著中國固有的文化和經濟活動，有的老華僑並不會講英文，亦可以在異國生存下來，可知中國人的吃苦耐勞精神，堅毅的耐力，舊金山的氣候溫和，風景優美，距離東半球較近，順理成章成了華人到美國的集散之處。

Spokane距離舊金山約1400公里，乘公路車約需17個小時，是一個不算短的旅程，這一趟旅行，使我看到了美國西部大概的情形，是坐飛機沒有辦法了解的，

美國西部多黃土小山與丘陵地帶，沒有1000公尺以上的高山峻嶺，所以農業非常發達。

訪問美國Spokane American Sign Indicator公司。

國華盛頓州、Spokane街景。

二、Spokane

Spokane位於華盛頓州的西北方，佔地約155平方公里，人口約20餘萬，承AIS介紹，我投宿於FAILS COURT SHERATION SPOKANE HOTEL，距位於Valley South Marian Street的AIS不算遠，因事前已由書信往返談妥合約內容，我很快的得到AIS代理商授權的合約，並參觀了他們的工廠，工廠約有200～300人，屬中型工廠，Spokane這個城市風景秀麗恬靜，人民友善，在美國來說是適合居住的好地方，後來因業務的關係，於1978～1990年間，曾來此三次，有一次他的經理Mr. Unddin曾帶我參觀了印第安人的保護區，該地區地廣人稀，印第安人的原始生活概況仍歷歷呈現在眼前，印證了西部電影的場景。

三、Dallas

有一次我與我公司的工程師陳先生到德州的Dallas，參觀AIS在該地最大的一處戶外UNEX廣告顯示板，在Dallas街上，我們遇到了一名白人酒鬼，他向我索取小費，當時因我沒有零錢，給了他美金五元，他高興極了，帶領我們參觀了美國總統甘迺迪遇刺的現場，使我們又怕又驚奇，臨別時他依依不捨的與我們說goodbye，亦許他與我們台灣街友相同，但衣著較整齊清潔，這個世界上各地形形色色的各類人士都有，我現在還祝福他平安快樂。

四、紐約（New York）

1985年我應朋友之邀約赴紐約參觀，搭乘中華航空公司的班機，因該次飛紐約的班機超賣，使我經濟艙的訂位重覆，幾經交涉的結果，櫃台經理給我換了頭等艙的座位，頭等艙比商務艙還要好得多，有軟臥及各種酒類供應，該次頭等艙只有三個人，一位是海地駐臺灣的大使，一位是中國時報的董事長，我這個不速之客是意想不到得來的機遇，從台灣的桃園國際機場到紐約的飛行時間約需15小時，該次班機在日本東京停留約2小時，在阿拉斯加停留約1小時，使我初次看到阿拉斯加皚皚白雪的寒帶的景物，到達紐約剛好是次晨九、十點鐘，出海關後，老友溫君已來接機，多年不見，倍感親切，我原計畫投宿旅館，他堅持邀我到他家作客。

溫君與我數十年交情，可以說患難之交，我們從民國35年（西元1944年）在太原定交，到台灣後，他對我多方相助，實在是難得的知友，他移民美國已二十餘年，夫婦倆養育了一男三女，在美國猶太人的一家皮革公司工作，在新澤西州的Avenel購置了一棟住宅，初到美國時，艱苦備嚐，現在終算有了安定的中產階級生活，我在他家住了一週，他與他的兒子John Wen，陪我遊玩了紐約時代廣場、世貿大樓、華爾街、中國城、孔子雕像、聯合國大廈，在那裡我買了一個聯合國紀念品的領帶夾，現在還珍惜它的紀念價值，我和他全家遊玩了大西洋城，初玩賭博性的吃角子老虎機器，小贏美金15元，我們品嚐了美國的龍蝦大餐，老友異國相聚，有說不盡的舊日時光，與對未來的夢想，歡樂的一週，很快就過去。

1985年摯友溫君，帶領我參觀紐約世貿大樓，不幸大樓於2001年9月11日，911事件中損毀。

紐約孔子雕像。

美國華盛頓D.C.（District of Columbia）白宮外貌。

好友陳君帶領我參觀白宮。

五、華盛頓（Washington D.C.）

我依計畫到美國首都華盛頓拜訪朋友陳君，陳君是台灣海軍官校造船系畢業，因病上尉退伍，到美國後，入麻省理工學院造船系，獲碩士學位，畢業後在美國海軍部工作，夫人臺大化工系畢業，在美國一家大藥廠工作，二人皆屬高薪階級，在台灣時，他約我到美國一起闖天下，我因結婚而失約，他堅持我到他家小住，

當時正值1985年二月份中國舊曆新年期間，我在他家與他的夫人母親、一子、一女及弟弟，共同慶祝舊曆新年，吃了年夜飯，可見中國人到了國外，無論多麼洋化，也不會忘記中國的習慣，次早他因公務繁忙無法請假，幫我找了一家華盛頓的旅行社，安排我參觀了林肯紀念堂、白宮、華盛頓紀念碑、國會山莊，次日遊玩了國家航空和航天博物館、韓戰老兵紀念碑、越戰紀念碑、二次大戰紀念碑，第二次世界大戰美國是正義之師，值得讚美與尊敬，但韓戰與越戰犧牲的青年將士，卻有些不值得，陳兄是虔誠的基督教教徒，與他談論這些，他並不感興趣，後來他退休後，成為基督教牧師，到世界各地傳教，天生人類各有各的興趣與志願，救世濟人宣傳基督耶穌上帝的福音是多麼偉大的胸懷，我不及也。

在陳兄家住了3天，請他帶我訂了一張到舊金山的機票，記得是世界航空公司，票價僅美金50元左右，他告訴我；在美國要看飛機起飛的時間，內行人可買到比火車票尚便宜的飛機票，真是經驗之談。

六、加拿大溫哥華（Vancouver）

我誠懇的感謝了陳君與他家人對我的招待，離開華盛頓直飛舊金山，準備在舊金山加拿大領事館申請加拿大入境簽證，次日到舊金山加拿大領事館申請簽證時，遭到拒絕，要我回台北的加拿大駐台領

事館辦理簽證，我對加拿大領事館簽證人員解說，我回台北簽證會浪費很多旅費與時間，那裡還有到加拿大觀光的意願，我失去了觀光加拿大的機會，而加拿大也會失去我這個觀光客的收入，簽證官是位女士，她聽了馬上給我簽證，使我從舊金山可以直接去加拿大溫哥華，在溫哥華有我的朋友武君，他是台北教會聚會所的弟兄，到達溫哥華後，我參加了他們的一次聚會，我雖是基督徒，但屬於浸信會，參加了他們的聚會，才了解在國外的教會聚會所是多麼的團結與熱心聚會，那時正值1997年香港回歸以前，很多香港人移民加拿大溫哥華的中國城，香港餐廳處處客滿，我參加了城市旅行團，參觀了北部印第安保護區，可見加拿大與美國西部相同，原來是印第安人的領土，在這裡遇見了孔子後裔孔德成先生，他是溫哥華Royal College的校長，託我在臺灣招收學生，當時小留學生非常盛行，後來我的女兒在他那裡讀了將近一年，英文突飛猛進，加拿大地廣人稀，治安較美國好，沒有黑人問題，但華人發展機會不及美國。

七、日本奇遇

由加拿大回到舊金山，在日本領事館取得了日本入境簽證，次日乘華航班機前往日本東京，在飛機上座位旁剛好是一位四、五十歲的台灣女士，陳太太（日名藤村昌子），她問我到東京幹甚麼，我說觀光，但未訂旅館，甚為擔心在東京住宿的問題，她說她住日本很久，到東京後會幫我訂旅館，在東京羽田機場下了飛機，出海關後，她的女兒與女婿來接機，她堅持要求她女婿代我訂旅館，她女婿開車找了2家旅館都告客滿，最後在新宿找到一家叫Sun Light的三星級旅館，這家旅館位於新宿鬧區及車站附近，非常方便，成了我日後來到東京經常住宿的旅館，出外旅行，遇到華人鄉親得到不少幫助，我現在還時常感念這位台灣本省籍女士的熱心相助，深深地祝福她健康快樂，全家幸福美滿。次日我在旅館登記了一家城市旅行團，參觀了日本皇宮、銀座、淺草，並欣賞了日本的藝妓表演，同團的都是西方人，只有一對伊朗的Mrs. Maryam母女，她們是伊朗的貴族不然她們不可能出國觀光，她們與我用英文交談，阿拉伯人傳統上對中國人較西方人友善，這亦許是歷史的淵源，這是我第一次到日本旅遊，直到1990年後，我代理了日本YAESU無線電以及KENWOOD無線電設備後，我幾乎每年都要去日本一趟，這是後話，我會在日本旅遊中詳細敘述，此次在日本東京待了3天，即回到台灣，此次日本旅遊，只是在美加來去中一點小插曲，書歸正傳，恢復到美加來去的本題。

八、美國西部

時序進入民國75年（1986年）左右，LED二極體的廣告顯示板及中文電腦的興起，UNEX顯示板逐漸沒落，美國AIS的UNEX廣告顯示板市場一落千丈，最後被紐約一家叫WHITE BOARD公司併購，而我恰巧於1990年代結識了美國華盛頓州Richmond的Zetron公司，該公司主要生產的公共安全通信系統，我們在台灣推廣了很多用戶，最初該公司負責亞洲區的業務是位美國籍先生，後來因為中國大陸於1990年間，開始改革開放後，擁有龐大的市場，而換成了一位中國籍的朱先生，他與我一見如故，開展了將近20餘年的緊密合作關係，在1990～2010年，我幾乎每二年都要去一次美國，陪同公司的工程師到美國受訓，或參加商展，我們活動的範圍除了華盛頓州的Redmond、西雅圖、舊金山、洛杉磯及賭城Las Vegas， 因為在Las Vegas每二年舉行一次美國無線電通信展覽，有一次與我公司的李工程師與內人，從西雅圖租車，沿著美國西海岸，一直開到洛杉磯的蒙特利公園，我們開了將近20小時的出租車，是由西雅圖到舊金山，經聖地牙哥而到達洛杉磯的蒙特利公園投宿旅館。

九、西雅圖（Seattle）

這次美國西部旅行沿途美國西岸的風光盡收眼底，這裡有山谷、平原、農場與小鎮，我們在一小鎮的酒店，品嚐了美國的牛排大餐，麥當勞漢堡與可樂，當時麥當勞尚未在台灣流行，沿途著名景點有西雅圖的波音工廠，波音公司成立於1916年，迄今已有八、九十年的歷史，是世界最大的商用飛機製造廠，參觀者需要購票，我們參觀了引擎專區、機身材料專區、機內裝潢專區、停機坪，當時正流行的機種是Boeing 747，最後一站是禮品店，在此處我們看到美國航空工業的驚人潛力，是世界各國無法與之競爭的，其次是西雅圖的港區，遊艇與帆船使我們大開眼界。

十、舊金山

舊金山市是中國人最喜歡旅遊及移民的地方，此處氣候溫和，我們參觀了金門大橋、市政廳、漁人碼頭，那裡的食物應有盡有，種類繁多，使人可以大快朵頤，並在那裡看到許多街頭畫家，在舊金山我最喜歡的是賽馬，因為那裡的馬場，沒有像香港那樣擁擠，而且賽馬場的座位使人看的賽馬比賽情形非常清楚，不需透過電視螢幕，所以我每次到舊金山都要參觀一次賽馬。

西雅圖Argosy遊船。

洛杉磯會舊日同事韋君，他是考取第一屆中山獎學金的留英學人，當時服務於洛杉磯市政府公路局，他說台灣公速公路，綠底白字路標是他建議設立的。

舊金山市府大廈。

十一、洛杉磯（Los Angles）

洛杉磯最著名的景點是環球影城，它位於洛杉磯郊區，依山傍水，景色宜人，它興起於第一次世界大戰後，1908年在這裡拍攝第一部故事片；『基督山恩仇記』後來拍攝很多膾炙人口的電影，到了1928年，這裡聚集了派拉蒙等8大電影公司，到了1940年代，是美國電影的鼎盛時期，美國電影流行於全世界，在這裡我們參觀了很多影片製作的景點，尤其是侏羅紀公園，奇異生動，緊張的畫面，非常領人入勝，我們領略了電影製片投資之巨大，聲光效果畫面非常考究，難怪它成了18世紀與19世紀美國重要的外匯收入。

十二、聖地牙哥（San Diego）

聖地牙哥（San Diego），它是美國加州南部沿太平洋的一個港口城市，這裡氣候溫和，是美國人渡假勝地，居民以西班牙裔與墨西哥人居多，良港天成，有美國海軍基地在此，我們在一家墨西哥餐廳用餐與歇足，走馬看花，經過市區未及深遊，起身前往蒙特利公園（Monterey Park）已是傍晚。

十三、蒙特利公園（Monterey Park）

蒙特利公園（Monterey Park），是1990年代台灣移民美國聚落最多的地方，那裡人口約3～4萬人，亞裔佔了2/3，我們到達該市已是晚間12：00左右，好不容易在一家香港人經營的旅館，訂到兩間房間，次日舊日同事曾君來訪，蒙特利公園的華人移民較美國其他城市中國城的華人移民水準較高，大都為中產階級的知識份子，但有的成功，有的失敗，各憑本事，各靠機運，友人王君，移民美國不會講英文，但他中文口才很好，在美國成為基督教的中文牧師，因為他能動員中國移民的華人教友，成為美國參眾兩院議員選舉時爭相拉攏的對象，後來他成了紐約華埠著名紳士，再談一位移民美國失敗的例子，提醒計畫移民美國的人們，值得警惕，吾友饒君；1970年代原係馬來西亞華僑學生，在台大唸書，兄長在聯合國作事，有時僑匯不濟，我因同鄉關係，常常幫助他，畢業後，他在臺灣從事貿易業務出口水管接頭到歐洲，賺了不少錢，我從公職退休後，曾擔任他的英文秘書，1980年左右，他舉家移民美國，帶去幾十萬美金與美國人合作，在加州投資了一家觀光飯店，不到三年落得血本無歸，因為觀光飯店投資很大，非有三、五年不會收支平衡，沒有銀行支持只有破產一途，結果饒君因合約關係，被合夥人併吞，此次在蒙特利偶然相遇，他成了每日去賭城拉斯維加斯（Las Vegas）消磨時光的流浪客。

十四、拉斯維加斯（Las Vegas）

很多在蒙特利的華人，每日搭乘觀光巴士前往賭城拉斯維加斯（Las Vegas），不需要車資，中午在賭城旅館還供應一餐可口的自助餐，為的是招攬賭客，所以很多華裔在賭城拉斯維加斯（Las Vegas）玩吃角子老虎，小贏後即行罷手，日積月累，成了習慣，成了生活的一部份，這樣消磨移民失敗的人生，我與他們交談後，既感慨又警惕，誠所謂人生無常，世道常循環，我在賭城拉斯維加斯（Las Vegas）目的是參加美國兩年一度的無線電通信展覽會，聯絡廠商，吸取一些新的無線電技術，偶然在賭場小賭，只是逢場作戲，小贏小輸後，即行罷手，玩賭場切記不要貪心，有的人在那裏傾家蕩產，不可不戒。

2-1-9B：拉斯維加斯（Las Vegas）

十五、旅行美加感想

（1）西元1900年～2000年代，我曾來去美加多次，去了一次東部的紐約、新澤西、華盛頓，其餘都是在美國西部打轉，沒有機會去美國的中部及南部，是為遺憾，美國西部；由於歷史淵源，早期聚集了很多築路華工，建築鐵路，開採金礦，對美國經濟建設貢獻很大，可惜在篳路藍縷，餐風露宿的工作環境下，由於過去美國排華的政策，使得這些早期華裔移民得不到應有的尊敬，這些歷史痕跡，我們可從舊金山與洛杉磯等地的中國城可領會得到。

（2）第二次大戰後的中國移民，大多為中產階級的知識份子，學術成就，社會地位都較以前提高，但華僑融入美國社會並非容易，有的成功，有的失敗，這從很多年後，移民美國的人又有很多人回台定居的情形可以得到啟示，我的摯友溫君，算是到美國移民成功的一例，但兒子娶西班牙人，三個女兒嫁猶太人或美國人，他說到第三代以後，他的家屬都不知道他們來自中國何處，數典忘祖，甚為可悲。

（3）但留美學生為中國帶來了文明進步，大陸的海歸派，臺灣的留美學人，分別在大陸或在台灣促進社會的進步，得到了較高的社會地位。

（4）在地理位置上、氣候上，中國人喜歡美國西部，亦許為美國東部氣候較冷的關係，1990年代，因中國前十幾年內戰頻傳，促使很多人移民美加，但比較起來在美國要比加拿大有較多的發展機會。

（5）美國的隱憂；黑人問題、槍械問題，社會財富分配不均問題，經濟循環問題，隨時隨地都在侵蝕美國的社會治安，民主選舉沒有久任的總統與各部會官員，朝秦暮楚，政策隨選舉而改變，選舉隨民粹而進行，所以美國成了無耐心、無永恆事非的民族，而且每遇經濟循環，牽一髮動全球，美國在全球龍頭的地位，隨時隨地都在影響世界。

（6）第二次大戰後，韓戰、越戰；在戰場上美國都沒有佔到便宜，但1990年代；蘇俄解體、東歐解放，事實證明，美國的民主政治，資本主義經濟戰勝了蘇聯的共產主義。

（7）21世紀，西方的民主政治、資本主義經濟、全球化自由貿易，在面對中國改革開放後的中國特色的社會主義、經濟與政治制度，誰是誰非，需要長期的驗證，才能論斷。希望18世紀拿破崙的寓言「睡獅猛醒，震撼世界」預言成真。

第二節　挪威等申根國家經商旅遊雜記

說實在的我到世界各地旅遊，除到中國大陸旅遊外，皆未參加旅行團作有系統的旅遊，亦非背包客參加自由行隨心所欲的自主式旅遊，而是為了商業活動附帶型的隨意旅行，西元2000年至2016年，我的公司因安裝高雄港的船舶交通管理系統（Vessel Traffic Management System）簡稱VTS而結識了法國的Sofrelog公司，他的總裁Mr. Roy曾二次邀請我到巴黎參訪他的公司，並作旅遊，我皆因為公司業務繁忙而婉拒。

2005年我的公司代理挪威的Jotron公司在台灣銷售航空頻段的無線電，Jotron邀請全世界的代理商，在挪威通斯堡（Tonsberg）開研討會並參觀該公司的工廠，這樣我便與國瑞前往參加，因挪威Norway在北歐，屬於申根國家（Schengen　Countries），只要拿到申根簽證即可到歐洲26個國家旅行無阻，我們是在臺北的丹麥文經辦事處取得申根簽證，我們於2005年6月4日，搭乘國泰航空公司經香港、德國的法蘭克福（Frankfurt）而到達挪威首都奧斯陸（Oslo），再乘火車抵達通斯堡（Tonesberg），Jotron接待人員Miss Grostad接待我們住進了Riga Hotel，在那裏我們住了四天，出席的代理商有來自馬來西亞、新加坡、韓國、荷蘭、美國等地二、三十人，當然我們與新加坡的代理商較容易溝通，通斯堡是挪威古老的城市，19世紀中葉以捕捉鯨魚發達起來，現有造船、造紙、皮革、啤酒等工廠，晝長夜短，晚上八、九點鐘還有太陽，白天我們除開會外，Jotron還招待我們旅遊了通斯堡的郊區，在通斯堡的地標一個小丘上，我們全體人員約六十人攝影留念，登山健行活動，處處在表現體力，挪威位於北歐，土地有如黃土高原，地廣人稀，氣候寒冷，氣溫約在-2℃～2℃，長年積雪，農產不豐，但漁業興盛，鮭魚、鱈魚、鯨魚常常出口到世界各地，電子科學與無線電科技並非其尖端科技，但因其航空頻段無線電為北大西洋公約（North Atlantic Treat Organization）簡稱NATO所採用，所以在世界市場佔有一席之地，可是與德國Rohode & Schwarz簡稱R&S及英國的Park Air System簡稱PAE競爭，則較為困難，它的產品在遠東的新加坡、韓國以及中國大陸還有些市場，我們在通斯堡待了四天，Jotron於2005年6月7日在一山間俱樂部招待我們參加惜別晚宴，這個晚宴的集會真是別開生面，與會人員都穿上挪威古代漁獵時候的麻布服裝，吃的是烤羊腿、烤魚等，大口吃肉，大量飲酒，完全表現出挪威古代漁人的豪放氣質，以及現在因北海發現石油的富足生活。

挪威Jotron接待我們的Miss Grostad

挪威乘船處

第三節　法國巴黎旅遊觀感與商業活動

2005年6月8日我們由通斯堡乘火車到奧斯陸，再乘巴士到飛機場，搭乘法航班機到法國巴黎，意外的是Sofrelog總裁Mr. Roy接到我們的電話後，來到巴黎機場接機，他請我們在巴黎機場餐廳用畢中餐後，送我們到市區的Comfortable Inn住宿，這是一個小而精緻的旅社，離市區較近，旅遊巴黎甚為方便，次日Mr. Roy接我們到他的公司Sofrelog公司，簽訂了在臺灣的VTS維修合約，帶我們參觀了他的公司，SOFRELOG是屬於法國的中小型公司，公司員工五、六十人，但大都為軟體工程師，部分是法國海軍退伍的軍官，他們對VTS系統非常專精，所以連法國最著名的公司THOMOSON－CSE後改名為THALES，軟體方面亦需要他們支援，Mr. Roy非常熱情，不同於其他法國人驕傲冷酷，他請我們在巴黎一家有名的海鮮餐廳用晚餐，並開車帶我們參觀了巴黎夜景，走馬看花，雖然巴黎夜景紅燈酒綠，但我們並沒有停下來留戀其中，回到Comfortale Inn已是夜間十時左右，根據Mr. Roy的建議我們遷移到一個叫Mon Reve Amadeus Hotel，它離巴黎鐵塔較近；便於遊覽巴黎名勝古蹟，2005年9月6日在旅館早餐後，我們乘地鐵參觀了奧賽博物館（Musee d'Orsay），該館位於塞納河左岸，羅浮宮的斜對面，收藏了18世紀與19世紀初的繪畫、雕塑、家具和攝影作品，其中以米勒、梵谷、畢卡索的畫最為有名，可惜我們不是藝術家或畫家，只是走馬看花，在湊熱鬧，我們在博物館的走廊用畢中餐，即前往巴黎鐵塔，亦稱為艾菲爾鐵塔（La Tour Eiffel），它位於戰神廣場，塔高276.1米，是巴黎的地標，一樓、二樓設有餐廳，我們參觀了三樓觀景台，票價11歐元，在紀念品店我們購買了一張巴黎鐵塔全景圖留作紀念，它的建築樣式、結構都比東京鐵塔美觀，不愧為世界著名的建築物，建築師艾菲爾Eiffel也因巴黎鐵塔的設計與興建而聞名全球。

艾菲爾鐵塔離香榭大道不遠，我們於香榭大道的露天餐廳用畢晚餐，即乘4號地鐵回到旅館。

2005年6月10日我們依計畫參觀巴黎的羅浮宮博物館（Muse'e Du Louver），該館設於塞納河的右岸，與奧賽博物館相對，它原是法國的皇宮，昨天因時間關係未能及時參訪，今天參觀真是大開眼界，它收藏了古埃及、希臘、義大利、埃特魯西亞（Etruria）、 羅馬及東方各國的藝術品，多達四十萬件，故成為世界最著名的世界藝術宮殿，最著名的是仕女、勇士、戰馬的雕像，這些雕像有的來自拿破崙征服羅馬後取得，有的來自亞歷山大帝，這些雕像赤裸的表現了男人與女人身體各部份，與我們中國對男女等人體繪畫含蓄的表示大相逕庭，這顯示了東西文化的不同，在那裡我們沒看到來自中國的藝術品，我們在羅浮宮的餐廳用畢中餐，出羅浮宮後有點迷路，而無意中參觀了拉法葉百貨公司，這個百貨公司很大，但它在下午五點即行打烊，與我們台灣、中國、日本的百貨公司晚上6～9點鐘是最熱鬧生意最好的時候不同，參觀過拉法葉百貨公司後，我們在塞納河坐上遊船，並在船上進行晚餐，後來從香榭大道步行到凱旋門，累了即在道旁的露天咖啡休息，當時巴黎治安頗好，沒有現在的恐怖攻擊或詐欺勒索，所以我們才敢安步當車，漫遊於巴黎的香榭大道。

我們於2005年6月11日乘坐法國航空公司的班機到香港，巴黎法航櫃台小姐對我這個老人很是優待，她給我安排了第一排間隔較寬廣而旁邊又是一個空位，使我有睡覺的空間，很舒服的完成此次為時一週的歐洲旅行，於香港改乘國泰班機回到台灣，迄今思之仍感謝挪威Jotron公司的Miss Grostad，她的介紹我們認識了她公司許多各部門的負責人及新加坡分公司的負責人及職員，成為我們以後拜訪新加坡可靠的朋友，其次是法國Sofrolog公司總裁Mr.Roy，他是一位厚道誠懇的法國人，與他初識時，他聽了部下的謊言，不相信我們公司能完成KAHB VTS等7個子系統的合約，當KAHB VTS系統完工圓滿驗收後，我與他同時獲得業主的感謝狀，他才相信了我們公司的能力，以及對其公司的協助與支援，所以此次巴黎之行，不但順利簽到4年維修代理合約，他還在巴黎熱情招待我們二天，可惜後來他的公司被德國一家很大的國防公司ALTLAS併購，但是我現在尚在懷念這位法國的生意夥伴。

法國巴黎凱旋門雄貌。

法國巴黎塞納河畔。

第三章
各國商人性格漫談

第一節　日本商人的性格

有人說日本人是工匠性格，所謂工匠性格是凡事求精求好，其次是禮貌周到的紳士性格，見面與分別時九十度鞠躬，拜訪客戶帶些小禮物，這些都是表面文章，日本商人精於計算，微利必爭，談生意後必上酒家買醉，這亦許是武士道、藝妓等，所遺留下來的習慣與其他商人有所不同。

日本的社會結構，有人說它是由學閥、財閥、浪人與警察組成的社會結構。據說非帝國大學畢業，無法充任政府機關及大商社的處長級以上的職位，一般老百姓能進入大商社工作，即感覺非常榮幸。

在全國各地有很多組群的社會組織，稱XX組。實際上這些都是浪人組織，很多社會糾紛都要靠他們出面協調解決，警察很有權威，但對這些浪人組織無能為力，有時還要靠他們維持社會治安。由於日本人比較守秩序，注重清潔衛生，社會治安良好，教育普及，致工業基礎、製造業技術、科技研究水準等都很進步，但有點驕傲自滿，訂貨後要到他們供廠作驗貨測試，完全不將買主放在心上。

此外日本公司的職員採終身制，因之逐漸養成了官僚的體制，各單位各自為政，並常常有以下犯上的情事發生，與這些大商社經商交往，經辦人成了最具權威的人士，頂頭上司遇事不大干涉。所以與這些大商社貿易來往，應處處與經辦人搞好關係。

日本規模較小的工廠商社，因為英文人才有限，大都不願意作國際貿易等跨國生意，如有需要，常常委託較大的商社辦理。

日本人最喜歡用本國產品，外國產品品質雖好，也不願意採用。

所以外國產品除農、漁業產品外，外銷日本非常困難，所以從事貿易業者，應特別注意這一特殊情況的日本市場。

第二節　美國商人的性格

美國商人優越感較強，守法，注重合約，沒有討價還價的習慣，但缺少耐性，所以很多公司略有虧損，即被併購，這種情形在商業競爭中成了優勝劣敗的通例，併購的目的亦可能是為了反托拉斯的漏洞，美國是一個資本主義非常發達的國家，很多商業習慣、管理方法、會計制度，值得借鑑，有的公司與美國公司交往二、三十年經歷四、五個公司有被併購情形，併購後，大公司吃掉小公司，小公司一切業務制度，甚至客戶，都不存在，值得警惕。美國人因為生活水準較高，薪資標準變得也很高，不適於從事勞力密集的輕工業發展，適於高科技產業的發展，這樣就形成日常用品依賴發展中國家生產進口的情形，致國際貿易對中國發生急遽的貿易逆差，這種情形一旦形成，想要改變非常困難，這是美國目前經濟與國際貿易的課題，也是世界各國及地區產業分工的自然現象。

1980年代，台灣因人工成本較低，出口鞋類、紡織品到美國賺了不少外匯，這裡有一個與美國公司貿易糾紛的案例，值得參考：

住在台南市的林君是筆者的同學與好友，1975年至1985年間，經營了一家貿易公司，輸出鞋類與日常用品到美國，營業情形非常好。有一天，突然驚慌失色的對筆者說，他的公司輸出了兩個40呎的貨櫃運動鞋到美國紐約的一家由猶太人經營的公司，開狀銀行稱收貨人拒付貨款，要求退貨，因貨物有瑕疵，若不想被退貨，可按L／C全額50%付款，接收這些瑕疵貨品，這樣一來，他將損失美金約十萬元左右，與我相商如何處理。我告訴他美國是一個法制較嚴格的國家，假若你的出口貨的瑕疵品過多，那就沒有挽救的方法，認賠了事。假若你公司在台灣的工廠驗貨時，認為品質無問題，即可依下列步驟解決：

1. 在紐約委託一家著名的公證公司驗貨。

2. 驗貨後補送瑕疵品數量。

3. 聘請一美國律師通知收貨人按L／C全額付款，否則索賠全部L／C貨款外，並要求支付所有額外一切之費用。

後來經公證公司驗貨結果，只有不到1%的瑕疵品，經請工廠補正後，紐約的收貨人乖乖的按L／C全額付款，結束了這一場貿易糾紛。

實際上，各種貿易糾紛千變萬化，這只是其中一個案例，值得從事國際貿易業者參考。

第三節　法國商人的性格

法國人很聰明，作生意想賺他們的錢很困難，即使合約訂妥，遇到對他們不利的情形，還想反悔，如果心存禮讓，他們會得寸進尺，所以堅持合約立場，成了必要的手段。

他們唯利是圖，沒有中國人的感恩圖報、禮讓的觀念，下面這個範例，值得與法國人從事貿易者參考。

2000年法國有一家公司（暫稱為S公司）欲在台灣參加一個政府公開標案，價值約新台幣一億伍仟萬元左右，但其標案規定，外國公司在台灣無合法登記之分公司者，需找一合格之台灣代理商，始能參加投標，它找到台灣的K公司為其代理商，簽約後，並經公證，法國S公司為主包商，承攬合約55%的工程項目，台灣代理商承攬合約45%的工程項目。因法國S公司並不了解台灣政府的公開標案的投標程序，經台灣代理商協助其完成投標文件，並在三家國際公司競爭中獲得標案。

得標後，主包商法國S公司開始反悔，毫不感謝台灣代理商對其獲得標案的所作協助，假借台灣代理商規模與設備不足，業主將不會滿意，要求解約，並請了律師與台灣代理商協商。

此時，初步工程設計規劃書按投標合約規定已送交業主，出乎意料之外，台灣代理商45%的工程項目，設計規劃書經業主全部通過，而主包商法國公司的設計規劃書，很多部份未被業主通過，原因是法國主包商請的英文、法文翻譯人員，是法國在台協會的中國籍雇員，沒有投標工程所列項目的專業知識，於是律師告知法國主包商，如果解約，應賠償台灣代理商的損失，其金額將大於法國公司收回全部工程項目自做的利潤，而且一時恐無法找到合乎資格的代理商，而遭業主質疑其主包商的履約能力，法國公司很現實，聽了律師的分析，只好誠懇的履行合約。

此一案例，旨在提醒國人，與外國商人所簽訂的合約，必須仔細的認真審查，因外文合約文字，往往非普通英文，必須詳加研究而後簽約，始可立於不敗之地。

第四節　挪威商人與印度商人的性格

一、挪威商人的性格

挪威商人很刻板，很注重他們國內的習慣，任何交易都有一定的標準程序，與其他各國的習慣不同，不注重人與人之間的人際關係，價格沒有彈性，生性輕鬆懶散，商業文件往往拖上好幾天才回覆，但因他們是依靠航海起家，氣象、航海設備頗為發達，近來由於北海石油的開發，國民生活水準提高，商業活動逐漸進步。但挪威不強調個人主義，注重集體共識，重視生活品質，不太計較生意得失，提倡慢工出細活，很多公司經常利用休假集體運動的方式紓解工作壓力，所以在生意交往中，不會因利潤與意見不同，爭論的面紅耳赤，只是隨遇而安。了解了挪威人的個性，很容易與他們作商業來往，在國際貿易交易中，他們不習慣利用開立L/C信用狀，習慣用T/T或DP，這對初次與他們交易的人是一種冒險，因為雙方信用互不了解，久了則習慣成自然，很少有貿易糾紛發生。

二、印度商人的性格

印度的商業模式大都為零售的小商店，或家庭式的小商店，採用傳統的交易方式，過去因為種姓制度，階級分明，工人的工作精神與積極性不佳，由於這種關係印度商人很小氣，討價還價成了商業談判必經過程，沒有不二價的習慣，今天談好的價格，明天還要再殺價，往往弄得啼笑皆非。

印度商人生性推拖，想要與他簽訂商業合約，常常拖泥帶水，與你慢慢的磨，所以與印度商人作生意，要有耐心與毅力，否則很難成交。

不過近年來印度設施經濟改革、市場開放，以及教育改進後訓練出大批受過良好教育的青年，成為軟體及金融技術人員的輸出國，工、商業進步神速，商人性格逐漸改進，國際貿易來往的國家不斷增加，成為較中國後第二個進步較快的發展中國家。

第四章
海峽兩岸無線電技術交流研討會記要

第一節　長江三峽旅遊及海峽兩岸電機／電力論壇紀要

一、緣起

2001年筆者很榮幸被中國電機工程學會理事長張俊彥先生聘任為海峽兩岸電機學術發展促進委員會委員，但我一直找不到對岸聯絡的窗口，筆者當時是中國無線電協進會（台灣）的常務理事，幸該協會張理事長啟泰先生找到中國電機工程學會（北京），願於2005年10月12日～13日在湖北宜昌召開海峽兩岸電機／電力產業論壇，當時中國電機工程學會理事長已換為梁志堅先生，我們於2005年10月6日在台北市復興南路一段390號7樓中國電機工程學會會議室召開了行前準備會議，決定組團於2005年10月11日出發前往宜昌參加第一屆海峽兩岸電機／電力論壇，梁理事長原來是台灣電力公司總工程師退休，是台灣電機／電力的專家與前輩，故報名參加人員大多為台電的工程師及退休人員，以及資訊工業策進會，工研院、中鼎及中華工程顧問公司的工程師等，中國無線電協進會則有張理事長啟泰先生，郭理事振光先生及筆者三人參加，為了旅途有所照應，臨時小女以祕書身分隨同參訪，我們一行人共十七人。

二、旅途

我們於2005年10月11日早晨08：35搭乘國泰航空公司CX401次班機飛往香港，轉乘11：35中國國際航空公司CZ3076次班機前往武漢，因當時兩岸尚未直航，必須由香港中轉，由香港到武漢飛行時間1小時45分鐘，我們於2005年10月11日13：20到達武漢天河機場，因我們住宿與開會的地點在宜昌國際大酒店，所以我們用畢午餐後即順便參觀了黃鶴樓，黃鶴樓位於武昌蛇山之巔，建於三國時吳黃武二年（公元223年），迄今已有一千多年的歷史，樓高九丈2尺，加銅頂7尺，總高度為九丈9尺，1884年毀於大火，新的黃鶴樓於1985年落成，地址位於長江大橋旁，共五層，主樓49公尺，飛簷翹角，為中國名樓之一，歷代詩人墨客均有頌題，其中尤以唐李白詩名滿天下「故人西辭黃鶴樓，煙花三月下揚州，孤帆遠影碧空盡，惟見長江天際流」。

我們順便參觀了歸元寺，王昭君的故鄉，屈原、楚霸王廟，過漢江橋抵達漢陽，經張之洞氏創設之漢陽兵工廠及長江大橋，該橋為6線道，雙軌鐵路，為中國著名橋梁之一。參觀了首義園、中山艦，參觀中山艦時，才知中山艦是日本製造，到達宜昌國際大酒店時已是傍晚，宜昌國際大酒店位於沿江大道127號，走出旅館大門即面對寬闊的長江，長江沿岸燈光美妙，江中漁船燈火像點點星光，閃爍在遠方，我們曾散步江邊，不知不覺已是午夜十二點了，趕快回到酒店就寢，準備次日一早參加會議。

三、海峽兩岸電機／電力論壇概述

（一）主旨

1. 促進兩岸電機工程界學術交流
2. 為兩岸電機工程界專家、技術人員提供學術交流平台
3. 加強合作，促進兩岸電機／電力產業的不斷發展

（二）時間：2005年10月11日至13日

主席：周信孝先生－中國電力科學研究院院士、中國電機工程學會學術工作委員會總工程師兼主任

會議主持人：李若梅女士－中國電機工程學會常務秘書長

（三）會議地點：宜昌市宜昌國際大酒店3樓國宴會廳

四、兩岸論壇主旨報告

（一）三峽工程建設與三峽電廠運行管理－關傑林；三峽水力發電廠副總工程師

（二）台灣電力產業與技術之現況與未來發展－台灣大同大學電機系教授陳斌魁先生

（三）中國大陸電力發電發展現狀與趨勢－郭劍波；中國電力研究院副院長兼總工程師

（四）台灣電機產業現況與未來發展－嚴萬璋；工業技術研究院經資中心機電運輸研究組副組長

（五）中國大陸電力發展現狀與趨勢－趙潔女士；中國電力工程顧問集團公司副總經理

五、晚宴

晚宴由中國電機工程學會學術工作委員會，中國長江電力股份有限公司招待，地點；宜昌國際大酒店二樓多功能廳

六、長江三峽工程概述

（一）三峽工程是世界最大的水利樞紐工程

（二）壩址：位於宜昌市之三斗坪，西陵峽

（三）開發目的：防洪、發電、養殖、旅遊觀光

（四）主要工程：攔河大壩、水電站及船閘等三大部分

1. 攔河大壩：長2309米（meter），高185米，正常蓄水位175米，總庫容量為393億立方米，防洪庫221,5億立方米，可有效攔截

長江上游洪水，極大的提高了長江中下游防洪能力。

2. 水電站：共安裝26台機組，單機容量70萬千瓦，總裝機容量1820萬千瓦，年發電量847億千瓦時。

3. 船閘：大壩建有雙線五級船閘和一線一級升船機，可通過萬噸級的船隊，大壩上游水位提高80米（汛期）至110米（枯水期），改善川江航道600公里，使現有的船運能量1000萬噸提高至5000萬噸。

4. 工程資金：總投資954.6億元（人民幣）

5. 移民：113萬人

（五）施工經過：

1. 1994年12月14日開工～1997年11月8日大江截流成功

2. 1998年進入第二期工程

3. 2002年11月6日導流明渠順利截流

4. 2003年6月1日三峽工程下閘蓄水

5. 2003年6月16日三峽工程五級船閘正式通船

6. 2006年5月20日全面竣工

（六）中國電機工程學會（台灣）旅行團參觀路徑，我們旅行團17人，由中國電機工程學會學術工作委員會等主辦單位領導，沿三峽工程專用公路經西陵長江大橋參觀了攔河大壩，我們在185米高，2309米長的攔河大壩，壩頂觀景台瀏覽長江三峽工程全區，甚感長江水天一色，工程浩大，人定勝天，在此壩頂會自我感覺甚為渺小。

船閘；船閘位於潭子嶺，升船機啟動，巨型輪船緩緩由導流明渠航行駛往重慶。

水電站；三峽水電站，坐落於洩洪壩兩側，共安裝有26台水輪發電機組，左岸廠房14台，右岸廠房12台，水輪機為混流式機組，單機額訂容量70萬千瓦，此外並建有地下備用機組6台，總容量420萬千瓦，準備以後擴充利用，我們因時間關係僅參觀了左岸發電機組，洩洪壩景觀區，右岸電站及截流紀念公園。

中央控制室；位於左岸發電機組附近，內設計算機監控系統，計有下列設備：

1. 14套水輪發電機組
2. 500KV開關站設備
3. 10KV廠用電系統
4. 0.4KW廠用電系統
5. 公用系統；包括PA系統（Public Address）、廣播系統及無線電緊急通信系統等
6. 大壩洩洪設備；此等監控系統，係由法國ALSTO公司提供，該計算機監控系統係根據ABB公司的Advants系統開發和製造，因筆者代理美國的SCADA系統，對這些系統略知一些皮毛，所以與主持人周孝行院士相談甚為融洽，當筆者回到台灣後，還來函問候，這亦許是此次兩岸電機／電力產業論壇的些許成果。

七、

於2005年10月13日參觀罷長江三峽工程後，循原三峽工程專用公路回到宜昌準備參加答謝主辦單位的晚宴，不過值得一提的是這條公路，雖僅28.6公里長，但包括了34座橋梁、5座隧道、最長的隧道「木魚槽隧道」長3610米，工程亦頗可觀。

八、

中國電機工程學會（台灣）梁志堅理事長，主持了台灣代表答謝主辦單位中國電機工程學會學術工作委員會，及協辦單位中國長江電力股份有限公司的答謝晚宴，梁志堅理事長原為台灣電力公司總工程

師，是電機／電力的專家，滿口湖南話，在湖北宜昌倍感鄉音親切，故賓主盡歡。

九、荊州古城

2005年10月14日我們旅行團一行十七人，於早晨07：50由宜昌國際大酒店出發經漢宜高速公路，搭乘中巴參觀了荊州古城，荊州古城座落在江陵縣境內，是中國保存完好的古城之一，距今已有2000多年的歷史，三國演義劉備借荊州一幕甚為感人。荊州古城分為三層，外邊是水城，中間是磚城，裡面是土城，易守難攻，戰略地位甚為重要，三國時荊州成為蜀漢與東吳始終未能解決的外交事件，導致關羽在荊州覆亡，敗走麥城，而被東吳殺害的慘痛歷史，荊州距宜昌約95公里一個小時多的車程，但感覺荊州古城城牆並不太大，它沒有像西安城牆的雄偉，平遙古城的完善，其所以著名亦許是由於上述三國歷史的原因，我們在荊州燕居樓用畢午餐，經湛江回到武漢。

十、武漢水利大學與防雷設備

2005年10月15日我們旅行團一行17人，應解教授之約參觀了武漢水利大學，武漢大學規模甚大，據說有師生七萬人之多，當時已有台灣留學該大學的學生與我們相會，他們對該校一切教育設施甚為滿意，同時我們並參觀了解教授的防雷設備實驗室，並與他的經銷商愛勞公司做了一次會談，當時有該公司駐加拿大的經理參加會議，據說外銷成績甚為良好，但因種種關係，這麼良好的產品在台灣始終是打不開市場。

十一、蘇州之旅

我們旅行團一行十七人，於2005年10月15日下午由武漢搭乘中巴，經東湖風景區上高速公路到蘇州，住相城春申旅館，2005年10月16日早餐後08：30經西門橋進入蘇州城區，參觀了留園，留園與拙政園，網市園，獅子林為蘇州四大名園，可惜因時間關係，此次只能參觀留園未能參訪其他名園，留園在蘇州昌門外留園路，始建於明天順四年（公元1460年），清嘉慶年間歸劉容峰氏所有故稱劉園，清光緒二年又歸盛旭人氏所有，改稱留園，全園分為四部份，中部是「寒碧山莊」為全園精華區，布局以假山水池為中心，環以山石樓閣，貫以長廊小橋，明潔清幽，不虧為江南名園。

其次我們參訪了盤門，盤門為武子胥所建，有所謂盤門風景甲蘇州之稱，並參觀了虎丘山雲岩寺塔，亦稱虎丘塔，按虎丘山為為吳王夫差葬父處。

因下葬三日有白虎出現，故名虎丘山，當時我們住宿吳宮喜來登酒店，因在蘇州只停留一天，故其他名園及著名的寒山寺都沒有時間遊歷，好在這些地方過去已曾經參觀過。值得一提的是當時蘇州工人平均收入是人民幣1675元，是屬中國高所得的地方，蘇州相城的地價為人民幣2500元每平方公尺，很多人很想買一間陋屋作養老處所，以實現所謂上有天堂，下有蘇杭的俗諺。

十二、上海之旅與南僑交直流變電站

2005年10月17日早晨07：30由蘇州出發經張浦，春陽港，昆山等地前往上海，參訪南僑交直流變電站，這亦是接待單位中國電機工程學會為我們特別安排的參訪項目，機會難得，該站位於上海市奉賢縣鄔橋鄉，距上海市中心約40公里，佔地318.8畝，由直流換流站與交流換流站兩部份組成，直流是由宜昌葛洲壩水電站至上海直流線路終端，容量為120萬千瓦，交流站輸電線路遠至徐州和淮南（安徽南部）變電容量為225萬千瓦，全部總容量為363萬千瓦，是華東電網中最重要的樞紐變電站，該站於1988年5月完成，現在由上海超高壓輸變電公司營運管理，我們很榮幸能於參觀過長江三峽工程後並參觀此偉大的輸電工程。

參觀罷南橋交直流變電站後，我們旅行團一行十七人乘中巴經劍橋進入上海市區，經金海路住皇冠假日酒店（Crown Holiday Inn）。

2005年10月18日我們旅行團一行參觀了愛法新村、楊高中路、楊浦大橋，中午在華能聯合大廈用餐，這些地方都是我們過去來上海旅遊時未曾到過的地方，值得一提的是本日溫度甚高，高達25℃～28℃，為上海10月份天氣所未曾有的記錄。

2005年10月19日為團員的自由活動日，有的團員到南京路百貨公司購物，我與小女則照往例遊歷了城隍廟、外灘及東方明珠廣播電視塔，記得上次來上海時，東方明珠廣播電視塔剛剛建好，參觀的人潮擁擠，一票難求，需要購黃牛票才有機會入場參觀，此次參觀的人雖然不少，但已無當初盛況。

十三、歸途

2005年10月20日我們旅行團一行17人搭乘國泰航空公司CX510班機，由上海飛抵香港，無須轉機乘原來飛機空中巴士340-300型於下午16：35回到桃園國際機場，結束了此次平安而愉快的十天旅遊與參觀活動。

參考資料

1. 第一屆海峽兩岸電機／電力產業論壇會議文件
2. 旅遊指南

這是長江三峽洩洪壩閘門的起重機，據說他是太鋼產品。

我在三峽攔河大壩觀景台攝影留念，從這裡可以瀏覽三峽工程全區。

前排左六為周信孝先生，中國電力科學院院士；前排左七為台電前總工程師梁志堅先生。

第二節　武夷山旅遊訪晉商遺跡

一、組團經過

二〇一四六月間，設在台北的中國無線電協進會，應福建省無線電管理協會之邀，從事海峽兩岸無線電技術交流活動，筆者既為該會常務監事，乃報名參加，本旅行團共由三十人組成，團長為理事長許超雲博士及榮譽理事長張啟泰先生，其他團員及眷屬皆一時之選，我們於二〇一四年七月二十四日上午十一點二十五分搭乘廈門航空MF-888次班機，由桃園國際機場起飛，飛行時間一小時三十分鐘，於十二時五十五分到達廈門，在廈門寶發幸福海景酒店午餐後，眷屬們赴廈門市區旅遊，理監事及顧問等則在酒店禮堂召開無線電技術交流及無線電頻率管制及干擾防制等問題的討論，會場情緒熱烈，會場主持人除福建省無線電管理協會主任委員盧增榮先生及該協會成員外，尚有中國無線電協會副事長朱三保先生所率領的三位委員，以及工信部無線電管理局的官員由北京趕到會場開會，使會場生色不淺，盛況空前，交流會花費了三個小時的時間，會後應該協會晚宴，賓主盡歡，晚宴後，我們一行三十人的旅行團，於當晚八時三十分左右，搭乘遊覽車抵達廈門機場，準備搭乘廈門航空於當晚九時起飛的MF-8081次班機前往武夷山，不意該次班機因天氣關係延誤了將近二小時，於夜晚十一時始行起飛，飛行時間一小時十五分鐘，到了武夷山已經是夜間十二時十五分左右，天氣果然不佳，正在下大雨，到了武夷山無線電監理站的招待所，已是凌晨一點左右。

二、武夷山旅遊偶然發現晉商遺跡

二〇一四七月二十五日，我們於七時三十分在招待所用畢早餐，招待所其實是福建無線電管理委員會所屬的訓練中心，早餐採自助式，稀飯、饅頭樣樣俱全，與台灣相似，早餐後約八時三十分，我們乘遊覽車到武夷山的天遊峰，九曲溪，延九曲溪到水月亭、興寓、茶洞等景點，武夷山盛產茶葉，其茗茶大紅袍可沖泡九次之多，延九曲溪兩岸，都是銷售茶葉的小店，在下梅我們參觀了鎮國廟，在鎮國廟旁我無意中發現了一個「晉商茶館的建築物」，其建築物為三進式院落，磚雕石刻、頗為考究，現已荒廢，相傳為清乾隆嘉慶年間的建築，山西距我國東南部的武夷山約三、四千公里，在那時候無公路汽車、無鐵路火車、無飛機的情形下，從山西到武夷山約需二、三個月，可知晉商活動的毅力和活動範圍是當時一般商人所不能相比的，建築物門上的橫批「晉商茶館」，楹聯「武夷茶香飄四海，晉商精神揚五湖」，實為寫實的描述。晉中商幫在清朝乾隆道光年間，以票號，茶葉，生銅等貿易壟斷了全中國的市場，而茶葉一項係出口到蒙古、俄羅斯等地，但山西不產茶葉，故杭州的龍井，雲南的普洱及磚茶，武夷山的大紅袍都成了晉商採購出口的對象，太谷常家，即依靠出口茶葉致富。

書歸正傳，我們旅行團一行三十人，於二〇一四年七月二十五日中餐後，我們六人一組分乘竹筏，瀏覽了九曲溪，繞著奇形怪狀的岩石山灣而行，來到了仿宋古藝術建築的武夷宮，及武夷精舍，它是我國宋代理學泰斗朱熹傳道講學的地方，朱熹所著「朱子治家格言」流傳全中國，留芳後世，成了家喻戶曉的人物，我們在精舍前及他雕像前攝影留念。

晚餐後，旅行團安排觀賞了象徵大紅袍茶葉、採茶製造過程的表演，票價人民幣二佰七十二元合台幣一三五〇元，最初感覺太貴，但表演一開始，頓時大開眼界，他們利用了燈光對者四週的小山，表演了各式各樣的採茶場景，按武夷山的大紅袍茶葉，因為茶樹萌發時，在日光照射下，從遠處望去，艷紅似火，茶樹彷彿披著紅色的袍子，故而稱為大紅袍，導演張藝謀靈感動得很快，動員三、四百人，利用各種燈光表演了各式採茶場景及茶館風範，三六〇度旋轉的看台，使觀眾可以瀏覽四面八方的場景，確實使人驚艷與嘆息，一場表演約有觀眾一千餘人，而且場場客滿，收入非常可觀，這種場景在台灣是看不到的，即在世界其他地方亦是少有，就是當時天氣太熱了，我與一位團員買了一把團扇，驅熱扇風並做紀念，這場秀實在令人難忘。

二〇一四年七月二十六日，我們一行旅遊團遊覽了虎嘯岩的天成禪院，語兒泉，定命椅，賓曦洞，法雨懸河，不浪舟，集雲關，普門兒等所謂武夷八景，及伏羲洞，軍岩洞及風洞所稱武夷三洞，而最奇特的是兩山距離最近的一線天，竹筏穿過時使人提心吊膽，驚嘆天地間造物之奇妙。

午餐後我們參觀了「下梅古村落」，位於武夷山東南十二公里處，古民居分列於長九〇〇公尺的當溪兩旁，古街，古井，古碼頭，古建築，古居民，古集市，純樸的民情風俗，構成典型的南方水鄉風貌，在那裏我買了一個竹製筆筒，作為此行之紀念品，這裡並建有武夷山博物館，陳列及記述了四十公尺至一〇〇公尺以下的植物生植狀態，可惜我們都不是植物學專家，無法深刻了解。

二〇一四年七月二十七日，早餐後我們於早晨七時搭乘遊覽車前往泰寧，沿途經仙店，麻沙，營口，下沙，邵武，界前，和平等地，其中值得一提是邵武，它是道教太極宗師張善豐的故里，可惜因時間關係未得一遊，從武夷山向西南方走，坐遊覽車約需二小時的車程，我們於上午十時左右到達了泰寧勝景，上清溪，上清溪有上清仙境之稱，我們每六人分乘一部竹筏，順流而下，竹筏筏行於山巒疊嶂的岩石翠峰之間，灣多，灘急，山重水復，別有天地，相傳上清溪峽谷係六五〇〇萬年前形成的生態峽谷，故山石奇特，引人入勝，可惜日照強烈，炎熱難檔，幸同筏的兩位女士借我防曬油塗抹臉部，非常謝謝她們，否則遊罷上清溪定會臉部脫皮，七、八月初，福建省較台灣的溫度約高攝氏一度或二度，所以最好旅遊季節應在九、十月間。

下午我們遊覽了大金湖，欣賞了水上佛國的千姿百態，值得一提的是甘露岩寺，它有點像山西恆山的懸空寺，建於半山之間，海拔高度約四〇〇公尺。

遊罷上清溪我們來到了泰寧古城，參觀了明朝天后年間（1621～1627年）兵部尚書，李春樺四世一品的尚書第，夜宿松竹灣大酒店，四星級旅館，在泰寧古城屬於上乘的旅店。

二〇一四年七月二十八日，在酒店用完早餐後，前往泰寧車站，搭乘D2321號和諧號高速列車前往廈門，閩北多石山及溪水，從前修築鐵路困難重重，現在鐵路、公路四通八達，交通甚為方便，這班列車是從江西南昌開出經廈門直達廣東深圳，泰寧是閩西北大站，經將落，三明，尤溪，永泰，泉州等地直達廈門，高鐵每小時車速一九〇到一九六公里之間，平穩舒適，永泰以上多為山地，雖然海拔只在三、四百公尺之間沒有什麼高山峻嶺，但人煙較閩南稀少，火車過了永泰，地貌多為平原土山，人口漸密，泉州以下山川秀麗，平原水田錯落，列車到達廈門時已是下午十二時五十四分，我們在一處海鮮餐廳用餐，餐後搭乘遊覽車直往廈門觀音山，高山奇機場，搭乘廈門航空MF881班機，直飛台北松山機場，飛行時間一小時三十分鐘，於下午六時四十五分平安回到台北，結束了這一次愉快及難忘的旅遊。

意想不到，距離山西三、四千公里的福建武夷山下梅小鎮，竟有一「晉商茶館」，楹聯書『武夷茶香飄四海，晉商精神揚五湖』。

武夷精舍，有我國宋朝理學泰斗朱熹的雕像。

第三節　福州旅遊及福建省十四屆科學年會記要

緣起

2014年9月初，中國無線電協進會理事長許超雲博士，邀請筆者參加於2014年9月16日在福州舉行的智慧城市論談，我第一次聽到智慧城市（Smart City）一辭是在2008年，記得當年IBM公司，為推廣電腦市場而提出所謂智慧地球（Smart Earth）來作推廣活動，但後來由於電腦科技、網路科技、有線電、無線電科技、廣播、電視科技、閉路電視、道路交通號誌系統等迅速發展的結果，因而建立一個信息化、現代化摩登都市，以改善市民生活環境的需求，不斷推陳出新，因而IBM的智慧地球（Smart Earth）因目標與範圍過大，雖然達成了擴大電腦市場的效果，但對智慧地球的目標來說，仍有相當距離，可是由智慧地球一辭所引伸出來的智慧城市，卻發展迅速，據聞僅中國大陸就有500多個城市正邁向智慧城市建設，筆者剛好在臺灣從事消防及防救災通信系統的設計銷售及安裝工作，參加此種智慧城市論談亦許會得到很多這方面新的知識，乃欣然報名參加，中國無線電協進會參加這次論談的人數並不算多，除許超雲理事長外，計有理事許賓鄉先生、李德偉先生、秘書長羅聰明先生、本人及冀國瑞，此外還有大同大學湯政仁教授，共7人，為紀念這次難得的論談及福州旅遊，簡要的寫了這篇紀要，作為2014年旅遊的點輟。

一、旅途

我們這個小旅行團一行七人，於2014年9月9日11：25在桃園國際機場搭乘廈門航空MF880班機，直飛福州長樂機場，於12：50即行到達，飛行時間1小時25分，接待單位是福建省通信行業協會，住福州市西環北路62號梅峰賓館，接待單位準備了7間五星級套房給每位團員，雖然我們是自費旅行，但他們的盛情難卻，原來論談題目是「智慧城市論談」，到達旅館時才知道這次會談的總題目是「福建省十四屆科學年會」，智慧城市論談，只是總論談題目的一部份。

二、福建省十四屆科學年會記要

（一）主辦單位：福建省通信學會、中國無線電協進會（台灣）

協辦單位：福建省通信行業協會、福建省互聯網協會、福建省郵電規劃設計學院

時間與地點：2014年9月16日，福州市四環北路62號梅峰賓館10樓會議廳

（二）主講人：

1. 開幕詞：福建省通信管理局局長楊錦炎先生、中國無線電協進會理事長許超雲博士
2. 主持人：朱斌教授（女）、福建大學創新與發展研究中心主任（博士生導師）
3. 主講人：

A. 劉多（女士）電信研究院副院長

a. 題目：落實寬帶中國戰略，促進寬帶城市建設和發展

b. 內容摘要：

（1）無處不在的網路，無處不在的計算

（2）Broad Band Commission

（3）在發展中國家，40%的家庭在使用寬頻網路

（4）2015年，全球互聯網普及率將達60%

（5）21世紀寬頻網路為創新能力競爭基礎

（6）光進銅縮，光纖網路將為國家通信骨幹，頻寬4mbps～20mbps

（7）寬帶中國，地圖建設工程

（8）2014年8M以上用戶，成為寬帶中國模範城市

（9）光纖寬帶，可用下載率2.7～4.03mbps

（10）光纖寬帶：中國14%、發達國家29%

（11）綜合多種手段：無線城市、智慧城市、寬帶城市

B. 李林教授（男）新加坡新電子系統（顧問）有限公司首席顧問

a. 題目：智慧城市建設思略

b. 內容摘要：

（1）新加坡經驗與啟示

（2）新加坡城鎮建設規劃

（3）新加坡建設案例（數字東勝）－內蒙古，鄂爾多斯，東勝區，五年內完成數字城市建設的案例，系統工程由李林教授主持設計

（4）習近平：沒有信息化，就沒有現代國家發展與進步

（5）國家信息惠民示範城市

（6）2006～2020國家信息化發展戰略、建設城市級多種型式的數據與大網路平台

（7）1980～1990國家電腦化

（8）2001～2010信息與資源整合應用集成

（9）2005～2015智慧國計劃實現、國家經濟創新

（10）新加坡智慧安全系統

（11）綜合所有的交通信息

（12）社區服務；＊美化公共居住環境＊維護社會安全環境＊一把手協調政府各部門統一規劃

C. 湯XX博士（男）大同大學智慧電網控制中心主持人

題目：智慧電網加值服務

（1）智慧電網（Smart Grid）是一種現代化的輸電網路，利用資訊與通信科技，以數位或類比信號偵查予以收集供應端電力供應情況，與使用端的電力使用情況，再利用

這些資訊來調整電力生產與輸配，或調整家電或企業用戶的耗電量，以達到節約能源、降低耗損、增強電網可靠性的目的。如在電量低的時候，給電池充電，高峰時，反過來給電網提供電能。

（2）智慧型電表基礎建設（Advanced Metering Infrastructure簡稱AMI），用於記錄系統所有電能的流動，通過智慧型電表（Smart Meter）隨時監測電力使用情況。

（3）智慧型電網包括超導傳輸線以減少電能的傳輸耗損，並且有整合新能源的功能，如風能、太陽能等。在電能需求高峰時，使用端可關閉一些非必要的用電裝置來降低需求。

（4）其他發展方向：包括電網之故障偵測、判斷、自動試送電等。

（5）智慧型電網之進步歷程：

（5-1）由人工在地監測，傳統性

（5-2）遙控、遙測

（5-3）自動判斷，調整控制

（6）優點：

（6-1）可使電力分配適當，減少浪費。

（6-2）減少電能傳輸耗損。

（6-3）RG232/422/485串列通信等工業通信方式，使之了解自己的用電情況。

（6-4）防止竊電。

註：以上所有講演題目及內容為筆者聽講時筆記，錯誤之處在所難免，正確的文字記錄應依原講演者文稿為主。

三、旅遊；招待單位：福建省閩台交流中心

1. 參觀林則徐紀念館：地址：福州市鼓樓區澳門路16號　時間：2014年9月9日
   （1）林則徐出身清寒
   （2）家教：不妄與一事、不妄取一錢
   （3）父林化雨，因揭露福建按察使貪贓枉法而發配新疆
   （4）1816～1819出任江西，雲南鄉試，杜絕舞弊，嚴格選拔
   （5）道光10年出任廣州欽差大臣，嚴格禁煙而引起鴉片戰爭
2. 參觀林覺民故居：地址：福州市通渠路　時間：2014年9月10日
   （1）林覺民：七十二烈士之一
   （2）驚句：苟利國家生死以，豈因禍福必避之
   （3）孫文提書：立修齊志，存忠孝心，浩氣長存
3. 參訪三坊七巷：所謂三坊七巷是歷代名人故居，里坊制度的典範，總面積127公頃，其格局始於晉，形成於唐末，至明清時發展鼎盛
   （1）三坊：即衣錦坊、文儒坊、光祿坊
      a. 衣錦防景點：水榭戲台、戲台隔水聽戲，引人入勝
      b. 文儒坊：明嘉靖年間，兵部尚書張經居此，故稱尚書坊，著名景點：清光緒年間，文儒公約碑
      c. 光祿坊：舊名闢山坊，後因北宋時光祿卿程師孟，吟詩光祿吟台，因而改光祿坊
   （2）七巷：包括楊橋巷、黃巷、塔巷、郎官巷、吉庇巷、安民巷、宮巷，其名稱有的因地理位置，有的因名人故居而得名，各有各的特色，不勝枚舉
   （3）訪紫藤書屋：
      a. 冰心父謝葆璋
      b. 冰心與福州

c. 冰心作品：繁星、春水、寄小讀者、小橋燈、八閩之子

（4）參觀耕讀書院：

a. 嚴復故居

b. 嚴復：1854～1921

c. 嚴復就讀福州／天津船政學堂，天津船政學堂－葉世珪，

d. 嚴復留學英國譯「天演論」

（5）參觀天后宮建寧會館

（6）參觀福建民俗博物館包括a.承啟堂b.二梅書屋c.敦福堂

（7）2014年9月11日，我們參觀了馬尾港，馬尾原來是一個小漁村，清末因要發展海軍關係而逐漸發展成為良港，環境清靜，山青水秀，水深為福建第一良港

a. 春帆樓：1895年4月17日中法戰爭後馬關條約簽字地

b. 船政衙門：曾為左宗棠、胡光墉、沈葆楨辦公處所

c. 求是堂：介紹天津水師學堂、江南水師學堂、嚴復讀書受教育或教學的地方

d. 紀念性物品：有詹天佑留美時使用的打字機，張鵬蕭使用過的溫度計

e. 高魯：留英，1905年曾任中央觀測台台長

f. 馬尾中國船政博物館，陳列著晚清至民國的各式軍艦，在1980年代可以完全不用洋人自行製造與駕駛小型軍艦，造船的技術工人僅馬尾一地，佔全中國的約30%。光緒（10年）1884年，馬尾爆發了中法海戰，不幸被法海軍擊毀旗艦－揚威號，砲艇－伏波號，停戰後除少數艦艇外，大都能予以修復，可見馬尾造船廠技術頗有精進。

g. 馬尾的海軍軍官學校，訓練出很多海軍名將，諸如薩鎮水、陳紹寬等馬尾海軍派系，直至中華民國海軍撤退到台灣方自消失。

h. 馬尾船政博物館陳列各期船艦，使我們目不暇歇，自飽眼福，可惜我們不是造船專家，亦非海軍駕駛，只是走馬看

花，瀏覽這些歷史遺跡罷了，但我相信歷史正在循環，中國現在正在由弱轉強，和平的崛起，無人能檔，這是猜不透想不到的人類歷史自然循環，無法阻擋，無法逃避，只有理性的面對它，順著循環發展，才能找到和平安樂的人生。

四、歸途

我們一行7人小型的旅行團於2014年11月11日向主人告別，與新加坡的李林教授告別，搭乘廈門航空MF883號班次由福州長樂機場起飛，於19：45回到台北松山機場，結束了這次愉快、緊湊、短暫的二岸技術交流與旅行。

五、感想

1. 中國大陸正在雄心勃勃的發展網路通信，以期城市互聯網普及率達到40%～60%的家庭使用寬頻網路。
2. 光進銅縮，通信及網路線路改用光纖，逐漸淘汰銅線與同軸電纜。
3. 新加坡政府一直在鼓勵其公營通信機構向海外發展，新加坡電信、新加坡科技，以及此次李林教授所代表的新加坡電子系統（顧問）有限公司，一直在中國大陸提倡新加坡經驗，國家電腦化信息與資源整合應用集成，智慧國計畫實現，國家經濟創新。
4. 我們臺灣性質上與新加坡類似，天然資源不很豐富，但地理條件甚為優越，專技人才不輸新加坡，可是我們的公營事業只知道閉關自守，盡量在國內發展與中小企業爭利，而不去發展或開發國外市場，賺取外匯，吸收世界最新、最進步的技術，進而發展國際友誼。
5. 福州是大陸距離台灣最近的省會中心城市，與台灣歷史淵源非常深厚，現在是大陸海上絲綢之路啟航地，臺灣的年輕一代，應將其列為交往與發展方向之一，不應閉關自守，坐失良機。

第四節　2016海峽兩岸「互聯網+」應用論壇及福建旅遊記要

一、緣起

中國無線電協進會於2016年5月上旬接到福建省通信協會邀請函，要求在福建省福州市共同承辦2016海峽兩岸互聯網+應用交流論壇，中國無線電協進會報名參加的人有許超雲理事長等15人，我們一行十五人在許理事長及李文益副理事長領導下，於2016年6月14日11：25L搭乘廈門航空MF880次班機，從桃園機場起飛，於12：50L抵達福州長樂機場，飛行時間1小時25分，飛行途中甚為順利，在機上匆匆用畢中餐，不久即行到達長樂機場，從機場到市中心我們預訂住宿的旅館西湖賓館，約一小時的車程，相當於臺北市到桃園機場的路程，這條路上看到高速公路交叉縱橫，這是我第六次來福建，第三次來福州，其他三次是到廈門、武夷山、閩北、閩南等地，感覺中國大陸的機場鐵公路等基礎建設，不斷在進步，與十幾年前大不相同。

接待我們住宿的西湖賓館，在福州市中心華林路11號，佔地八十畝，有客房400多餘間，具有1500個座位的國際會議中心，並可容納1000多人中西餐廳，是福州市最著名的旅館及會展中心，據說該旅館曾接待過英國女王等世界名人，晚餐在該賓館的一樓茉莉廳舉行，自助餐頗豐盛，檔次與臺北的圓山飯店相等，可見接待單位對這次論壇交流相當重視。

二、會議過程

2016年6月15日上午是主題演講，議程主持人為福建省通信學會理事長陳榮民先生，開幕詞由福建省科學技術協會副主席史賦先生、中國無線電協進會理事長許超雲先生及福建省通信管理局局長張麗娟女士分別主持，（事實上這個互聯網+應用論壇是2016海峽科技專家論壇的一個分會場）我方中國無線電協進會主講者為顧問鄧添來先生「物聯網與頻譜」，理事許賓鄉先生「智能穿戴與無線電通信在大健康的養老」，二位主講者理論與實際應用並重，甚獲聽眾好評，掌聲不斷。

大陸方面主講者為福建省互聯網經濟促進會會長兼福建省電信資深總裁段建祥先生，「以大數據運營扎實推進互聯網+」及網龍網路公司執行董事暨行政總裁劉路遠先生「虛擬現實（VR）教育新科技」，從這些講題中，可以看出中國正在向最新的電腦技術與網路技術發展，其實大數據並非大數據或大容量，而是任何有價值或可實用的電腦統計數據都可稱為大數據，而互聯網+（Internet Plus）是將互聯網連接各行各業以求創新發展，而虛擬現實（Virtual Reality）亦稱虛擬環境，最初多應用在電腦遊戲上，現在正向教育訓練與軍演模擬上發展，科技發展的歷程，往往亦是無心插柳，柳成蔭。

2016年6月15日下午為課題研討兩岸專家發言交流，議程主持人由福建省通信學會秘書長陳星耀先生及中國無線電協進會（本會）副理事長李文益先生主持，會議內容甚為精采活潑，本會葉蔚明教授，所講的「大數據的前景分析」全部使用英文，除理論外，更表現了我方對英文的語文能力，很是難得，總之2016年6月15日下午議程內容豐富，各專家皆有所長，茲列表如下，以展顯此次交流的成果：

課題研討 時間：6月15日下午14：00～17：40福建會堂4號福州廳		
時間	內容	演講人
14:00～14:10	介紹議程及參會企業、發言專家、交流／對接議題	福建省通信學會秘書長陳星耀及中國無線電協進會（臺灣）副理事長 李文益
課題研討（每位專家發言15分鐘、提問交流10分鐘）		

課題研討 時間：6月15日下午14：00～17：40福建會堂4號福州廳		
時間	內容	演講人
14:00～14:35	互聯網+智慧衆包	一品威客創業投資有限公司CEO黃國華
14:35～15:00	智慧家居控制模式與互聯網之互助	珈偉光伏照明公司（臺灣）總裁特助華康科技產品管理協理劉忠祺
15:00～15:25	互聯網+醫療的探索與實戰	智業互聯（廈門）健康科技有限公司總經理侯浩天
15:25～15:50	大數據的前景分析	中國無線電協進會（臺灣）理事 台藝大廣電系副教授葉蔚明
15:50～16:15	互聯網+社交	廈門美團網科技有限公司數據架構平台總監洪小軍
16:15～16:40	020大數據時代	
16:40～17:05	運營商大數據應用發展初探	福建富士通信息軟件有限公司副總經理 呂少鵬
17:05～17:30	臺灣澎湖島設置智慧電網示範場之推動	中國無線電協進會（臺灣）理事前星能公司董事長郭振光

三、晚宴

晚宴在福州西湖賓館四樓舉行，由福建通信學會作東，參加人員有該學會理事長陳榮民先生及本協會理事長許超雲先生、副理事長李文益先生等，宴開三桌賓主盡歡。

四、會議感想

1. 記得2014年9月參加第十四屆科學年會時，大陸正在提倡網路硬體建設，光進銅縮，光纖到戶，頻寬4mbps～20mbps，目的達到40%～60%的家庭使用寬頻網路。

2. 今年議程所討論的主題是「互聯網+（Internet Plus）」，可見大陸網路硬體建設已達一定水準，開始討論網路應用問題，利用互聯網連接各行各業，以求達到創新融和，迅速發展進步的目的。
3. 大陸的電腦科技與網路科技可以說後來居上，據說他們的神威電腦與太湖之光的運算速度，是美國泰坦電腦的5倍，將來若他們40%家庭使用互聯網後，互聯網用戶即超越美國成為世界之冠。
4. 大陸的科技發展是由上而下，政府提倡，一般學者、專家集中力量群體投入發展很快，而我們是由下而上，開始時學者、專家往往是孤軍奮鬥，得不到奧援，即便發展成功，但因為市場過小，報酬率不高，所以科技發展緩慢，走國際化途徑又有語言市場習慣的障礙，值得我們深思，所以兩岸學說交流，是催動我們臺灣科技發展的良策，本會是兩岸交流的先驅，成果輝煌。
5. 整體來說這次「互聯網+」技術交流學說會議，成果豐碩，我們從李文益副理事長各種活動照片中可以瞭解當時的情形，並作為良好的歷史回顧。

五、旅遊

1. 福州市區及馬尾軍港旅遊觀光

2016年6月16日許理事長超雲與理事許賓鄉先生有事先行返臺，由李文益副理事長領導與其餘團員等共10人，展開自費的三天觀光旅遊，第一天6月16日是福州市區及馬尾軍港觀光旅遊。

（1）福州市內名勝古蹟很多，有三坊（即衣錦坊、文儒坊及光祿坊）七巷（即楊橋巷、黃巷、塔巷、郎倌巷、吉庇巷、安民巷及宮巷），所謂三坊七巷都是宋朝及明朝的古建築物，其名稱有的因地理位置，有的因名人故居而得名，各有各的特色，我們因為時間的關係此次僅參觀了衣錦坊，其景點有水榭戲台，戲台前建有水池，隔水聽戲，引人入勝。

（2）馬尾軍港：馬尾原來是一個小漁村，清末因要發展海軍關係，而逐漸發展成為一個良港，環境清靜，山青水秀，成為福建第一深水良港，其景點如下：

- 春帆樓：1895年4月17日中法戰爭馬關條約簽字地。
- 船政衙門：曾為左宗棠、胡光墉、沈葆楨辦公處所。
- 求是堂：介紹天津水師學堂，江南水師學堂嚴復讀書受教育的地方。
- 馬尾中國船政博物館；陳列著晚清至民國各式軍艦，在1980年代，馬尾可以不利用任何外國人，自行製造小型軍艦，造船的技術工作人員，僅馬尾一地佔全中國的30%。
- 馬尾海軍軍官學校，訓練出很多海軍名將；諸如薩鎮水、陳紹寬等。
- 馬尾船政博物館，陳列了各期船艦，使我們目不暇歇，走馬看花，瀏覽了這些歷史遺跡亦算不虛此行。

遊罷馬尾軍港，已是下午四時左右，返回福州西湖賓館約需1小時45分鐘車程，到達賓館匆匆用過自助餐後已是下午六時左右，晚餐時，團員呂文正先生開了一瓶CNY560.-的閩酒，宴請大家，因為他亦要於次日要離團返臺，不作6月17日的平潭之旅。

2. 平潭之旅

2016年6月17日我們旅行團剩10人，於08：20L搭乘福建中旅的遊覽車離開西湖賓館，經華林路林蔭大道，沿路多汽車及電動機車，福建經貿會展中心，建築物頗有特色，上高速公路後，經閩江大橋、自貿區、福清收費站、在大往休息站略加休息，我們於10：20L到達平潭，平潭附近多平原與稻田，首見龍原風力發電站的風塔，亦算得上沿路一種風景點綴，我們一行人於10：50L左右到達海壇古域，參觀了怡心院與竹竿舞，最有價值旅遊之地是「仙人境」，仙人境是由大自然海水沖擊而成的奇特山型，可謂鬼斧神工，非筆墨可以形容。請看李文益副理事長所拍的珍貴照片，我們才會感嘆大地造物之美妙，筆者在仙人境購買了一個由貝殼製成的筆筒，以作紀念。

遊罷仙人境已是11：30L左右，適逢大雨，海上小島天氣常受海風影響，時晴時雨，真所謂晴時多雲偶陣雨的天氣型態，遊罷仙人境，我們旅行團一行，搭乘大巴由平東進入沿海高速公路，經啟田向平潭市區前進，平潭市區建築物頗有特色，由其是Crown Part超市，下午我們住入平潭閩航大酒店，平潭是福州市下轄的一個海島市，面積371平方公里，人口只有39萬，可謂地廣人稀，但是它的交通應注意改善，汽車不遵守紅綠燈次序，電動車在人行道上橫衝直撞，外界旅客應多加小心。

3. 湄州島旅遊

2016年6月18日，我們在平潭閩航大酒店用畢早餐，於08：30L搭乘大巴前往蒲田市湄州島，平潭距蒲田約129公里，需經漁平高速和沈海高速公路，沿路多公寓、別墅，經港頭大橋、江鏡大橋及東港大橋，經漠江、赤港往蒲田方向前進，路過一休息站休息，惜不知其名，只看到特別大的衛生間，有異於其他的高速公路休息站，出休息站後，經香江，據說南少林在此，可惜未停車遊覽，離香江後，進入沈海高速公路向蒲田、汕頭方向前進，於10：00L到達蒲田境內，繼續向龍岩湄州出發，於10：20左右到達湄州收費站，到湄州須乘渡船，渡船甚為擁擠，不過渡船上層二樓空氣較好，座位較舒適，但需多花人民幣2元。

湄州島最著名的景點是媽祖廟，媽祖俗名為林默娘，湄州島是她的故鄉，林默娘宋朝人，公元960年3月23日生，987年9月9日逝世，享年28歲，終生行善濟人，終生未嫁，湄州海域多礁石，在此海域遇難漁船、商船常常得到她的救助，而且因為她長年居住湄州海濱，瞭解海上天氣變化，告知船戶可否出航，預知海上休咎事，有人稱她為「神女」，成了航海人崇拜的偶像，列代皇帝對她的封號有「天妃、天后、天上聖母之稱」列入國家祀典，湄州媽祖廟建築宏偉，佔地廣闊，最早建於北宋雍熙四年（公元987年），迄今已有千餘年的歷史，可惜它曾毀於文化大革命，現在我們看到的是文革後新建的廟宇，計有太子殿、神召殿、朝天閣、升天古蹟、升天樓、觀音殿、佛祖殿、聖父母殿、中軍殿、梳妝樓、順濟殿、賢良港、天后祠等，我們因時間的關係，不能參觀全部這些景點，只選擇遊玩了太子殿、神召殿、朝天閣、升天古蹟、升天樓等，這些殿堂須爬幾十級台階始可由正殿到達後山的升天樓，看到媽祖的原始雕像，這些景點，很難以文字形容它們的美輪美奐，詳情只有請大家參觀李文益副理事長所拍的美麗照片了。

中午我們在碧桂園浪琴灣用畢中餐，於2016年6月18日告別湄州島，乘渡輪回到蒲田，仍搭乘大巴返回福州，準備次日搭機返台，從蒲田返回福州要經沈海高速公路，到達福謙收費站時，公安曾上車作安全檢查，尚稱客氣，後來我們大巴在福峽路駛下高速公路，經連江東路進入福州市區，回到福州後已是18：00L左右，我們在一間店名『破店』的餐廳用畢晚餐，晚餐菜肴甚有特色，李文益副理事長拍攝了這些菜餚的照片作為紀念。

不幸的事是大巴在此處故障，30分鐘後始行修復，期間我們曾計畫叫計程車到旅館，福州的計程車與各地不同，一律綠色，可惜不預約是叫不到車的，我們於19：30L左右住進銘濠酒店，四星級旅館，衛生條件與環境亦在水準之上。

六、歸途

我們於2016年6月19日早上06：00L仍乘福建中旅大巴離開銘濠酒店，因為時間太早，只有匆匆在車上用畢盒裝早餐，於07：00L到達長樂機場，搭乘廈門航空09：00L起飛的879號班機返台，抵達桃園國際機場時，已是上午10：25L左右，團員互相道別，互道珍重，各自乘車回家，結束了這次愉快的五天旅遊。

第五章
中國大陸旅遊記勝

第一節　江南及香港迪士尼旅遊日記

一、江南七日旅遊日記

2009年4月11日筆者攜妻擬赴南京探訪親友，不料親友臨時有事，遠赴成都出差，乃隨一小型旅行團，共八人，做江南一週之遊。我與妻於4月11日搭乘國泰航空公司565次班機到香港機場，轉乘港龍航空808次班機於下午7：30分抵達上海浦東機場，我前幾次到上海旅遊，浦東機場尚未建好啟用，這是第一次在上海浦東機場上下飛機，浦東機場面積寬廣，簡潔亮麗，沒有香港機場那麼複雜，我們很快的找到行李轉盤，通過邊檢海關等手續，走到機場入境大廈門外，因所訂旅館在浦西的閘北區，距離頗遠，未敢叫出租車（計乘車），而搭乘九人座的旅館接送專車，但費用較出租車（計乘車）貴了120元人民幣，所幸旅行社訂的北方快捷假日旅館，有四星級的水準，價錢亦甚為公道，當晚因旅途勞累，留在旅館休息並未外出。

次日我們隨旅行團遊玩了上海城隍廟，這是我四次到上海城隍廟旅遊，感覺比前幾次清潔許多，遊人卻比前幾次減少，亦許是受到旅遊季節的影響，由於上海城隍廟，想起了我的故鄉山西省平遙縣的城隍廟，一年四季都是人潮擁擠的市集，中國大陸各地，大小城市，大多有城隍廟，這是中國道教的傳統，相傳城隍是陰間的地方官，掌管人死後各地區的陰間政治及民刑、司法的事務，所以香火鼎盛，廟會市集常年不斷，遊罷城隍廟，我們旅行團一行人前往上海著名酒吧街參觀。這條街，是我第二次來旅遊，第一次是傍晚的時候，真是遊人摩肩擦腫，熱鬧非凡，尤其是老外喜歡在露天的酒吧飲酒聊天，但上海的酒吧街，熱鬧有餘，遠不如巴黎香榭大道的酒吧街，高雅舒適，遊罷酒吧街，我們即結束了上海的旅遊，乘坐中型巴士前往無錫，說來我們這個旅行團可稱最小旅行團，全團僅8人，除我們夫婦外，其他6人都是第一次到中國大陸旅行的台胞。

中巴到達無錫，我們這個迷你旅行團，除台灣的領隊陳小姐、上海的導遊魯君外，又多了一位無錫的地陪x小姐。在無錫我們第一個旅遊景點是蠡湖公園，蠡湖公園相傳是春秋時期，越國大夫范蠡偕美人西施泛舟於盤門而得名，我們夜宿錦江大酒店，此酒店在無錫市中心，距八百伴百貨公司很近，晚餐品嘗了著名的無錫排骨，真是名不虛傳，很是好吃，餐罷參觀了八百伴，在無錫這樣的城市，有一座這樣的百貨公司，實在難能可貴。我們前往位於太湖旁的三國城，三國城佔地三十五公頃，採用漢代建築風格，吳王宮、魏都、蜀國遙相呼應，是中央電視台拍攝三國志時的實景，現在成了觀光景點，尤其是真人、真馬、真武器所表演的劉關張三戰呂布之三國戲，實戰馬術表演，更吸引觀眾，我們這群台灣的旅行團更是大開眼界。

看完三國戲「劉關張三戰呂布」馬術表演，我們即前往碼頭，搭乘古戰船，遊覽太湖。湖週全長390公里，總面積2425平方公里，當然我們不可能遊遍全湖，太湖有48座大島、72座山，太湖是我國五大淡水湖之一，湖水有三色、六色之變化，我想這是因為太陽照射的關係，太湖區物產豐富，景色秀麗，湖濱建有許多美麗的林園，最著名的是梅園，感覺上甚適合人類居住，古彥『上有天堂、下有蘇杭』；無錫雖沒有蘇州及杭州的名氣大，但這些年來，在市政當局盡心的管理開發下，整齊、清潔、綠化程度可比美新加坡，寧靜程度優於蘇杭及新加坡，因它尚保有江南人民固有的生活習慣。

遊罷無錫太湖等地，中巴載我們旅行團一行人於2009年4月13日到達蘇州，蘇州以江南名園而聞名全中國，如拙政園、留園、網師園等這些名園，我於第一次來蘇州旅遊時，已經參觀過，這一次並未參觀這些名園，我們乘船參觀了盤門風景區，盤門相傳建築於元朝末年，是由兩道水關、三道陸門和甕城組織而成，在古代戰爭防衛上可謂固若金湯，這種建築在中國亦是首創，遊罷盤門風景區，參觀了胥門古蹟，即往蘇州著名的購物街；觀前街參觀，人們說，蘇州的觀前街可與北京的天橋、上海的城隍廟比美，但我感覺蘇州觀前街的點心、茶食要比北京天橋、上海城隍廟的精緻。相傳我國十大名茶之一；碧螺春，出自蘇州觀前街，當日我們夜宿蘇州金門路宜家開元酒店，這是一家四星級的旅館，房間、食物尚屬上乘，次日早餐後，我們前往寒山寺，到了蘇州不參觀寒山寺，好像有虛此行的感覺。其實寒山寺並非什麼大寺廟，只是因為張繼的一首詩『楓橋夜泊』而聞名天下，可見古今中外；文字宣傳的重要性，遊罷寒山寺，我們旅行團按照預定計畫，前往蘇州博物館。蘇州博物館為一現代化建築物，為我國最著名的建築師貝律銘所設計，內典藏有佛教文物、陶器、玉器等，在同一建築內的忠王府，也值得一遊。忠王府相傳為太平天國忠王李秀城的府第，包括軍事會議廳、太平天國禮拜堂、古戲台、文徵明紫藤園、藏書樓等，到此我們旅行團一行結束蘇州的旅遊，驅車前往杭州。

我到蘇杭旅遊這已是第三次了，但由於旅行社安排的行程不同，仍覺得興趣盎然。我們參觀了杭州濱海名品街、萬松書院又名太和書院，相傳是明代王陽明、清代齊召南等大學者在此講學，清代康熙及乾隆南巡時，分別賜了「浙水敷文」、「湖水草秀」等匾額，晚上我們參觀了西湖夜秀；這是集合越劇與雜耍的秀場，佈景優美，雜耍表演驚奇美妙，不虛此行，夜宿杭州下城區東新路新西萊大酒店，四星級酒店，食宿尚佳。次日；我們乘船遊西湖，參觀了1916年的博覽會館，遍覽西湖十景後，前往江南水鄉烏鎮。烏鎮在杭州與上海之間，鎮內建築物多為木結構，建築在一條小河兩邊，年久失修，表示了明清年代江南的建築特色，烏鎮明清時代以印染紡織著名，一處大宅，佔地頗廣，傢俱古色古香，顯示出全盛時期的氣派，現在保持原貌，突顯十里洋場的上海附近尚有此一古色古香破格的小鎮，用以吸引遊人，此一景點的安排，亦成了我們此次旅遊的特色。

蘇州著名景點。

遊罷烏鎮，我旅行團一行，經桃園、嘉新、常熟、汾陽等地，回到上海，導遊帶我們參觀了玉器博物館，可惜我們對玉器是門外漢，沒有人購買任何玉器，但是大開眼界，最貴的要人民幣三、五百萬以上。我們在該館三樓用了晚餐，乘船夜遊上海港及陸家嘴及濱江公園，濱江公園位於浦東新區北端，北臨長江，西臨黃浦江，佔據了上海獨一無二的黃浦江、長江和東海三水並流的地理位置，著名的外灘建築群，北起蘇州河口的外白渡橋，南至金陵東路，全長1500米。著名的中國銀行大樓、和平飯店、海關大樓、匯豐銀行大樓都是建築於上海租界時期，我們不知道該讚美還是感嘆，在外灘這群建築物中，與台灣有關係的要屬震旦行的廣告，我在2005年第二次遊歷上海時，這幅廣告即行存在，可見這4、5年來，震旦行在大陸的業務應屬上乘，遊罷黃浦江，我們參觀了上海的地標東方明珠。東方明珠初建成時，參觀的人人山人海，大排長龍，我們此次參觀則甚為冷清，所以有較多的時間了解東方明珠的特點，東方明珠直線距離距台北680公里，距高雄698公里，距山西太原1090公里，可見上海距台北較山西為近，遊罷東方明珠，已是夜晚9時，我們持著愉快的心情回到旅館，旅行團中其他六人，明日上午2009年4月16日即行離開上海直飛台北，我與妻預定4月17日搭飛機到香港與大女兒媳婦及2個小孫子在香港相會，遊玩迪士尼樂園，4月16日有一整天遊玩上海，我們試乘地鐵了解上海，幸好在我們住的旅館北方快捷假日酒店，在閘北區中興路，在舊上海火車站及公路總局附近，距離地鐵站甚近，但上海地鐵車站的範圍很大，要經過一條很長的商店街，才能到達乘車月台，我們從閘北區中興路上車，大概經過4、5站地，即可到達南京西路徒步街，我們逛了一整天的百貨公司，舊日的永安公司人潮依舊，於傍晚結束了此次上海之旅。

二、香港迪士尼樂園等自由行記要

於2009年4月17日搭乘港龍航空公司877次班機，到達香港與小孫子等相會，住迪士尼好來塢酒店。在我們到達前，大女兒、兒媳婦及2個小孫子、一個親戚的小孩已住進酒店，我們夜遊迪士尼樂園至晚上9點，以致於需要坐地鐵到灣仔用晚餐，夜遊香港迪士尼樂園，不能看出來香港迪士尼樂園的特點。

次日早晨8時，我們全家一行依照次序遊玩香港迪士尼樂園的設施，我遊玩過美國的環球影城、日本的迪士尼樂園，這兩家迪士尼樂園都顯得很西洋化或美國化，香港的迪士尼樂園，有東南亞的景色特色，適合中國人或東南亞人觀光，台灣的六福村樂園，在加以充實或改進，不難成為國際性的觀光景點，我們遊玩香港的迪士尼樂園已到晚上8點，於是按照預定計畫，我們遷居旅館於香港荃灣。荃灣為香港新開發區，新建築物正在不斷的增加，在荃灣xx旅館居住一夜，我們次日全家自由行遊歷香港，在六、七年前，因為在香港有生意上的關係，幾乎每年都要去香港數次，但從未有系統的遊玩香港，這一次大女兒為領隊，我們從尖沙嘴乘渡輪到灣仔坐巴士遊太平山頂廣場，然後坐纜車到灣仔，坐地鐵到九龍，遊罷彌敦道，返回荃灣酒店。搭乘下午國泰航空公司班機，返回台灣，此次香港自由行我最佩服的是我最小的孫子，他只有三歲，他隨我們遊罷香港，全程沒有人背或吵鬧，到了香港機場仍精神百倍，玩了香港機場的兒童遊樂設施，後來幾乎跑的不見人影。

黃山光明頂海拔1860公尺，為黃山第二高峰，登上光明頂黃山風景盡收眼底。

黃山旅遊團隊。

黃山旅遊。

黃山旅遊。

第二節　晉豫之旅追記

吾友張鴻春先生，國立台灣大學商學院會計系教授，河南省修武縣人，為台灣最著名之『政府會計』專家，在偶然的情形下，我送了他一本山西文獻出版的『表裏山河話三晉』供其閱讀，不料他對山西發生了很大的興趣，他與台大一些教職人員組織了一個『中原古都之旅』的旅行團，邀我與內人一起參加，我們全團共二十二人，於二00三年九月八日由桃園中正國際機場，搭乘國泰四六九號班機，經香港轉乘中國國際民航三0七三號班機到達北京，住前門建國飯店，因北京各處著名的景點，大家過去都已玩過，我們於九月九日上午只遊玩了前門及前門大街，下午遊玩了北京地下街，據聞此一地下街，係中蘇交惡時，為了預防蘇聯空襲而設的地下防空洞，全長約五公里，當時在出口地方已變成販賣蠶絲被的小型市場，我們遊罷地下街，晚餐後，山西商務國際旅行社派了一部大巴來接我們，於是我們踏上了全程一千五百餘公里，耗時十五日的晉豫之旅，這是我參加旅遊以來，搭乘大巴，最長最久的旅行紀錄。

我們全團一行二十二人，於九月九日傍晚搭乘大巴於北京出發，大巴沿著京張公路緩緩而行，目的地是山西北部重鎮大同，京張公路甲級路面，大巴行駛其上，尚算平穩，但公路兩側山巒起伏，多為高山峻嶺，大巴行行復行行，公路旁突然出現了一個大型火力發電廠，據導遊說，京津地區百分之五十以上的電力，皆靠此大同火力發電廠供應，可見山西省的重工業在全中國所佔得重要地位，我們於二00三年九月九日深夜抵達大同，住宏安國際旅館，時當初秋，天氣略有涼意，空氣品質尚好，雖然大同是山西北部的煤都，可見當地政府已注意到空氣品質等環保問題。

九月十日上午，我們遊覽了雲岡石窟，雲岡石窟位於距離大同市區西十六公里的武周山南麓，雲岡石窟是北魏文成帝時所建，從東至西，第一窟至第四窟為東區、第五窟至第十三窟為中區、第十四窟至四十五窟為西區，我們只參觀了東區第一窟至第四窟，第一窟、第二窟是一組塔廟式雙窟，兩窟南壁雕刻有維摩文殊問答像，第二窟有一泉，泉水長年湧出，稱石窟寒泉。第三窟是雲岡最大石窟，窟高三十五米、寬五十米，分前、後兩室，後室雕刻一佛、二菩薩像，第四窟平面呈矩形，中央雕鑿方形立柱，東壁雕鑿交腳彌勒佛像，保存仍屬完整，可惜我不是佛教徒，只能欣賞這些石窟的雕鑿工程與佛像的姿態與彩色，內人是虔誠的佛教徒，見佛像就拜，拜了一個上午，雲岡石窟與甘肅敦煌莫高窟、河南洛陽龍門石窟，稱我國三大石窟。雲岡石窟開始建築於北魏興安二年，公元四五三年，先後參加開鑿的工人，達四萬餘人，費時四十六年，可謂工程浩大，由於旅行團行程安排，我們匆匆的參觀了雲岡石窟東區四窟，午餐後，即搭乘大巴，前往大同市東街路南，參觀九龍壁。

大同九龍壁是明朝代王府前的照壁，王府早已毀於戰亂，惟九龍壁倖存至今，九龍壁，長四五六米、高八米、厚二、0二米，是由四二六塊五彩琉璃構件而成，壁體彩色，上籃下綠，呈藍天碧海狀，九條黃色金龍，栩栩如生，較之北京北海公園之九龍壁尤為壯觀，參觀完九龍壁後，我們旅行團一行二十二人，在大同市區徒步參觀，大同不愧為山西省北部的重鎮，街道整齊，工商業頗為發達，尤其煤礦工業是大同地區主要的經濟收入，由於時間限制，我們無法於當日參觀大同著名的華嚴寺，頗為遺憾。

旅行團一行二十二人，於九月十一日早晨八時，由大同乘大巴出發前往恆山，參觀中外馳名的懸空寺，懸空寺位於恆山主峰天峰嶺西之翠屏峰東側之峭壁上，地屬山西省渾源縣轄區，距大同六十二公里，大巴行程約一小時三十分鐘，懸空寺原名為崇虛寺，係利用恆山翠屏峰山腰凹陷部份，撐以十九根木柱而建成的一座懸空木結構寺廟，原來高度約九十米，由於地形、砂石年久沈積關係，現在離地面高度約為四十餘米，懸空寺始建於北魏太和十五年（公元四九一年），迄今已有一五00餘年的歷史，寺廟建築物共三層，其崇奉神像為佛、道、儒三教合一，我與內人及張教授都是六、七十歲的老人，能夠經由狹窄的樓梯棧道爬上懸空寺的最高層，亦算不虛此行，當地民謠『懸空寺半天高、三根馬尾空中吊』確實能夠描繪出懸空寺建築之奇特。

山西恆山懸空寺。

中立者為台大商學系教授張鴻春教授，2003年張氏以90歲高齡登上懸空寺，遊霸全景，可為老而彌堅。

山西應縣木塔，全名為佛公寺釋迦塔，塔高67.3米，建於公園1065年，完全木造結構，並且為巧妙鉚合而成未用一顆鐵釘，堪稱建築界奇蹟。

遊罷懸空寺，我們下一站的旅遊點為應縣木塔，距大同約七十餘公里，大巴從懸空寺到應縣木塔車程約一小時二十分，應縣木塔建於遼代清寧三年（公元一0六五年），迄今已有九五0餘年的歷史，應縣木塔，塔高六七三米，相當於現在二十幾層高的樓房高度，它用了一萬多方米木料，總重量約七四三0餘噸而建成，塔身共五層，最奇特是各種木料構件皆巧妙的卯合而成，未用一顆鐵釘，將近千年，歷經數次地震、戰爭而屹立不搖，毫無損壞，在世界建築史上亦可謂鬼斧神工，巧奪天工了，我們因時間的關係只在外圍參觀了它高聳獨特的雄姿，惜未能親登塔頂，頗為遺憾。

離開應縣木塔，大巴行行復行行，一路前往中國佛教四大名山之首五台山前進，旅行團於九月十一日抵達五台山，住銀都山莊，五台山係由五座名峰，即東臺望海峰、南台錦繡峰、西台桂月峰、北台葉鬥峰、中台翠岩峰，以及四十幾座寺廟組成，極盛時期，寺廟達二百餘座，我們於九月十二日上午八點左右，參觀了顯通寺，顯通寺位於台懷鎮中心區，靈鷲峰南麓，始建於東漢明帝永平十一年（公元六十八年），為五台山佛剎開山之祖，佔地面積將近八萬平方米，共有建築物四百間，銅塔二座，高八米，寺院佈局分三大部份，中間是殿堂院，東西兩側為禪院，共有七重殿宇，即觀音殿、文殊殿、大雄寶殿、無量殿、千鉢文殊殿、銅殿及藏經樓，風格各有不同，寺內有一大白塔，可與北京北海公園之白塔比美，五台山之美在於樹木青翠，種類甚多，而又為中國歷史上久負盛名之佛教聖地，自唐以后，有不少國外佛教高僧朝拜巡禮五台山，使它無形中成了高等佛學中心，但現在國內外觀光客雲集，已失去佛教清淨，避世，專心學佛的純潔世界，這亦可謂造化弄人，在這個物質文明的世界裡，任何宗教都不可能遺世獨立而存，隨後我們參觀了五爺廟，亦稱萬佛廟，此處最著名的景點為一明代三・五噸重的銅鐘，我們參觀時，正值廟會，戲臺上山西梆子正在演出『斬黃袍』，午餐享用了五台山的素宴，每位團員並獲得五台山登山證一紙以作紀念，即匆匆登上大巴，向太原出發。

在大巴沿著二0八國道，駛離沂州時，地形地貌與晉北高地不同，我們不知不覺中到達了晉中平原，於下午三時左右到達太原，並順便遊覽了太原著名的雙塔寺，雙塔寺又稱永祚寺，建於明萬曆年間，雙塔為磚石結構，高五十三米、十三層、八角形，我們曾登塔遼望太原市區，寺內草木青翠，尤以明代丁香樹和牡丹花最為著名，他不虧為太原的標誌，傍晚我們住進了太原愉園大酒店，一邊用晚餐一邊欣賞山西廚師的麵食表演，刀削麵、拉麵的製作，既快又均勻，真是神乎其技，晚餐後我們遊玩了太原街市，迎澤大街、解放路，既寬闊且熱鬧，太原市人口三四〇餘萬，建城已有二五〇〇年的歷史，不愧為華北地區重要的城市。

次日（二〇〇三年九月十三日），我們旅行團一行二十二人參觀了中國最早的皇家園林－晉祠，晉祠位於太原西南方，距太原二十五公里，大巴行駛約三十分鐘即行到達，晉祠建築分為中、北、南三部份，我們從中部大門入口，參觀了水鏡台、金仙樓、金人台、對越方、獻殿鐘、鼓樓等，這是晉祠建築的主體，後來轉入南部，勝瀛樓、白鶴亭、三聖祠、真趣亭、難老泉亭、水母樓以及公輸子祠，這一帶既有亭台樓閣之勝景，又有小橋流水等江南院林風光，在黃土高原的山西來說，這裡的確是一個吸引人的旅遊勝地，可惜我們因旅遊行程安排，只是走馬觀花，無法停留較長的時間，連晉祠北部的文昌宮、東岳祠等都無法參觀，即匆匆登上大巴前往祁縣平遙等地。

祁縣距太原約五十四公里，大巴行駛約一個小時可以到達，祁縣喬家大院因『大紅燈籠高高掛』壹部電影而馳名中外，喬家以經營蒙古等地貿易而發跡，於清乾隆年間開始建置巨宅，佔地八千七百餘平方米，建築物面積三千八百七十餘平方米，有大院六個、小院二十二個、房屋三一三間，這種民間巨宅在南方是不容易看到的，我們的下站是平遙。

平遙古城距祁縣約三、四十分鐘的車程，大巴於下午二時左右到達平遙，住雲峰酒店，我們分乘電動車，參觀了平遙古城牆、清明街，同行團員有的嫌門票太貴，連日昇昌票號等重要景點都未參觀，我是平遙人，這是我第五次回鄉，平遙所有景點我都耳熟能詳，但對左右同行團員來說，不遠千里而來而不得其門而入，甚感遺憾，各旅遊景點收取門票，維護景觀設施實屬應該，但若收費過高，則使旅客裹足不前，反而減少收入，如何適當處理值得深思，晚餐時，我以平遙牛肉與黃酒招待同行團員，平遙牛肉肥素適口，早已聞名，但平遙黃酒知者不多，它類似台灣的花雕、蘇州的女兒紅，糯米釀製，八國聯軍慈禧逃難，路經平遙，飲之讚口不絕，可惜包裝不適外銷。

我們在平遙休息一夜，於九月十四日登上大巴前往臨汾，臨汾距離平遙約二百餘公里，路經呂梁山區，黃土深溝，我們從車上初步領略了山西山地居民的窯洞式生活，據說窯洞冬暖夏涼，無怪乎它存在了幾千年，沿路並看到很多蘋果樹，當時正值蘋果盛產，山西土話蘋果稱蘋茇，小型煤礦隨處可見，大巴行駛約五小時，我們於傍晚到達臨汾，住五洲賓館。

臨汾為山西南部最大的城市，人口約三五八萬，面積二萬餘平方公里，始建於西晉迄今已有一六〇〇餘年的歷史，最重要的觀光勝地為堯廟，堯廟是紀念堯帝的廟宇，與一般佛、道等宗教性質的廟宇不同，堯、舜、禹稱為三皇，堯定都平陽，劃九州，形成了中國為最早的格局，開鑿水井，推廣農耕，教化人民，推動了中國最早期的進化，功在中國，值得崇敬，堯廟分宮門也稱堯門，西為舜門、東為禹門，史學家司馬遷，稱讚堯帝曰，其仁如天、其智如神，我們參觀了儀門，儀門據說是古時參觀的人在此整理衣冠的地方，五鳳樓是堯帝與其大臣議事的地方，亦稱光天閣，堯帝的寢宮始建於唐代，距今已有一三三〇多年的歷史，堯廟佔地遼闊，是我們此行所參觀過最有氣派的廟宇，午餐後，我們旅行團一行人參觀了洪洞縣的明代蘇三監獄，蘇三監獄，因京劇『玉堂春』一劇而聞名，洪洞距離臨汾三十多公里，車程約三十分鐘，遊罷蘇三監獄，大巴前往洪洞縣北，參觀了大槐樹，據傳說大槐樹老鶴窩是明代移民外鄉的惜別的地方，我們這群現代移民也可在此領略一下惜別家鄉的滋味。

九月十五日早晨七時三十分我們乘大巴出發參觀中外馳名的壺口瀑布，它距離臨汾一六五公里，途經中條山區，車行三小時五十分鐘，我們約於上午十一點鐘左右到達壺口瀑布，步行過吊橋即到陝西秋林，我們在黃河邊的一處餐廳用畢午餐，該餐廳可瀏覽壺口瀑布全景，但是我們很失望，當時正值枯水期，河床乾枯，午餐後，我們可以步行到河床中心，只看到較一般瀑布略大的小瀑布，什麼『萬里洪波聲怒號』的境像完全看不到，是為此行的一大遺憾，下午我們帶著落寞的心情回到臨汾，住進五洲賓館，傍晚有的團員做了一些遊玩街市及購物的活動。

次日、九月十六日清晨我們出發前往運城觀光，運城距離臨汾約一百餘公里，大巴行駛約二小時，我們先行參觀了解州關帝廟，該廟佔地十四萬平方公尺、房舍二百餘間，是全國最大的關帝廟。第一道門稱端門，中門上書『扶漢人物』，左門上書『大義參天』，右門上書『精忠日月』，關帝忠義精神值得後人崇敬，它代表了大部分山西人的精神，解州關帝廟，還包括了雉門、文經門、武進門等三門，崇聖祠、追風伯祠、湖公祠等四祠，以及鐘樓與鼓樓，這些建築與其他地方的關帝廟大不相同，此外如午門、御書樓、崇寧殿春秋樓，亦是值得參觀的地方。

遊罷解州武廟，我們乘大巴前往芮城永樂宮，永樂宮是道教的道觀，是元代為紀念呂洞賓而修建的，佔地八六〇〇〇平方公尺，主要建築物有宮門、無極門、三清殿、純陽殿，此外尚有呂公祠、真武廟、王母娘娘殿以及呂祖墓等，最著名的景點應屬純楊殿的壁畫，此一壁畫將呂洞賓從降生到成仙的故事描繪的淋漓盡致，稱『純陽帝君仙遊顯化圖』，芮城永樂宮修建於元代，與北京的長春宮、陝西終南山的重陽宮，稱為中國的三大道觀。遊罷芮城純陽宮，按照此次行程安排算是結束了山西境內的全部旅程，傍晚我們一行二十二人住進運城大酒店，享受了標準的山西大餐八碟八碗，菜餚豐富可口，使同行的旅行團團員讚口不絕。

次日（二〇〇三年九月十七日）晨，河南旅行社的大巴來接我們前往三門峽參觀『虢國博物館』，三門峽屬河南省，地當晉豫邊界的接壤處，虢為西周時一個小的諸侯稱謂虢國，博物館佔地一五〇畝，有四個基本陳列景點即虢國墓地出土文物，虢國地下車馬軍陣，虢季墓遺址，它較西安的兵馬俑歷史還要早，最著名的展示品為『中華第一鐵劍』及『虢季氏緞玉面罩』，這些文物據稱是二十世紀中國考古最大發現之一，對研究周代歷史文物及社會生活甚有價值。

遊罷三門峽虢國博物館，我們即乘大巴前往登封，登封距三峽門約三百餘公里，大巴行駛約五小時，是此次旅程中最長的一段路程，夜宿登封天中大酒店，次日九月十八日，我們參觀了中外馳名的少林寺，少林寺位於中岳嵩山，少室山北麓五乳峰下，始建於北魏太和十九年（公元四九五年），迄今已有一五〇〇餘年的歷史，相傳為一印度高僧，達摩東渡中國遊抵少室山所建，因之成為禪宗的祖廟，至於少林武術相傳是由唐代開始，少林寺佔地甚廣，主要建築物有常住院、塔林、初祖庵、南園、二祖庵、三祖庵、古塔、碑林寺，我們當然不可能一一參觀，我們參觀了常住院，即現在住僧人的部份，即山門、客堂、達摩寺、白衣殿、千佛殿及地藏殿等，並參觀了少林寺西，約三百米山腳下的塔林，塔林是少林寺歷代主持葬身的地方，共有二百五十餘座，武術表演不在少林寺，是在少林寺下面的武術學校，少林武術真是神乎其技。

遊罷少林寺，我們旅行團一行搭乘大巴，前往開封，開封距少林寺約二百餘里，車程五小時，我們於傍晚始到達開封，住玉祥大酒店，晚餐後，遊開封購物街，購物街除小吃店外，商品應有盡有，類似台北的士林夜市，但範圍較廣，次日九月十九日，我們參觀了清明上河園，清明上河園是以宋代張擇瑞的名畫〈清明上河圖〉為藍本而建築成的園林，頗具觀光價值，我在這裡的畫室買了一幅『伯樂識驥圖』，為了買這一幅畫差一點與旅行團脫隊，甚為懊惱，當回到台北裱畫時，才發覺它是范曾的作品，甚覺不虛此行，既然到了開封，少不了要看看包公寺，該寺佔地約一萬平方公尺，大殿內供有高三公尺、重二・.五頓的包公像，甚為壯觀，旅行團內既有我這個山西人，山陝甘會館也成了此行旅遊的景點之一，山陝甘會館在開封徐府街，是清代山西、陝西、甘肅旅居開封的商人所建，有磚雕、石雕、木雕甚具藝術價值，遊罷開封，我們即出發前往安陽，參觀殷墟。

安陽在河南北部，距開封約一百五十餘公里，大巴行駛三小時三十分鐘，我們於九月十九日中午到達殷墟，殷墟是商朝後期的都城遺址，迄今已有三千三百餘年的歷史，殷墟最著名的展示物是『司母戊大方鼎』，鼎重八七五公斤，還有甲骨文以及其他青銅器皿等，是我國甲骨文出土最多的地方，對研究中國殷商等上古歷史甚有價值，參觀完殷墟我們乘大巴前往林州，宿林州賓館，晚餐品嚐了河南標準的蕓園家宴，準備於次日參觀紅旗渠。

紅旗渠在林州市西之太行山麓，原來豫西十年九旱，非常缺水，中共於一九六〇年動員當地人民，從山西省平順縣石城鎮引漳水入豫，全長一千五百餘公里的渠道，是從太行山懸崖絕壁上開鑿出來的，費時九年，於一九六九年完工，工程浩大，有『人工天河』之稱，並被譽為世界第八大奇跡，而其設計人吳祖太年齡僅二十七歲，更值得崇敬，中國水利工程人才濟濟，如三峽水利工程，小浪坻黃河水利工程，以及最近完成的南水北調工程，對這些造福人民的水利工程人員我們由衷的表示敬佩，紅旗渠有分水苑、青年洞、絡絲潭等三個景點，風景秀麗，值得一遊，遊罷紅旗渠，我們一行即乘大巴前往雲台山參觀。

雲台山在晉豫邊界的焦作市修武縣境內，位於太行山南麓，風景區廣達一百九十公里，常年雲霧瀰漫，故稱雲台山，境內奇峰險峻，共有三十六個奇峰、二十個天然溶岩山洞，我們參觀了桃花谷及王相岩，棧道曲直多變，山洞時暗時明，風景驚奇險峻，遊人時驚時喜，我們旅行團像我這些七十幾歲以上的老人們能遊完全程，體力可算及格。

遊罷雲台山我們一行人前往鄭州，鄭州市是河南省省會，亦是全國交通的樞紐，是隴海鐵路與京漢鐵路的交會點，公路四通八達，我們在大巴上看到越近鄭州，車流量越多，而且大都是大型貨車，有的路段偶有塞車現象，我們於二〇〇三年九月二十一日到達鄭州，住索非特大酒店，該酒店在鄭州市中心區，我們出了酒店徒步即可遊玩鬧市，這家酒店還有一家大的百貨公司，據聞是法國人投資的，中國自改革開放以來，各地引進了各國的資本，以土地、市場、勞力，取得資金，技術及商業管理方法的政策，可以說是非常成功，在鄭州，我們趁機買了一些土產及紀念品，休息一夜，於二〇〇三年九月二十二日晨，搭乘中國國際民航CZ3073次班機，由鄭州直飛香港，轉國泰航空公司五六四次班機，於傍晚回到台北，綜觀此次旅行，搭乘大巴旅行約一千五百公里路，經冀（北京）、晉（山西）、秦（陝西）、豫（河南）四省，遊歷三十餘個著名的景點，費時十五天，在我的旅行經歷中可以說盛況空前，特按當時的筆記及各地旅遊說明書追記此文以享讀者，記述錯誤的地方在所難免，尚望各方愛好旅遊的專家能賜予指正。

河南嵩山少林寺。

河南林州市紅祺渠青年洞，於1960年開工，1969年完工，稱人工天河。

第三節　秦晉之旅

一、組團經過

我在二〇〇九年及二〇一〇年的山西文獻第七十四期及第七十五期曾寫了一篇晉豫之旅的文章，當時組織的旅行團二十二人，大部份成員為台大商學系的教授與該校海洋研究所的同仁，不覺轉眼已七個寒暑，當時我們暢遊了大同雲岡石窟、恒山懸空寺、應縣木塔、五台山佛寺、太原雙林寺、晉祠、祁縣喬家大院、平遙古城、堯都平陽、洪洞大槐樹、壺口瀑布、解州關帝廟、芮城永樂宮、河南三門峽、登封少林寺、開封包公寺、安陽殷墟、林州紅旗渠、修武雲台山、河南省會鄭州，旅程約一五〇〇公里，費時十五天，真是一個長途愉快的旅遊，現在原來的主持人張鴻春教授，今年剛好一〇〇歲，我也已是九十歲的老人，寫這些舊聞，一方面為了慶祝張教授百歲生日，一方面作為晉豫之旅的續集。

此次秦晉之旅，係由中國無線電協進會發起，成員大都為大同大學及國立台北科技大學教授與眷屬，我因內人健康問題，與兒子國瑞同行，成員大都為本省籍同仁，有的是第一次到大陸旅行，只有我與兒子二人為山西人，所以除主持人李文益理事長外，我與兒子成為旅行團成員諮詢的焦點人物，巧合的是，這個旅行團也是二十二人，原計畫八天的旅遊，包括西安、華山、晉南、晉中、晉北、後因時間太緊湊，而臨時取消了晉北之旅，留待明年再作晉北內蒙之旅。

二、西安之旅

我們這個二十二人的旅行團於二〇一七年九月十六日由桃園國際機場乘東方航空公司MU2038次班機，原定13：00起飛，不知何故，延遲了二小時多，於15：40始行起飛，飛行時間三小時三十五分鐘，於19：30到達西安咸陽國際機場，出海關後，到達西安市雁塔區新高四路藍溪國際酒店，投宿時已是21：00左右，旅館餐廳已經關閉，我們只好各自出外覓食，好在旅館附近夜市會開到夜間一、兩點鐘，我與兒子國瑞及李理事長文益兄一家三口，在夜市露天座，初嘗「陝西泡饃」，夜市小飲食店大多販賣烤牛肉串，不像北京的烤羊肉串，物美價廉，青島啤酒一瓶十元人民幣，物價較台北便宜，餐罷，我們回到旅館已夜晚十一時左右，藍溪國際酒店屬四星級旅館，衛生設備尚稱合格。

（一）大唐芙蓉園

二〇一七年九月十七日我們旅行團於早晨06：30即行起床，早餐07：00開始，自助餐尚屬豐富，本日旅遊第一站，為大唐芙蓉園，該園位於曲江新區，佔地一三〇〇〇平方公尺，紫雲樓為唐明皇賜宴群臣的地方，建於開元十四年，杏園為新科進士舉行探花宴的場所，園內廣植杏樹，仕女館與彩霞亭，表現唐代為我國最尊崇女性的朝代，所以出現了一代女皇武則天，但不幸的是，一代美女楊玉環，卻被吊死在馬嵬坡，在彩霞亭內展出了百位唐代傑出女性的詩書。

詩魂與唐詩峽；詩魂是用大型石雕建成，來表現唐詩在中國文字中的地位與和諸多唐代著名詩人的雕像，唐詩峽則是鐫刻於詩峽崖上著名的書法和印信，是文人學士樂於參觀的地方。

鳳鳴九天劇院；相傳唐玄宗熱愛戲劇，經常於宮廷演出，甚至親身粉墨登場，陸羽茶室、芳林苑、御宴宮，則是現在接待賓客住宿的地方，另外值得一題的是，曲江胡店，這裡是非物質文化基地，包括皮影、核雕、秦腔、剪紙。

（二）陝西歷史博物館

陝西歷史博物館，座落於西安翠華路上，於一九八三年開始籌建，一九九一年建成，對外開放，佔地七公頃，宮殿式庭園型建築，據說館藏文物達一七一萬餘件，精品三〇〇〇餘件，共有五個展覽廳，展品包括商周青銅器、陶俑、漢唐金銀器、唐墓壁畫等，表現出三秦史前文化與後來經濟政治發展的歷史。

（三）大雁塔與小雁塔

大雁塔位於西安市雁塔區慈恩寺內，是公元六五二年，唐永懷三年，唐玄奘自印度取經回來後，仿印度雁塔模式所建，塔身七層，塔高，六四・五公尺，目的為了藏經，是著名的佛教文物建築。

小雁塔位於西安市雁塔區荐福寺內，建於公元七〇七年，塔高約四六公尺，係唐睿宗為唐高宗李治祈福所建，據說它歷經三次地震裂縫，而三次重新還原，可稱建築史上的奇蹟，因它塔身小於大雁塔，故稱小雁塔，值得一提的是，國民政府時期，西北綏靖公署就設在荐福寺內。

（四）夜訪西北大學

結束二〇一七年九月十七日的旅遊，晚餐畢回到藍溪國際酒店已是晚上八點鐘左右，白天為了不脫離旅行團單獨行動，雖有拜訪西北大學的打算，但未能成行，夜間決定冒險一試，與兒子國瑞由旅館附近，乘計程車前往碑林區太白北路西北大學校本部，西北大學創始於一九〇二年，歷史悠久，但屢經變更名稱，抗戰時期稱國立西安臨時大學，一九三九年稱國立西北大學，一九五〇年後，復稱西北大學，現有太白、桃園、長安三個校區，總面積二三六〇畝，在校生二六〇〇〇餘人，分二十二個學院，一〇〇多個學系，因其第十一任校長，侯××先生係山西省平遙縣人，與我家有點關係，故抽空前往參觀，到達校本部時，已晚上九時左右，學校警衛甚為和善親切，指示了我們侯校長銅像的位置，在圖書館右側，我們無意中並發現了張學良及東北大學校舍紀念碑，據說一九三五年，張學良出任西北剿總副總司令時，一九三六年東北大學工學院落戶西安，現在的西北大學太白校區是原來東北大學工學院所在地，從西北大學回到藍溪酒店，已是夜晚十時三十分左右，但市區仍是車水馬龍，好不容易才叫到一輛計程車，西安的計程車，起跳人民幣八元五角，每跳三元，較台北便宜，但車內駕駛座與乘客間設有隔離鐵架，以防搶竊，與美國紐約、洛杉磯等地計程車情形相似，可見治安不及台北。

（五）秦始皇帝陵博物院

我們旅行團二十二人於二〇一七年九月十八日早晨六時五十分起床，八時前用畢早餐，乘遊覽車經太白立體交叉道路、金華隧道上西潼高速公路，直奔臨潼，前往秦始皇帝陵博物院。事實上，該院包括二個景點，即兵馬俑及麗山園（即秦始皇陵），兩地距離二二〇〇公尺，有交通車相通，兵馬俑開發至第三坑道，第四、第五坑道尚未開發，完全人工挖掘，以保護兵馬俑肢體，修復難度很高，需要慢慢處理，麗山園；為秦始皇帝陵所在地，佔地三三八方畝，為中國歷代皇帝陵中規模最大的帝陵，我們參觀了這些景物，感到秦始皇滅六國，統一中國，開創了中國的一統天下，但其手段未免殘酷，焚書抗儒，用將士陪葬，看了這些兵馬俑，豈能不感覺他們的愚蠢與無奈，據說兵馬俑是一九七四年三月二十九日被臨潼區的村民無意中發掘到的，萬幸一九七四年是文革結束以後，否則這些歷史遺跡後人再也無法看到，秦始皇活了五十歲，而他生前所建的阿皇宮，則被項羽一把怒火燒光，目前空留石碑一塊，誠如俗諺所說「萬里長城今尤在，不見當年秦始皇」，人生在這短短的幾十年生命中，何去何從，實值得我們深思，參觀罷秦始皇帝陵博物院，我們在一家叫「老西安」的餐廳用餐，西安的餐廳蔬菜、肉類皆很可口，台灣本省籍的團員讚不絕口，餐罷已是13：30左右，我們旅行團一行人，乘觀光大巴直奔華山。

（六）華山風景區

華山風景區，位於陝西東部華陰縣境內，背靠秦嶺，面臨黃河，以崢嶸峻峭聞名於世，為中國著名的五嶽之西嶽，華山有五峰，東峰（朝陽）、西峰（蓮花）、南峰（落雁）、中峰（玉女）、北峰（雲台），我們旅行團一行人於二〇一七年九月十八日15：15左右到達華山客棧停車場，購門票後，需乘二十人小巴入園，華山之奇，在於松柏等樹木多生於石縫間，與一般土山不同，由華山入園要票，乘電動車要票，乘纜車要票，纜車只到北峰，各處設有x光檢查站，檢查較為嚴格，但纜車並非直達北峰，從纜車站到達北峰峰頂，尚需爬登二〇〇到三〇〇級登山台階，登山道上設有護欄，對登山安全甚有助益，但有的台階太窄，需要小心，金庸所提「華山論劍」，並非在華山最高處，華山最高處一二九二・五公尺，我於16：45登上華山最高處，購買登山紀念牌二塊，上刻冀家琳九十歲，於二〇一七年九月十八日登華山頂，當旅行團的團員與很多登山客知道我九十歲登上華山頂時，要求與我攝影留念，我成了此次登山的模特兒，甚至有的大陸團來自湖北武漢的旅行團，我與瑞兒在金庸所提「華山論劍」處攝影留念，下山時，乘纜車應注意安全，因纜車停車時，仍在擺動，若動作遲緩有安全顧慮，我們旅行團夜宿華山客棧，三星級旅館，食物衛生尚稱合格。

三、山西之旅

（一）運城、塩湖、解州關帝廟

二〇一七年九月十九日我們旅行團早餐後離開華山客棧，華山客棧以金庸的著作為號召，牆上掛滿金庸的著作，如「倚天屠龍記」、「神雕俠侶」等等，遊覽車於08：55啟動，導遊換山西籍的小張，經華陰收費站上西潼高速公路，路左面臨黃河，到達四鎮咽喉的潼關，越黃河鐵橋，經風陵渡進入山西境內的芮城，風陵渡；距山西省會的太原四八五公里，道路旁矮樹新植，不及西安與華陰樹木綠化美觀，經永濟，看到晉南平原，沃野千里，我們於09：50到達解州關帝廟，該廟佔地十四萬平方公尺，房舍二〇〇餘間，是全國最大的關帝廟，相傳該廟，創建於隋開皇九年（公元五八九年），後屢建屢毀，現存者為清康熙四十一年（公元一七〇二年）所建，我們旅行團一行，由北部正廟進入參觀，第一道門稱端門，中門上書「扶漢人物」，左門上書「大義參天」，右門上書「精忠日月」，經雉門、午門、御書樓、崇寧殿、而結義園，原載門、御園銀杏林（由江蘇關帝廟移植），畫舫齋、大鼎，旅行團全體團員在此攝影留念，然後由啟瑞出口出院，關帝的忠義精神值得後人崇敬，他代表了大部分山西人的處世精神，我第一次參觀解州關帝廟是二〇〇三年九月十六日，相隔十三年，景物無多大變化，但感覺遊人沒有以前多，其實平遙的關帝廟稱武廟，也有它的特色，它是關張趙馬黃五虎上將廟，雖然不太大，但在中國境內也是少有的廟宇，惜毀於文革。

幸於2022年6月12日修復，經承辦單位要求，我寫了「四海共仰」的一塊匾額懸掛在獻殿，我的醜字永留平遙故鄉的關帝廟內，人在台灣，精神永留故鄉，也算人生歷程中一件幸事。

運城的塩湖，稱中國的死海，古時中國塩鐵是專賣的，運城的富足可知，但現在建築物顯的老舊不堪，比不上西安之繁榮，中午我們在馬師水餃百年老店用餐，木火烤鴨，尚屬可口。

九十歲能登華山可謂老當益壯、老而彌堅。

（二）臨汾堯廟

臨汾是山西省南部最大的都市，現在人口約四，四五六，〇〇〇人，面積二萬餘平方公里，堯廟在臨汾城南四公里處，佔地廣闊，我們旅行團由儀門進入，參觀了五鳳樓、廣運殿、堯井台、堯宮古柏、堯字壁、祭祖堂、我們在祭祖堂祭拜了祖宗，在堯廟尋根，在堯舜禹後裔一覽表中，悉冀姓為堯－唐－杜－冀第四代傳人，這與我在二〇〇三年，洪洞大槐樹姓氏記載表不同，值得繼續研考，堯廟有天下第一鼓，鼓的直徑三・一一米、高十二米，鼓面由整張牛皮做成，實在是世界紀錄，值得一提的是「千家姓紀念壁」，紀念壁鐫刻了一五六六個姓氏，以正、草、隸、篆四種字體雕刻，其中尤以「華夏子孫，同根同祖」最為醒目，這些地方與我於二〇〇三年九月份參觀時，略有不同，我們旅行團於下午16：50離開堯廟，下午六點於西趙村濱港××大酒店晚餐，這個酒店服務較差，這是我們進入山西境內第二次用餐，初次使人不能適應，匆匆餐罷，入住雅朵酒店，這個旅館名字很怪，但是是二〇一五年新開旅館，房間清潔整齊，早餐可口衛生，略消解了濱海××大酒店的怨氣。

（三）靈石王家大院

我們旅行團一行於二〇一七年九月二十日離開雅朵酒店，按照旅行計畫前往靈石王家大院，遊覽車經臨汾收費站，進入西太高速公路，在沿途路牌中，我們初見臨汾有個永和縣的地名，據說當地是面積一二〇〇平方公里、人口六萬人的小縣，規模與我們的新北市永和區略同，相同的地名，引起了人們的好奇，我們於上午10：50分到達靈石王家大院，王家大院總面積達十五萬平方公尺、院落一二三個、房間一，一一八間，我們參觀了樂善堂、恒貞堡、謙吉居、縹湘居、德馨軒、蘭芳居、桂香古院、敬業堂，據說王家是經營典當，貿易致富，清康熙乾隆年間鼎盛，人口多達四〇〇餘人，不過我們看了這一群建築物，與其說是大院，不妨稱為城堡，它的磚雕、石雕、建築造型及院名、取景皆優於祁縣喬家大院，喬家大院是靠大紅燈籠高高掛一部電影而聞名全國，不過山西的富豪之家，擺不脫富不過三代的宿命，據說王家後人因吸食鴉片，最後落得乞食街頭，可不戒之。

（四）平遙古城－我的故鄉

我們旅行團中午在靈石味窯拉麵館匆匆用餐畢中餐，於下午2：40分，乘遊覽車到達平遙，住平遙會館，這是我第六次回平遙，但過去都是住在近郊新式旅館，平遙會館這種平遙特色，古色古香的旅館，還是第一次居住。旅行團其他成員，很感興趣，平遙會館範圍很大，不小心會找不到自己的住房，因在平遙只有半天的時間，我隨著旅行團乘電聯車參觀了平遙古城牆、古縣衙、古鏢局、日昇昌票號，在日昇昌票號，管理先生送我了「票號後人」一幅橫聯，我付了潤金人民幣二〇〇元答謝，晚餐時，我在平遙會館餐廳宴請全體團員，略盡地主之儀，鄉賢冀有貴君，應邀參加，他是平遙縣誌的總編、平遙廣播電視中心副主任兼總編、平遙書協主席，所以與我們旅行團的中國無線電協進會理事長及各位教授學者，相談甚歡，宴席間，他送我一幅楹聯，題曰「家有雄才譽寶島，琳為美玉出陶城」，溢譽之情，使我受之有愧，因為我的著作、我的發明專利，曾在大陸參考消息登載，浪得虛名，甚感慚愧，可惜的是，旅行團在平遙停留的時間甚短，我連回舊宅探視的機會都沒有，僅在平遙會館會見了侄孫冀保民、侄曾孫冀忠毅，一九九五年生，21歲，今年從山西師範大學歷史系畢業，現在是臨時教員，我送他人民幣一千元作為畢業賀禮，作長輩的千里送鵝毛，略表祝賀與鼓勵，他欣然收下，但願他職場順利，在平遙會館座談中，尚有一位本家，冀修業先生，他送了我手抄的「冀氏族譜」及一幅楹聯，賀知章回業書「少小離家老大回，鄉音無改鬢毛衰，兒童相見不相識，笑問客從何處來」，這幅楹聯使我感觸萬千，我現在不但是兒童相見不相識，而是老人相見不相識，真是天涯海角，故交早凋零。

早晨七時三十分左右，在平遙會館用餐，因會館住的客人很多，自助餐排列在一起，取餐時要排隊浪費很長時間，基於平遙是我的故鄉，現在已是國際的旅遊熱點，建議自助餐的排列是否應加以改善，而晚餐時，中餐廳使用的是木製方型桌子，坐上四人就顯得擁擠，一味保持平遙古時宴客特點，現在應該權宜變通，接待大型的旅行團，應該像其他地方，中餐時使用圓桌，這些雖是小事情，但事關旅客權益，比喻說，我們這一旅行團二十二人，用餐時，方桌就要宴開四桌，既浪費又破壞團員用餐的氣氛，寫出來希望得到改進。

（五）榆次－常家莊園

我們旅行團的大巴於二〇一七年九月二十一日上午八時離開平遙，於上午十時左右到達榆次車輞村常家莊園，它是一座城堡式的建築，佔地一百餘畝，房屋有一五〇〇餘間，樓房五十餘座，園林十三處，有如江南名園，觀稼閣；為全園最高處，登上此閣，全園美境盡收眼底，按榆次常家，係從事蒙古與俄國貿易起家，駱駝團隊載運著貨物，走絲路通俄、蒙，於清王朝二百年間，賺得了不少財富，但他們的後人非常愛國，與重視儒學，這從它的書齋楹聯可以看出，「知春秋大義，為學子本色，士為國之寶，儒為席上珍」，我們參觀了廣和堂、富貴堂、石芸軒書院、大夫第、靜園、與常氏宗祀，在這裡有常氏歷代世系系統表，常家後代，在兩岸都有傑出的表現。

（六）太原之旅－晉祠與雙塔寺

我們於中午十二時左右離開常家莊園，午餐後，乘大巴直駛晉祠，晉祠在太原西南郊區，距太原二十五公里左右，晉祠是為紀念周朝唐叔虞而建，南北朝時的北齊；唐宋年間都曾擴建，我曾來此參觀三次，此次是第四次，由於晉祠範圍甚廣，每次參觀都不可能走遍全院，我們參觀了三晉名泉、水鏡堂、金人台、樹越坊、獻殿、魚沼飛樑，所謂魚沼是一水池，飛樑是指柱頂架斗拱的一個十字型橋面，聖母殿；供奉唐叔虞之母；邑姜，稱昭濟聖母，周柏；據說距今已有三二〇〇年的歷史，難老泉；稱為晉陽第一泉，晉祠之所以風景出名，是因歷史悠久，泉水清澈，祠內景物有江南名園的風光。

我們旅行團一行於下午四時左右，走馬看花似的遊罷晉祠，乘大巴前往雙塔寺參觀，雙塔寺是太原的地標，位於太原郝莊村，距太原市中心只有四公里，雙塔寺亦稱永祚寺，建於明萬曆年間，雙塔為磚石結構，高五十三米，八角形，據說在塔頂可以俯瞰晉陽全城，可惜因時間已晚，我們沒有時間登上塔頂，寺內草木青翠，以明代丁香樹與牡丹花最為著名，我們旅行團的團員，拍攝了很多照片留作紀念，晚餐在山西會館的山西麵食博物館用餐，山西麵食，對台灣本省籍團員來說比較新奇，它們對山西餐飲讚不絕口，該餐館除供應餐飲外，尚有節目表演、鼓舞、歌唱、雜技、戲曲、掛紅燈、非遺表演、孫悟空、晉祠傳統婚禮、刀削麵傳奇、麵食表演，大家吃得很痛快，看得很驚奇，夜宿富麗柏爾曼酒店，位於太原市杏花嶺區晉安東街，四星級新開旅館，設備、衛生屬上乘，就是名字有點奇特，侄孫冀伍福夫婦來訪，離去時已夜晚十一時左右，知在此親友情況甚好，有的服務於銀行，有的服務於倉儲業，侄曾孫冀海淵在內蒙呼庫浩托，從事家電生意。

四、高速火車重返西安

二〇一七年九月二十二日，我們旅行團在太原富麗泊爾曼酒店匆匆用畢早餐，搭大巴，經府東街，到達太原火車站，準備搭乘早晨八點二十五分鐘的D2507號和諧號高鐵，前往西安。太原火車站對我來說，記憶猶新，過去在北京上學，改革開放後，回鄉探親，在太原火車站，搭乘火車在十次以上，現在的太原火車站，美輪美奐，好像一般國際機場，該班火車雖然滿載，但座位寬敞，並無感覺不便，開車後一小時左右，駛出晉中平原，車速每小時二四〇公里，在山區丘陵地帶，車速最低每小時二〇〇公里，車外溫度16度，於上午九點三十五分到達臨汾站，十點十五分到達運城車站，各停留十分鐘，越黃河於十一時三十五分到達西安北站，行車時間三小時，是過去行車時間三分之一，國共內戰時，拼命的拆除鐵路，現在建設這麼好的鐵路運輸，這也許是對人民一種補償，誠所謂世事總在輪替，到達西安車站，導遊、大巴皆換為西安當地的一組，山西的導遊小張告退，我們乘大巴，順便遊覽了西安城區，在安食大街元良海鮮樓用畢中餐，前往漢城湖遺址公園遊覽。

（一）漢城湖遺址公園

漢城湖遺址公園，位於西安的西北郊，面積二八九〇畝，湖面八五〇畝，水深四-六米，備有豪華畫舫和大型遊輪，漢城湖歷史悠久，曾為漢代槽運明渠，亭台樓閣散布期間，有若揚州的瘦西湖，金座橋、摩天輪為船舶停泊處，在這裡下船參觀了漢城湖人工降雨處，據說此地原來是「團結水庫」，是以防洪、保安、農業灌溉為目的，於二〇一一年才開闢為公園，我們旅行團的團員在這裡拍攝了很多的照片，留作紀念。

（二）曲江池遺址公園與西安城牆

曲江池遺址公園，亦稱南湖公園，位於西安市曲江新區，佔地四七一畝，秦稱愷州，漢武帝因水岸曲折，改稱曲江，隋稱芙蓉池。到了唐代更大規模的建設曲江，成為貴族、仕女遊宴享樂的地方，亦是考生考試及第後宴飲作樂的地方，中國大陸改革開放後，於二〇〇八年，始改建後闢為公園，對外開放，其景點包括：閱江樓；高二十八公尺，是曲江公園最高最大的建築，可憑弔曲江全景，是唐代名士飲酒作樂的地方，它的北面靠近大唐芙蓉園，唐城牆舊址，南面是秦時的御花園，稱宜春園，我們因時間關係，不可能一一全部觀賞。

（三）西安城牆

西安的城牆，高十二公尺，底部寬十五～十八公尺，頂部寬十二～十四公尺，是石灰、土和糯米混合的三合土，上夯打造而成，全長十三・七四公里，它歷經滄桑，幾乎被拆除，它有六個城門，即開遠門、通化門、金光門、春明門、延平門、延興門，我們旅行團走到最高處；大明宮即行折回。

現在中國大陸正在緊鑼密鼓地提倡絲路建設，與絲路經濟，我們由這次旅遊中得知，漢唐絲路是由西安為起點，經天水－蘭州－武威－張掖－酒泉－嘉裕關－敦煌－烏魯木齊－吉爾吉斯－哈薩克斯坦－烏茲別克－土庫曼斯坦－伊朗－希臘－羅馬，西元一〇五年，漢和帝時，宦官蔡倫的造紙術，由絲路傳入西方，為世界文明提供了卓越的貢獻。

五、歸途

二〇一七年九月二十二日下午六時左右，遊罷西安城牆，晚餐在皇城南路東段陽光麗大飯店用餐，自助餐，該飯店特色是提供女模特兒與客人合影，有的客人很喜歡這一套。

夜間仍宿藍溪國際酒店，次日九月二十三日早晨五時，即需起床，因我們旅行團需要搭乘早晨八點零五分東方航空2037次班機回台北，早晨六點，即需趕到咸陽機場報到，連早餐也是在遊覽車上草草用餐盒充飢，到達機場後、報到、搭機甚為順利，就是安全檢查甚為嚴格，即使是隨身的小錢包、皮帶也需要過X光檢查，我們旅行團一行二十二人，於二〇一七年九月二十三日上午十一點四十分左右，準時返回桃園國際機場，旅行團團員在機場互道珍重，各自回家，結束了這一次愉快的旅遊，記得我曾於一九九八年做過一次西安旅遊，當時正值大陸整頓國營事業期間，西安街頭坐滿了下崗工人，西安建設，感覺很是落後，十九年後，此次再到西安旅遊，西安街頭繁榮熱鬧，晚上九點鐘尚有塞車現象，各旅遊景點的建設突飛猛進，旅館、餐廳服務品質，非常進步，但山西卻有點比較落後，這亦許是西安趕上大陸提倡絲路建設之賜，希望山西加油，不要落後。

第一次西安旅遊時攝影於大雁塔外景。

華清池外，上書在天願做比翼鳥，在地願作連理枝。

山西臨汾堯廟是山西南部最大的廟宇。

山西黃土高原，古老的坐騎，非馬、非駱駝，而是騾子。

尧舜禹后裔姓氏一览表

尧	路——路中氏、潞 狸——丹、朱、傅、房、防；傅——傅馀氏、馀 御 留——留于、留昆 蓄 唐——唐孙、杜、唐相、黎；杜——右行、隰、冀；隰——士——司空、士吉、士蔿、士毂；士蔿——士季、隋、范、鲂、士丐；范——干献、郇、栎、鞅、张（部分）；干献——函　與 尧——浇、祝、饶 陶 祁——（祈）——蔪、刘、续祁氏、续射氏、祁夜氏；刘——扰、宿、金、红；宿——粟 伊——阿、衡
舜	虞——郷　仪　容　莫　濮　戚 司徒　姚 妫——王、胡、满、遂；胡、满——陈——袁、田、占、招、梧　坊　芒　禽、咸　吕　皮　沮；田——车　東、孙　种、薛　法、毋　陆 蒲　甄 蒲——苻
禹	邓　司空　尚　窦　鲍　计　息　曾　戈　艾　莘　辛 沈——尤 嵇——越——顾、诸、欧阳；欧阳——欧 娄——巢 夏——夏侯 涂　党　掌　仉　楼　杞　卜　费　闽　骆　杭　抗　航　湛　相 谭——覃

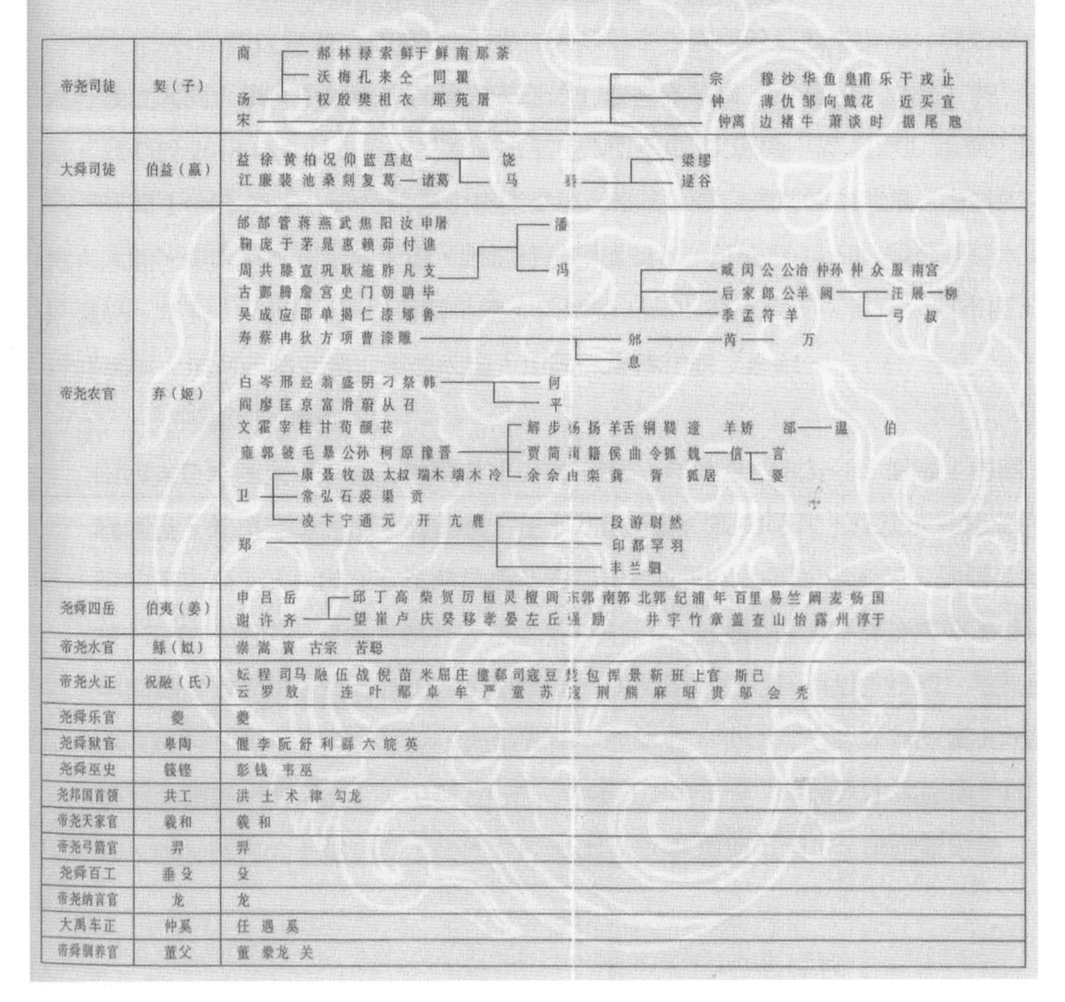

尧舜禹辅臣后裔姓氏一览表

帝尧司徒	契（子）	商 — 郝 林 禄 索 鲜于 鲜 南 那 茶 — 沃 梅 孔 来 仝 同 瞿 汤 — 权 殷 樊 祖 衣 那 苑 屠 宋 — 宗 穆 沙 华 鱼 皇甫 乐 干 戎 止 — 钟 薄 仇 邹 向 戴 花 近 买 宣 — 钟离 边 褚 牛 萧 谈 时 据 尾 虺
大舜司徒	伯益（嬴）	益 徐 黄 柏 况 仰 蓝 莒 赵 — 饶 江 廉 裴 池 桑 剡 复 葛 — 诸葛 — 马 𦐊 — 梁缪 — 逯谷
帝尧农官	弃（姬）	郜 部 管 蒋 燕 武 焦 阳 汝 申屠 — 潘 鞠 庞 于 茅 晁 惠 赖 茆 付 谯 周 共 滕 宣 巩 耿 施 胙 凡 支 — 冯 古 鄘 腾 詹 宫 史 门 朝 聃 毕 — 臧 闵 公 公冶 仲孙 仲 众 服 南宫 — 后 家 郎 公羊 阚 — 汪 展 — 柳 — 弓 叔 吴 成 应 邵 单 揭 仁 漆 郇 鲁 — 季 孟 符 羊 寿 蔡 冉 狄 方 项 曹 滕 雕 — 郐 — 芮 — 万 — 息 白 岑 邢 经 翁 盛 阴 刁 祭 韩 — 何 闾 廖 匡 京 富 滑 蔚 从 召 — 平 文 霍 宰 桂 甘 荀 颜 苌 — 解 步 汤 扬 羊舌 铜 鞮 逢 羊 娇 郤 — 温 伯 雍 郭 虢 毛 暴 公孙 柯 原 豫 晋 — 贾 简 洧 籍 侯 曲 令狐 魏 — 信 — 言 — 余 佘 由 栾 龚 胥 狐居 — 晏 卫 — 康 聂 牧 汲 太叔 端木 端 木 冷 — 常 弘 石 裘 渠 贡 — 凌 卞 宁 通 元 开 亢 鹿 — 段 游 尉 然 郑 — 印 都 罕 羽 — 丰 兰 驷
尧舜四岳	伯夷（姜）	申 吕 岳 — 邱 丁 高 柴 贺 厉 桓 灵 檀 闻 东郭 南郭 北郭 纪 浦 年 百里 易 竺 阙 麦 畅 国 谢 许 齐 — 望 崔 卢 庆 癸 移 孝 晏 左 丘 逢 励 井 宇 竹 章 盖 查 山 怡 露 州 淳于
帝尧水官	鲧（姒）	祟 嵩 賨 古宗 苦聪
帝尧火正	祝融（氏）	妘 程 司马 融 伍 战 倪 苗 米 屈 庄 僮 郗 司寇 豆 梵 包 挥 景 靳 班 上官 斯 己 云 罗 敖 连 叶 鄢 卓 牟 严 童 苏 浅 荆 熊 麻 昭 贵 邬 会 秃
尧舜乐官	夔	夔
尧舜狱官	皋陶	偃 李 阮 舒 利 繇 六 皖 英
尧舜巫史	籛铿	彭 钱 韦 巫
尧邦国首领	共工	洪 土 术 律 勾龙
帝尧天家官	羲和	羲 和
帝尧弓箭官	羿	羿
尧舜百工	垂殳	殳
帝尧纳言官	龙	龙
大禹车正	仲奚	任 遇 奚
帝舜驯养官	董父	董 豢龙 关

第四節　太原、晉北、內蒙古之旅記要

前言－旅遊準備階段

2018年8月初，中國無線電協進會理事長李文益先生與作者商討計畫做一次晉北、內蒙古之旅，最初協進會成員只有18人報名參加，當2018年8月19日招開說明會時，報名參加的竟達22人，使作者在旅遊後，自由行個人單獨延長一週回鄉探親，得以實現，喜出望外。

航線；由桃園機場直飛太原

到晉北、內蒙古等地旅遊，目前可以直航太原，不像作者於2003年作「晉豫之旅」時，需飛往北京，我們這個22人的旅行團，參加人員除了中國無線電協進會部分理監事外，還有幾位大同大學、中華電信以及央廣退休的教授與職員，可謂人才濟濟，集一時之盛。我們於2018年9月1日，搭乘東方航空MU-5012次班機，於11：50L起飛，預定飛行時間3小時25分，飛行路徑由桃園機場起飛後，經台灣海峽向北飛，由浙江屯溪進入大陸，經南京鄭州飛向太原，因當時是順風順水，班機於14：50L即行到達太原武宿機場，早到25分鐘，經過通關手續，我們於15：30L坐上大巴，進入太原市區，經汾河鐵橋、濱河西路到達迎澤西大街「中國煤炭博物館」參觀。

一、「中國煤炭博物館」

山西省是能源大省，煤炭儲藏量達2600億噸，年產量約8.3～8.5億噸，內銷二十幾個省，外銷至二、三十個國家。在十九世紀蒸汽動力時代，煤炭成為能源與取暖的天之驕子，中國在改革開放最初的二十年期間，山西的煤老闆，個個身纏萬貫，現在由於環保意識與要求逐漸高漲，煤氣化、液體化興起，煤炭業略漸萎縮。中國煤炭博物館倡議者為山西煤炭學院，現改為理工大學，佔地83畝，建

築面積28,500平方米，於1989年由山西煤管局完成建造，投資約人民幣2400萬元，故參觀者須購買門票，每人人民幣60元，70歲以上者可免。它展示了煤炭從生成、發現、到被開採的全部過程，我們旅行團22人，在導遊引領下，乘罐籠電梯，坐礦井小火車，作了一次「煤海探秘」，即所謂「七館一井」：「煤的生成館」、「煤與人類館」、「煤炭開發技術館」、「中國煤炭工業館」、「煤炭藝術館」、「煤炭文獻館」、「中外交流館」以及「模擬的礦井」。我們最感興趣的自然是「煤炭開發技術館」、「煤炭藝術館」以及「模擬的礦井」，它佔地面積約3200平方米，參觀路線達800米。在這裡我們始了解到煤炭的種類，有10種之多，分為無煙煤、半煙煤、煙煤、低硫煤、高硫煤、貧瘦煤、瘦煤、氣肥煤、肥煤、焦煤，我們在「煤炭開發技術館」，看到由中國古老的煤炭開採技術到近代機械化的煤炭開採技術與設備，但無論是古老的煤炭開採方法，或近代機械化的煤炭開採方法，礦工這一行業，是既辛苦又危險的行業，值得我們尊敬。在「煤炭藝術館」我們參觀了很多用煤炭製成的模型，唯妙唯肖，旅行團的團員在這裡拍了很多張照片，參觀罷「中國煤炭博物館」已經是17：30左右，晚餐後，我們旅行團一行22人，住進了太原市晉陽街湖濱國際大酒店，四星級的旅館，衛生、設備屬於上乘，接待大廳寬敞、亮麗，全體團員在這裡攝影留念。

二、寧武、萬年冰洞、懸空村

2018年9月2日上午08：30L離開太原湖濱國際大酒店，乘遊覽車經府東街出太原市區，沿二廣高速、楊家峪收費站、沂州奇村休息站、雲中山隧道（長5700公尺）、寧武蘆茅山風景區，沿路山巒起伏，風景優美，中午我們在五寨百味樓用餐，鄉村菜館別有一方風味。午餐後，我們旅行團一行前往寧武縣涔山鄉麻地溝村，參觀了萬年冰洞，這個冰洞距地面有100多公尺深，上下共有臺階約230～250

個。地下冰針五光十色，燦爛奪目，美不勝收。據說這個冰洞已有300萬年的歷史，是全中國發現最大的冰洞，我們旅行團的團員在這裡照了很多照片，依照氣象的理論，往地層下面越深，應該越熱，而這個冰洞真的顛覆了這種氣象理論。

參觀罷了萬年冰洞，我們乘遊覽車前往寧武縣涔山鄉王化溝村，參觀懸空村，這個村的房屋建築在百米高的懸崖絕壁上，街道是用圓木鋪架的棧道，隨處可見石砌的小徑，村民悠然過著日出而作，日落而息的農耕生活。如果不是中國大陸改革開放，發展觀光產業，恐怕他們一生都會與世隔絕，過著世外桃源的生活。據說寧武縣涔山鄉還有二個懸空村，我在2003年晉豫之旅時曾參觀過恒山懸空寺，當時並未聽說過有個懸空村，此次能再參觀懸空村可以說是大開眼界。

參觀罷懸空村，我們乘遊覽車到達蘆茅山風景區，據說它是奇冠華北，秀甲三晉，具有五項國家桂冠的國家級旅遊景區，它的五項桂冠為；管涔山國家森林公園、蘆芽山國家自然保護區、萬年冰洞、國家地質園、汾河源頭、國家水利風景區，所謂「紫塞長山」，比美新加坡的香格里拉，其衛生設備品質不差，但保養仍需加強。

我們旅行團一行於2018年9月2日17：40L離開寧武，經康莊懷仁於20：00L抵達大同，住入魏都大道浩海國際酒店，這是一家老旅館，大廳陳列的『黃慶聽雨』、『古鼎』頗能引人入勝，旅行團員在這裡也拍了一些照片留作紀念。

三、由大同往希拉穆仁草原住蒙古包

2018年9月3日早晨08：00L在大同浩海國際酒店用畢早餐，早餐為自助餐；有中式稀飯、花捲、饅頭及西式咖啡、牛奶、麵包等，水果頗豐富，有的人還在餐廳拍了照片，作為紀念。08：30L左右我們乘坐遊覽車離開大同，前往希拉穆仁草原，導遊小姐換成蒙古小姐春梅，遊覽車沿京藏高速，經左雲右玉，右衛等地，達西口收費站。西口也稱殺虎口，在清朝時，晉中平遙、楡次、太谷、祁縣等地的商人，靠走西口銷售絲、茶、塩等日用品前往蒙古，累積了不少財富，當時交通不便，依靠成千上萬的駱駝運輸，路程約1000餘華里至蒙古，所以走西口成了晉中商人既夢想又恐懼的旅程。我們的遊覽車，由西口收費站進入內蒙古的河林格爾，經呼和浩特市向北走80公里左右，約2小時車程，即到達希拉穆仁草原。草原海拔高度約1700公尺，9月份氣溫約18～21度，溫差較大，有『早穿棉襖，午穿紗』的諺語，我們在這裡參觀了賽馬、摔跤表演。最精采的是馬上疊羅漢，夜晚我們額外付了390元人民幣，參加了草原之夜，篝火晚會，穿蒙古王爺服裝，吃蒙古烤全羊，晚餐時有的團員同蒙古姑娘與青年小夥子們，載歌載舞，渡過了浪漫輕快有趣的一晚。

晚上我們住進了有空調的蒙古包，裡面衛浴設備俱全，它留下了遊牧生活的外觀，改善了蒙古包內部的衛生設備，這是時代進步下不得不配合的改變，現在的蒙古同胞已不同於過去，很會做生意，在草原上竟然有一間電動玩具店，我在那裏大贏600餘點，獲得贈品12個銅酒杯，店主知道我是九十歲以上的老人時要求與我攝影留念，誠可謂老而彌健。

四、庫布齊響沙灣及呼和浩特古蹟

2018年9月4日08：30L我們旅行團一行22人，乘遊覽車離開了希拉穆仁的蒙古包，前往庫布齊響沙灣。響沙灣在內蒙古鄂爾多斯市達拉特旗，它是距中國內地最近的沙漠，我們的遊覽車經孫氏牧場、飛行營地、達北魏重鎮武川。武川在呼和浩特市的西北方，大青山北麓，距離呼和浩特市約50公里，一小時的車程。武川市容非常整齊，在這裡遊覽車司機須自動向交通警察站登記，後來我們的遊覽車經大青山第3、第2、第1隧道而進入呼和浩特市區，我們在這裡用畢午餐，乘遊覽車向西南行，經呼和浩特收費站，遊覽車司機在自助式加油站加油。自助式加油站無人管理，這點要較台灣進步，經沙爾沁服務區，這裡的廁所有人管理，是最清潔的廁所，這一帶好像是農業區，我們從車窗外初見黃河與河套平原，在地理上；河套平原亦稱上默川平原，是內蒙古最富足的區域，在這裡許多國民住宅的屋頂有太陽能板發電設備，我們的遊覽車經房碾關收費站而到達響沙灣接待中心。響沙灣範圍很廣，沙高約100米，坡度約45度，呈彎月形。我們旅行團一行在接待中心買了門票，換上防沙鞋，乘沙漠衝浪車、沙漠觀光小火車，遊覽了響沙灣全景，並在戲臺觀賞了蒙古婚禮秀，其程序是迎親、中途、拒進、結婚、拜見父母、大宴賓客，值得一提的是拒進，意思是沒有金銀首飾，休想結婚，表露了現實主義情況與坦誠，有的團員乘馬、騎駱駝攝影留念，這裡的沙丘面水向陽，每當晴朗的好天氣沙粒乾燥，滑沙時會發出隆隆巨響，這種特殊情形到目前為止還沒有找到原因。這一說法雖然在旅行社說明書上寫得很清楚，但我們的團員並沒有這種感覺。

過去在中國氣象學界常有沙漠南移的論說，現在我們在晉北與內蒙古的旅程中看到沿途種植了很多防風林，據說是由南方移植的柏楊樹。這種樹；樹葉密集，樹形挺直，生長很快，很適合做防風林，在加上像響沙灣一樣的發展沙漠觀光事業，近年來已經很少聽到中國有沙漠南移的論說。

遊罷響沙灣，我們旅行團一行乘觀光大巴回到呼和浩特市。呼和浩特市北依大青山，南面黃河，面積17,186平方公里，人口2,870,000人，漢族佔87%、

蒙古族10%、其他少數民族3%。清朝稱綏遠城，中華民國統治時稱歸綏市，為綏遠省（今內蒙古自治區）的省會，農牧業非常發達，市容整潔，我們旅行團一行住入海拉爾東大街華展大酒店，屬四星級旅館設備，衛生尚屬合格。

五、遊呼和浩特市名勝後轉回大同

1. 昭君墓：2018年9月5日我們在華展大酒店用畢早餐，於上午08：30L乘遊覽車前往呼和浩特市南面9公里處的昭君墓遊覽，西漢時的王昭君出塞與匈奴（即蒙古）和親，以安漢朝社稷，這是一種美女外交的典型，在台灣1960年代，王昭君一首歌詞，道盡了女子在封建時代婚姻不自由的無奈與悲痛，這個昭君墓據稱已有2000年的歷史，文人墨客寫下『青塚擁黛』的墓碑，表現了既讚美又弔傷的無奈，有的團員在這裡拍攝了一些照片以作紀念。
2. 大召寺：大召寺位於呼和浩特市玉泉區南部，是一所藏傳黃教寺院，寺內宗教文物眾多，最著名有銀佛、龍雕、壁畫等，稱為大召三絕，據說清康熙皇帝曾在大召寺住過，所以大召寺也成為康熙皇帝的家廟。
3. 塞上老街：在大召寺西側，有一明清建築風格的老街，這條老街全長380公尺，聚集了古玩民俗、土產等商店，有銅匠鋪，有新發展起來的藝術品商店，應有盡有，我在這裡買了一個彩繪馬匹與駱駝的筆筒，並拍了一些照片留作紀念。
4. 五塔寺-金剛座舍利寶塔：五塔寺位於呼和浩特市的舊城區的東南部，因塔座上有五座方形舍利塔，故名為五塔寺。它建於清朝雍正年間（公元18世紀），以磚石為結構建造，塔高約13米，台基為長方型的金剛座，下面是須彌座，束腰部分是磚雕獅、象、法輪、金翅鳥以及金剛杵等圖案花紋，座身下部鑲嵌著蒙、藏、梵三種文字所書寫的金剛經經文，上部為千佛龕，龕內有一個佛像坐著，兩旁是寶瓶柱，龕上有梵文六個字的真言，南面正中開著卷門，門旁有四大天王。

註：這段對五塔寺的描寫，錄自山富旅行社旅遊說明書

5. 成吉思汗銅像：成吉思汗銅像建立在呼和浩特市五塔寺附近，成吉

思汗廣場，銅像高36米，由青銅鑄成，是手持馬鞭指點江山的騎馬銅像，展顯了一代天驕的雄姿，我們旅行團的團員在這裡拍了很多照片。

中午13：00在鴨莊用畢中餐，14：10L左右經和林格爾收費站離開了呼和浩特市，前往大同，與來時方向相反，經山西西口收費站、右衛、右玉、左雲等地，而回到大同，仍住宿於大同的浩海國際酒店。

2018年9月6日在酒店用畢早餐，我們旅行團一行於08：00L離開浩海國際酒店，乘遊覽車作大同名勝古蹟之旅，遊覽車經國際大道出大同古城門，展開大同名勝古蹟之旅。

六、大同名勝古蹟之旅

1. 古城牆與清遠南門：大同不愧為晉北軍事重地，在古代是防守匈奴南侵的北方重鎮，它的城牆建築不輸於荊州古城及平遙古城，我們旅行團的團員在清遠南門附近拍了不少照片，參觀了清遠街、和陽街、永素街、永武街。
2. 九龍壁：九龍壁位於大同和陽街，原為明代王府的照壁，九龍壁東西長約45.5米，高8米，厚約2.02米，建成於明洪武二十九年（公元1396年），為現在九龍壁建築中年代最早、最大的一座，比北京故宮和北海的九龍壁早300餘年，較北京北海公園的九龍壁大兩倍，壁身上九條龍型態各異，比例協調，堪稱明代建築藝術的傑作，旅行團員在這拍了很多照片留作紀念。
3. 華嚴寺：華嚴寺位於大同萬壽坡街，我們旅行團一行參觀了鐘鼓樓、光明殿、藥師樓、彌陀殿及華嚴寶塔、普賢閣、文殊閣、大雄寶殿，在大雄寶殿上的橫聯有「調御大夫」一辭，我非佛教徒對該辭不知作如何解釋，團員中有位虔誠的佛教徒女士，她說「釋迦摩尼佛稱，他可以調服眾生」，使我頓開茅塞。

4. 雲岡石窟：雲岡石窟位於大同西郊16公里處，武州山的南麓，東西綿延約一公里，有45個洞窟，分為三區。第一窟至第四窟為東區、第五窟至十三窟為中區、第十四窟至四十五窟為西區，共有石雕佛像51000尊，被譽為東方石窟藝術寶庫。它開始興建於北魏興安二年（公元453年），完成於北魏太和十九年（公元495年），費時42年，可見工程之宏大。我們旅行團在山西籍導遊帶領下，參觀了第一窟至第二十窟，第一窟、第二窟是一組塔廟式雙窟，兩窟南壁有達摩文殊問答像，第二窟有一泉，泉水常年湧出，稱石窟寒泉。第三窟是雲岡最大的石窟，窟高35米、寬50米，分前後兩室，後室雕刻一佛，二座菩薩像。第四窟平面呈矩形，中央有雕鑿的方形立柱，東壁有雕鑿交腳彌勒佛像，雲岡石窟與我於2003年第一次旅遊時相比已改進許多，現在周圍建築了很多亭台樓閣，成為一個繁華的旅遊景點區，並有電瓶車搭載遊客，使我們旅行團一行能有時間遊罷第一窟至第二十窟，可謂大開眼界，雲岡石窟與甘肅敦煌莫高窟、洛陽龍門石窟列為中國石窟三聖，現在均已列為世界文化遺產，值得一遊。
5. 應縣木塔：應縣木塔距大同約70餘公里，我們旅行團遊罷雲岡石窟，乘遊覽車經懷仁到應縣木塔，約需90分鐘的路程。應縣木塔建於遼代清寧三年（公元1065年），迄今已有950餘年的歷史，應縣木塔塔高67.3米、五層六簷、直徑30米，塔的平面呈八角形，它用了約七千餘立方米的木材，總重量約7430餘噸，最奇特的是各種木料構件皆巧妙的鉚合而成，未用一顆鐵釘，將近千年，歷經數次地震及戰爭的破壞仍屹立不搖，沒有重大的損壞，在世界建築史上亦可謂鬼斧神工，巧奪天工。塔中楹聯有『峻極神工』、『天下奇觀』、『天宮高聳』、『天柱地軸』、『萬古觀瞻』、『奎光普照』都在形容與讚美木塔建築的奇特與美妙。
6. 應縣到五台山山路驚險：離開應縣木塔向南行，在遊覽車赴五台山的路上，需穿越恒山山脈，經張崖、奮地、麻燕寺，17：05L突然下起小雨，並看到紅、黃、藍色的彩虹，這個山區公路曲直，乘坐遊覽車頗感驚險，有如台灣的蘇花公路，但山區有配電所，山頂有風力發電設備，有最高的無線電天線鐵塔，現代化的發電設備與無線電通信天線設備，點綴在深山僻壤，亦算是一個奇景，遊覽車於17：20L，由山區進入丘陵地帶，經川草收費站，17：50L進入沙河鎮，發生大霧，遊覽車司機駕車技術不錯，謹慎小心，值得讚美。遊覽車到達五台山入口處，忽然叫旅客下車檢驗入口門票，這個山口正當風口，風速有如七級颱風，吹得我們東倒西歪，躲到車側旁邊略避強風，事後檢討，導遊應考慮旅客安全，請門票檢驗人員上車驗票，這段旅遊插曲，或可成為旅遊界的參考資料。

七、五台山－佛教聖地

2018年9月6日夜晚我們旅行團投宿於五台山五峰賓館，氣溫較低，團員皆換上冬裝，有的團員在旅館商店購買夾克，物美價廉。五峰賓館構造佈景有些特點，旅行團團體在此攝影留念。次日早晨08：00L，早餐後我們旅行團離開賓館，展開五台山之旅。五台山是中國佛教四大名山之首，位於山西省五台縣東北，五台山係由五座名峰組成；即東臺望海峰、南臺錦繡峰、西臺桂月峰、北臺葉鬥峰、中臺翠岩峰，並有200餘座寺廟，散落各處，我們當然沒有時間全部參觀，只參觀了下列幾處寺廟與名勝古蹟，即花費了半日時間。

1. 菩薩頂

菩薩頂位於顯通寺北側靈鷲峰上，層層台階猶如天梯，頂上的焚宇琳宮；相傳是文殊菩薩的修道場，故名菩薩頂。初建於北魏，清順治時大為擴建，現有殿堂房舍430餘間，佔地45畝，參照皇宮式建築，瓦為三彩琉璃瓦，磚為青色細磨磚，其中大鍋院，有四口大鍋，據聞是每年十二月八日釋迦摩尼成道日，對外施粥時使用。

2. 顯通寺

顯通寺位於五台山中心區的台懷鎮北側，靈鷲山南麓，始建於東漢明帝永平11年（公元68年），為五台山佛剎開山之祖，佔地將近8萬平方公尺，有建築物400餘間，銅塔二座，高八米，寺院佈局有三大部份，中間為殿堂院、東西兩側為禪院、共有七重殿宇，風格各異。寺內有一大白塔，可與北京北海公園的白塔比美，五台山之美在於樹木青翠，種類繁多，尤為中國歷史上久負盛名之佛教聖地，自唐以來，有不少國內外佛教高僧朝拜巡禮五台山，使它無形中成了佛學中心，但現在國內外觀光客雲集，已失去佛教清淨、避世、專心學佛的純潔世界，這亦可謂造化弄人，在這個物質文明的世界裡，任何宗教都不可能獨立離開世俗而存，走馬觀花，我們在五台聖境處攝影留念。

3. 五爺廟與萬佛閣

五爺廟供奉的是東海龍王之子，排行第5故稱五爺，名字叫聖衍，據說五台山過去氣候惡劣，自從五爺與文殊菩薩落戶五台山，使五台山成為氣候宜人，清爽可愛，滿山遍綠，花果四季的佛教天國。五爺廟由萬佛閣、文殊殿、五龍王殿、禪房、戲臺所組成，我們參觀時戲台正在修理，沒有演戲，但在五爺廟附近，無心中發現了『五台山自動氣象站』，古老的迷信與新式的氣象科學儀器，互相顯照，亦可稱為一種佳話。

4. 清涼寺

位於五台山中台南瓦廠村的清涼谷，始建於北魏孝文帝二年（公元472年），迄今已有1546年的歷史，歷代皆有重建，相傳是清朝順治皇帝出家修心的地方，可惜因時間關係，無緣一遊。

八、重回太原

中午我們旅行團在恩來順素食館用畢中餐，即於13：30L離開五台山，經保德、沂縣、楊家谷收費站進入太原，回到太原後僅餘半天的時間，我們旅行團參觀了：

1. 東湖醋園：

東湖醋園在太原馬道波街，佔地20000多平方米，是山西最負盛名的老陳醋製造廠，也是全中國唯一的醋文化旅遊園。據說山西老陳醋製作已有500年的歷史，在這裡我們參觀了「醋文化展示」、「工藝操作表演」，據統計至2007年已接待國內外旅客49萬人次，預測改造後，接待旅客將上升到每年30萬人次，經濟收益650萬人民幣，不失為另一種經營商業的方法。

2. 柳巷商業街：

柳巷商業街位於太原市迎澤區，具有三百多年的商業歷史，是目前華北地區最大的夜市，每日人口流量約20餘萬，各類商品應有盡有，商業鼎盛，但它歷經滄桑，記得1940年間，我家在此開設了一個叫永豐利百貨店的公司，當時門面雖不大，但生意火紅，而且我在1945年離它附近不遠的正太飯店，住了將近一個月的時間，今日故地重遊，景物全非，遍經尋訪，找不到原來的地址。幸於2018年9月12日，由侄孫五峻，帶領下找到了正太飯店的舊址，即現在的國民大藥房興樂仁堂，而永豐利百貨行的舊址即在離正太飯店五十公尺附近，亦算此次回歸太原的旅遊收穫。

九、歸程

2018年9月7日我們旅行團在山西麵食館用畢晚餐，夜宿雙塔西街和頤酒店，在山西麵館用餐時，看到機器人在做刀削麵，感覺很驚奇，2018年9月7日，是旅行團最後停留在中國大陸的一晚，在和頤酒店我與旅行團其他團員20人，互道珍重，因為他們將於2018年9月8日搭乘東方航空MU5011班機於08：30L飛回台北，早晨05：30L即須離開酒店，而我與國瑞則留下作平遙探親之旅。回顧此行，我們旅行團成員22人，搭乘遊覽車旅遊了約1500～2000公里，經太原、寧武、大同、內蒙古，回程遊玩了雲岡石窟、應縣木塔、五台山，一路平安愉快，最應該感謝的是遊覽車司機先生，他謹慎而熟悉沿路地形，駕駛技術一流，可惜我因時間匆促，連問他姓名時間都沒有，可稱他為此次旅行的無名英雄。

十、檢討與建議

1. 大陸的遊覽服務區與許多飯店的廁所都是蹲式抽水馬桶，沒有家庭式坐式抽水馬桶，或殘障廁所，對年長者或殘障者旅客非常不方便，應加改善。
2. 航空公司報到櫃台（Check-in Counter），應劃分為團體櫃檯與散客自由行櫃檯，以節省旅客時間，尤其是自由行散客的劃位時間。
3. 各旅遊區、服務區、飯店廁所的清潔衛生，仍應加強，以彰顯文明社會，文明人的旅遊環境。
4. 前述的建議事項，應由各地旅行社向大陸主管觀光旅遊的單位反應，以求改善，便利旅客。

我正在內蒙古响沙灣根據路標指示，去一粒沙渡假村觀光。

成吉思汗銅像，建立在乎和浩特市成吉思汗廣場，一代天驕，世人沒有想到草原遊牧民族起家的大元帝國，竟能統治歐亞兩洲。

中國無線電協進會晉北內蒙古旅遊的團隊。

第五節　山東旅遊記勝

緣起

自從1987年兩岸開放探親旅遊以來，三、四十年來我已去過大陸的華北、華中以及大江南北、黃河兩岸很多地方旅遊，就是沒有去過山東旅遊，2018年10月下旬姻親李君說要到青島旅遊，約我與內人參加，雖然我剛於9月15日完成晉北、內蒙古之旅歸來不久，經與內人商量後，我們欣然同意。這個旅行團除李君夫婦外，尚有內弟振安，連同我們夫婦熟人共五人，而其餘的團員23人，則是由雄獅旅行社在台灣各地招攬而來，這個28人的旅行團，於2018年11月2日搭乘東方航空MU2042次班機，原訂於桃園國際機場起飛時間為13：00L，不知何故延遲了一個多小時，於14：00L始行起飛，到青島飛行時間約需2小時30分，我們於16：40左右到達青島流亭機場，辦完通關手續出關後，已是17：30左右，我們在機場附近城陽區騰飛飯店品嚐了山東大饅頭等，風味晚餐，即乘遊覽車前往市區投宿旅館。

一、青島觀光

青島範圍很廣，轄七個區、五個市，總面積11282平方公里，人口約920萬人，遊覽車從流亭機場到市區需要2個小時的車程，我們旅行團28人於20：00L到達位於膠南市濱海大道1288號的隆和福朋喜來登酒店住宿，五星級旅館，衛生與設備均屬上乘，不意姻親李君的友人已在旅館等候邀約晚宴，陸客六人加上李君共飲了4～5瓶白酒，中國大陸的商人真會喝酒，直鬧到晚上12時左右，回到旅館已將近晚上一點左右。

1. 青島德國總督樓舊址博物館

青島是新式都市，沒有清代以前的歷史古蹟，青島原來是一個漁村，因地理位置優越，位於中國北方海岸線的中部。1897年，德國以巨野教案為藉口，出兵佔領青島。1898年德國強迫清政府簽訂「膠澳租借條約」後，德國占領當局依德式風格建設成現代化港口城市，1907年，德國於青島龍山路建築德國總督官邸，即現在的「德國總督樓舊址博物館」，博物館分為四層，總面積4182平方米，地下室為廚房、儲藏室，地上一層為官方性質的接待室，設有大廳、書房、遊藝室、餐廳、溫室花房等，二樓為總督的私人住宅，歐洲風格，高雅大方，融合了一些東方色彩，更顯得美侖美奐，博物館還陳列有19世紀的鋼琴、計算機、收銀機、放映機、打字機、縫衣機等，在當時來說，這些都是中國沒有而新奇的家庭用品，我們花費了2個小時的時間，參觀罷「德國總督樓舊址博物館」。

2. 信號山

信號山原名大石頭山，海拔98公尺，總面積63936平方公尺，1898年德國佔領青島後，利用此山有利的地位，修建了一座指揮船舶進出港的信號導向台，由於原始的信號導向旗已被現代先進的導航器取代，1987年青島市政府將信號山改為沿海景觀公園，這座信號山有380個台階，加上信號台的70個台階，共約450個台階，我們旅行團花了將近2小時的時間，走完全程，走馬看花，青島港區風景盡收眼底。

遊罷信號山已是中午12：00L，我們在附近的餐廳匆匆用畢中餐後開始下午的行程。

3. 青島啤酒博物館

青島啤酒博物館位於青島市北區登州路，館區面積6000多平方公尺，分為百年歷史和文化、生產工藝、多功能區三個參觀區域，這座啤酒廠於1903年由德國人依照德式工業模式建成，現在已有115餘年的歷史，該廠採用優質的原料，特有的菌種，加上當地甘甜的泉水，德國的經典釀造技術使青島啤酒以泡沫潔白、口味細膩、香醇柔和而成為中國啤酒的第一品牌，在這裡我們品嘗了一杯樣品酒以作紀念。

4. 八大關

青島八大關風景區位於青島市南區海濱匯泉角北部，該區景色以碧海藍天，紅瓦綠樹而聞名於世，道路以中國古代關隘命名，包括縱向的紫荊關路、寧武關路、及韶關路，橫向的武聖關路、嘉裕關路、函谷關路、正陽關路、臨淮關路、居庸關路和山海關路；俗稱八大關。其實是十大關，在這附近我們並發現了一處丹麥建築「錦繡園」，這一區的高樓建築物大多數為玻璃帷幕式，而以正在建築中的「海中天」為最高。

遊罷八大關等濱海區澳門路五四廣場，不覺已經下午18：00L左右，我們在一家叫九龍塘的海鮮屋餐廳用晚餐，用火鍋蒸煮各種貝類，頗有特色，回到酒店已是19：30L左右，結束了2018年11月3日第二天的旅遊行程。

5. 青島貝殼博物館

青島貝殼博物館為一私人博物館，位於青島西海岸新區的唐島灣旁，面積260平方公尺，我們旅行團於2018年11月4日早晨08：30L離開酒店，經濱海大道，沿路有西海岸展示中心、東方影都、云龍海灣、山東高速西海岸中心等地，到達青島貝殼博物館，該館收集了4000多種貝殼標本、130餘種貝類石化、來自60多個國家、4個海洋，有五個展示區、一個貝類科學研究院。在展示室我們看到了一個叫做「龍宮翁戎螺」的展示品，它來自臺灣釣魚台或印度與日本，可惜我們不是海洋專家，走馬看花，歷經一個小時30分鐘，匆匆結束參觀，搭乘遊覽車前往維坊。

二、維坊

維坊距離青島160公里約2.5小時的車程，經靈山灣收費站、日照、東營、平度休息站，轉為四線式高速道路，沿途一片沃野，但農村房屋顯得簡陋，遊覽車於12：30L到達維坊，經維安路、豐華路到達花園餐廳用餐，此一餐廳建築在花草樹木中，頗有特色，我們在「落櫻小築」前拍了幾張紀念照片。

1. 維坊鳶都

維坊鳶都亦稱為維坊世界風箏博物館，位於維坊市維城區行政街，建築面積約8100平方公尺，這裡收集了古今中外數百種風箏，於1989年建成。具有8個展示廳；即風箏歷史文化展、維坊風箏精品展、世界風箏精品展、中國風箏精品展，最著名的是維坊龍頭蜈蚣風箏，我在這裡買了一把特殊的扇子，題詞『莫生氣』作為紀念品。

2. 齊魯酒地裕景大酒店

這個酒店位於維坊市新安路與外環路交匯處西北角，遺世獨立，本身自成一個風景區，我們於2018年11月4日下午18：30L投宿該酒店時，正在下著煙雨濛濛的小雨，客房與餐廳分設在兩個不同的大樓，匆匆用畢晚餐，無暇欣賞週遭的風景。

三、濟南

我們旅行團乘觀光大巴於2018年11月5日上午08：00L離開維坊裕景大酒店，經青州服務區、淄博市等地，前往濟南。濟南距離維坊約200多公里，車程約3小時餘，這一帶是蔬菜產區，為了防寒害，土地多用帆布架覆蓋，遊覽車經郭店收費站、恒大城銀座廣場公園，進入濟南市區，這一帶高架公路縱橫，感覺不到老舍所說「家家泉水、戶戶垂楊」的美感，可是遊覽車由北園大街轉入濟南舊城，則感覺風景非常秀麗，午餐後開始參觀大明湖。

1. 大明湖

大明湖名不虛傳，岸邊樹木繁茂，景色宜人，我們旅行團一行參觀了明湖居、悠然亭、歷山亭、驛詔亭、船樓等處，在遊樂橋附近的長廊，參觀了介紹蒲松齡、戚繼光、李清照、賈思勰、王羲之、諸葛亮、孟軻、墨翟、孫武、孔丘、管仲、大舜的文章，這些人大都出生在山東或經歷的事蹟與山東有關，我們經黑虎泉與新修的解放閣等地，走馬看花似地走出了大明湖，大明湖風景區很大，要想仔細的參觀，恐怕要花費一、兩週的時間，2018年11月5日，我們旅行團一行投宿於濟南陽光壹佰美爵酒店，四星級旅館，衛生設備尚稱及格。

2. 泉城公園

2018年11月6日早晨08：00L離開了陽光壹佰美爵酒店，經經十路前往泉城公園，該公園位於濟南市中部，千佛山西側，是一座風景優美的植物園，我們旅行團一行參觀了玉蘭園、櫻花碧桃園、牡丹園、丁香園、松柏園、月季園等13個專業花卉園，及日本園，我想來濟南旅遊最好是五、六月份，那時候大明湖與泉城公園，一定是萬花錦繡，景色迷人，參觀罷泉城公園，我們順便參觀了長青區的山東文化館，那裏有個大的觀音堂，並且對天下名山（中國名山）有些描寫的文字，中午我們在歷山路梁記粥鋪用畢中餐，即前往山東博物館參觀。

3. 山東博物館

山東博物館位於濟南經十路，成立於1954年，建築面積21000平方公尺，建築樣式雅典雄偉，共有12個展廳，當日開放了3個展廳，即史前展廳、夏商周展廳、秦漢至明清展廳，據稱館藏文物達21萬件，一級展品約1385件，我非古文物專家，但對夏商周展廳中的殷商銅器特別感到興趣，因我有接觸過這些文物，如亞醜鉞、銅觚、銅斝、銅斗、銅鈸等，走馬看花，因導遊限定在這裡參觀時間2小時，不容詳細端詳，不過據講這個博物館每年五月十八日，會公開鑑定古玩，有興趣的人，不妨到時前來參觀，我們對這個博物館總體感覺非常良好。

四、重返維坊

2018年11月6日14：15L我們旅行團一行乘遊覽車離開濟南，經博高、青州服務區，當時煙雨濛瀧，17：10L即行天黑，溫度13℃，仍住宿於維坊裕景大酒店，晚餐在酒店與其他二個台灣的旅行團共用。

五、蓬萊仙島的傳奇

2018年11月7日我們旅行團一行於早晨08：00L離開維坊裕景大酒店，當日天氣多雲穩定，溫度12℃左右，很多人在酒店前的美酒池風景區攝影留念，維坊距蓬萊約210公里車程約2.5小時，遊覽車出維坊收費站，經萊州服務區而到達蓬萊市。

1. 楊家埠民俗村

村內有木板年畫展示館，木板年畫始於明代，具有濃郁的鄉土氣息。

2. 八仙渡風景區

位於蓬萊港的東方，它是根據八仙過海的神話傳說而填海造地新建的風景區，建有八仙過海漢白玉照壁、挹清軒、八仙洞、財神殿、放鶴亭、環形走廊，道家風格等古典式建築，道教是中國固有的宗教，值得鑑償。

3. 蓬萊傳奇

相傳秦朝方士；徐福，率領500童男、500童女東渡日本，為秦始皇尋覓長生不老之藥，一去不返，而成了日本人的祖先，即由蓬萊出海。

六、煙台

由蓬萊到煙台約1.5小時的車程，今天（2018年11月7日）我們參觀了：

1. 八仙過海風景區，在海濱路的路牌標示著「八仙過海、人間仙境」

正門上書「仙源」二字、照壁上書「雲外仙都」、頤心亭上書「海天曠覽」、會仙閣；樓高六層，上書「眾妙之門」，蓬萊閣與遠方的長山列島並列，「海市蜃樓」的景象常出現於這一帶。

2. 煙台港

位於山東半島的東端，扼渤海灣入海口，是中國大陸沿海主要的樞紐港口之一，它與日本、韓國隔海相望，港區包括芝罘灣、西港區、龍口港、維坊壽光港、東營廣利港、濱州套爾河港，在東北亞來說，也是軍事及商業價值非常重要的港口。

我們旅行團遊罷煙台這兩個主要的景區，已是2018年11月7日下午17：30左右，投宿於煙台芝罘屯路貝斯特韋斯托大酒店（Western Best Hotel），四星級旅館，設備服務尚算合格。

3. 張裕葡萄酒博物館

我們旅行團於2018年11月8日早晨08：20L離開了貝斯特韋斯托大酒店，乘遊覽車經北馬路鳥巢式建築的火車站，前往位於芝罘區六馬路的張裕葡萄酒博物館參觀，該館係張裕公司的舊址，創辦人張弼士是印尼華僑，1892年創設了張裕葡萄酒公司，1992年改為張裕葡萄酒博物館，展廳包括了歷史廳、酒文化廳、榮譽廳、書畫廳四部分，最著名的是地下酒窖，據說它是亞洲唯一的地下大酒窖，窖深地下七米，產品有冰酒、白蘭地、味美思、雅士干型、三鞭酒，我在那裏買了小瓶的白蘭地以作紀念。在榮譽廳我們看到1912年國父孫中山先生書寫的橫聯「品重醴泉」，以及後來山西孔祥熙先生題詞「佳釀來自西域」，據說葡萄酒是來自歐洲古時的奧匈帝國。

4. 北極星鐘錶博物館

北極星鐘錶博物館位於煙台市濱海風景區廣仁路，面積3000平方公尺，是中國第一家鐘錶文化為主題的博物館。它分為三個展區；即中國計時儀器之沿革、中國近代鐘錶工業之發展以及世界鐘錶珍品。

A. 中國計時儀器之沿革

現在很多中國人認為鐘錶是由國外輸入中國的舶來品，沒想到它的老祖宗是中國，中國對計時儀器發展歷程如下：

（1）日晷：中國古代即知利用太陽的位置及高度顯示時間

（2）滴漏類計時器：及利用銅壺滴漏以表示時間，這種計時器據說可能產生在公元前二世紀的周朝。

（3）水運儀象台的報時功能，是公元1088年中國宋代的蘇頌所發明，他利用觀測天象的渾儀演示天象的渾象，計量時間的漏刻和報告時刻的機械裝置以水力作為動力來源來報時，而成為世界上第一架天文鐘。

B. 世界機械鐘錶與石英鐘錶發展的歷程：

（1）1923年英國發明以砝碼帶動的機械鐘，亦稱塔鐘。

（2）用彈簧驅動的針，公元1528年德國人彼得亨利發明。

（3）利用擺動的振動計時的鐘，1656年惠更斯發明。

（4）以發條為動作的鐘錶；發條是1490年德國人Peter Heke發明，成為15世紀以後用發條為動力的鐘錶。

（5）電子錶與石英鐘錶；1969年日本精功社推出以石英震盪為動力的鐘錶，改變了近代鐘錶的生態。

鐘錶對人類日常生活用處很多，所以鐘錶博物館很有價值，值得參觀。

5. 煙台山

到煙台不能不看煙台山，煙台山明清時設有烽火台，以狼煙傳遞消息，防止倭寇，稱「狼煙墩台」因而得名「煙台」二字。煙台三面環海，地理位址非常重要，是山東最早對外開放的通商口，先後有17個國家在煙台設立領事館，故有教堂、領事館等三十餘棟，建設風格迴異的歐美建築物，散步市內，加上秀麗壯觀的濱海自然風光，著實迷人，煙台山位於煙台市芝罘區，海拔僅42.5公尺，但因當天正在下雨，我並未登煙台山，只是在山腳下遼望一番，然後在附近郵局買了一紀念銀幣，作為此次旅遊煙台的紀念，中午我們旅行團在江南餐廳用餐，這個餐廳的特點是以中國的五大湖命名房間的名稱，如洞庭湖、鄱陽湖、太湖、洪澤湖、巢湖等。13：30L我們結束了煙台的旅遊，於13：50L出了煙台市區，沿路煙雨濛濛，溫度12度左右，於16：40L重回青島，在魚島情川菜館用畢晚餐，入住濱海大道2000號的希爾頓逸林酒店，準備次日搭機飛返台北。青島這條濱海大道長達30公里，香港的彌敦道、新加坡的烏節路、上海的南京路都沒有比它長。

七、歸途與感想

我們旅行團一行28人於2018年11月9日清晨06：30L乘遊覽車離開希爾頓逸林酒店，經膠州灣隧道、上青蘭高速、經青島收費站、轉山東高速，而於08：30L左右到達流亭機場，搭乘東方航空10：00L MU2041次班機，於12：55L到達桃園國際機場，在機場大家互道珍重，結束了這八天愉快的旅遊。

在感覺上青島建築現代化，市容清潔整齊，空氣新鮮，適合人居，濟南是內陸都市，山川古蹟迷人，大明湖、泉城公園自然風景美妙，山東博物館值得參觀，煙台、蓬萊地理位置非常重要，應該更進一步加強現代化建設，維坊是農業區，如何發展農業，留住農村人口外流是很多農業區的課題。

參考資料

1. 旅行社說明書
2. 各旅遊景點說明書
3. 各地導遊解說

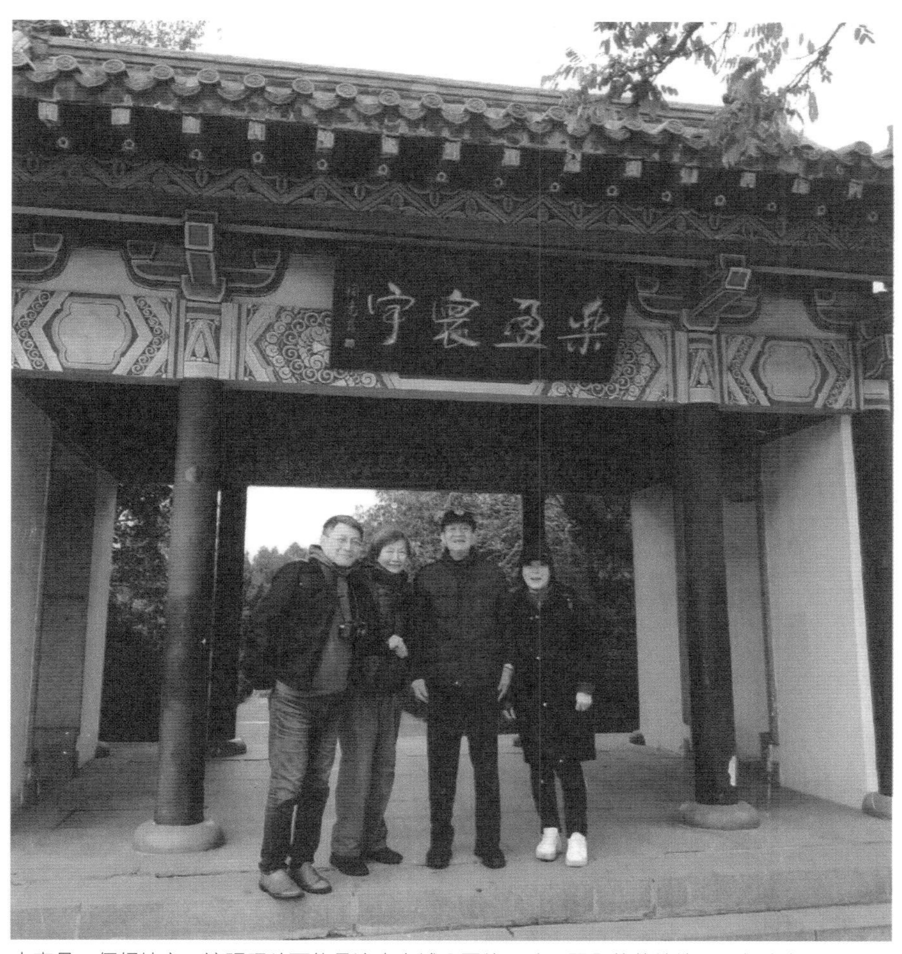

山東是一個好地方，這張照片可能是濟南泉城公園的照片，園內萬花錦繡，景色迷人。

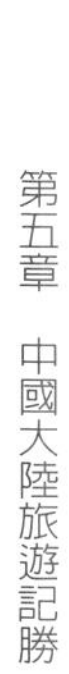

第六章
世界文化遺產，平遙古城往事與近貌

第一節　懷我故鄉

我的故鄉在山西省平遙縣，平遙縣位於晉中盆地，東面靠近祁縣，西鄰汾陽，南面是沁源，北面是文水，西南面與介休接壤，同蒲鐵路在平遙設站，太運及太舊高速公路路經平遙，由省會太原到平遙約需一個半小時的車程，距離約100公里，交通甚為便利，平遙除縣城外，有五個鎮，十九個鄉，總人口約四十八萬，城內居民約十萬人，平遙古稱陶地，為堯帝封地，北魏統一北方後，於始光元年（公元四二四年）將平遙縣治遷於京陵，後又廢京陵遷入平陶，並因避太武帝拓跋燾名諱，改平陶為平遙，以迄於今。

平遙縣城市設計，可謂匠心獨具，它綜合了儒家倫理思想及道家陰陽佈局的概念，在中國甚至在全世界亦屬於孤例，我們先從它的城牆談起，相傳平遙的城牆為西周時周宣王姬靜（約公元前八二七年至公元前七八二年）派大將尹吉甫駐兵於此，為北伐玁狁，增築城池，訓練部隊，後來歷代都有補修與增建，現存的平遙城牆為明代規制，城牆周長六一五七．七公尺，高十公尺，城牆頂寬度三~五公尺牆內填土夯實，外包磚石，外有垛堞，內為女兒牆，鋪設垛口三千個，每隔四十至一百公尺左右設觀敵樓一座，共七十二座，象徵孔子門徒三千，賢人七十二人，是標準的儒家思想，而城的形狀像爬行的烏龜，南北各開一門，為直通甕城，東西各有二門，即所謂上東門、下東門、上西門、下西門，為彎曲甕城，龜首向南，龜尾在北，東西四個城門象徵著烏龜的四條腿，烏龜為吉祥物，是標準的道家思想，再說其城內街道佈局，亦是儒道並存，陰陽分明，市樓高一八．五公尺，設於南大街為全城的中心點，全城有四條大街，八條小街，七十二條蚰蜒小巷，縣政府與城隍廟左右對承，文廟與武廟東西對承，道教的清虛觀與郊外的雙林寺相平衡，整個街道佈局像一個八卦，這種儒家及道教觀念設計的城市，在全中國實屬獨一無二。

我姓冀，冀姓在百家姓中為稀有姓氏，但在晉中平遙，介休，汾陽一帶屬於大姓，人口眾多，介休北辛武村冀家，清朝道光時，資產達三百萬兩白銀，在全國亦屬名列前十名的富豪，汾陽冀貢泉、冀朝鼎、冀朝鑄父子有的在國民政府時代即為有名的經濟學家或外交家，冀朝鑄先生曾任中華人民共和國的駐英大使，聯合國副代表等職，我的曾祖父冀唐封氏為清道光時貢生，歷任陝西省平利縣知縣，為官清正，丁憂回籍守孝，應平遙縣知事劉敘之請，組織仕紳十二人設立公局，募得白銀四萬餘兩，整修平遙縣城牆，歷時九年，經過四任縣知事始告完工，這是我的祖先對家鄉平遙的小小貢獻，我的叔祖冀承詩公為清咸豐時舉人，曾任山西省長治縣教諭，所以我的家族，在平遙亦可稱得上為仕紳之家，到了我的父親冀祖蔭公，生於清光緒年間公元一八七七年，當時平遙票號尚在興盛時期，他棄仕從商，曾任日昇昌票號廣西南寧分號經理，日昇昌票號是我國銀行業的創始者，創立於清道光三年（公元一八二三年），首任總經理雷履泰，開創了我國存放款，埠際匯兌業務，所謂「匯通天下」，全盛時期日昇昌票號在全國有三十五個分號，營業額；年匯白銀三仟萬~五仟萬兩，存放款二仟萬~三仟萬兩，後來晉中一帶富商，爭向投入票號行業，祁縣，太谷，平遙成為山西票號的集中地，全盛時期，僅平遙一地就有票號二十二家，除私人及官吏存借款及匯兌外，幾乎掌握了清政府戶部全部的京餉匯兌業務，由清道光三年（公元一八二三年）至清光緒三十四年（公元一九一八年）九十五年間，平遙是全國的金融中心，故稱它為中國的華爾街也不為過，辛亥革命後（公元一九一一年），外國銀行在中國大設分行，中國國內新興的公立銀行不斷成立，山西票號亦可說平遙票號，墨守成規，不知進取，加之清末民初，動亂頻仍，軍閥割據，山西票號除業務萎縮，一厥不振外，倒帳不斷發生，放款無法收回，存款人擠兌，首傳驚訊的是北京日昇昌分號，因為祁縣合盛元票號擔保牽連，分號經理潛逃回籍，而累及平遙總號，導致日昇昌票號破產倒閉，世事經濟都在循環，百年基業從此在商場上消失（經過了一段清算及重據時期），日昇昌是中國第一家票號，亦是第一家破產申請清算的票號，這說明了企業經營者應隨著時代的發展而進步，墨守成規終會遭時代淘汰，最近台灣永齡基金會，邀請山西省話劇院在台灣演出的「立秋」就是反映日昇昌票號的故事，晉商文化強調「謹慎」、「競業」、「誠信」、「勤勉」，但缺少了冒險進取的精神，西方人的觀念經營商業就是冒險，過分冒險固然危險，適當的進取，則非常重要，所以我希望在提倡晉商文化的時後，除謹慎、競業、誠信、勤勉外，並應再加上一點冒險進取的精神。

我生於民國十七年（公元一九二八年），正當山西票號及平遙沒落的年代，但是家父卻是在事業上最成功的時期，家父於民國初年由於日昇昌票號倒閉，從廣西南寧攜帶家母謝書芸女士，經越南天津等地回到山西，應徐一清先生之邀，進入山西省官錢局工作，後改組為山西省銀行，同時在平遙成立了協和銀號，在晉北忻州崞縣一帶，成立了德豐蛋廠七個，將蛋黃蛋白分解烘乾製作罐頭，輸往歐洲，生意鼎盛，因第一次歐戰後，歐洲缺糧，急需營養品，不幸民國十九年（一九三〇年），中原大戰發生，停戰後晉鈔嚴重貶值，平遙協和銀行發生擠兌，不到一週的時間，一個銀行七座蛋廠全部破產倒閉，經過一年多的清算，始還清債務，但家道從此衰落，幸尚保留祖產房屋一棟，三個院子，二十餘間房子，正院為四合院，東院為客房部份，西院為馬廐磨坊長工住處，縣城近郊尚有二百餘畝旱地，雖然沒落，但百腳之蟲死而不離，仍可維持一個大家庭的生活，當時我只有四、五歲，父親人脈還算不錯，於民國二十年（公元一九三一年），應榆次賈俊臣先生之邀，任榆次晉華紗廠副總經理，母親則在平遙勵志中學教授繪畫，家境略見復興，但不幸的事接踵而至，母親於我五歲的時候病逝，繼母於次年民國二十一年進門，她雖未讀多少書，但精明能幹，沒落的家庭，在她的主持下，日見欣欣向榮，可是不免與成年的大哥家珍及大姐玉珍時有衝突，我成了憂悶少年，身體多病，學業不振，直至民國二十六年七月七日，盧溝橋中日之戰開端，山西省經過平型關戰役，南口戰役，太原保衛戰短短五個月的時間，於民國二十六年年底，日軍打到祁縣，略作喘息整補，與平遙成了對峙的局面，民國二十七年農曆正月十四日晨，一日軍中將川岸文雄，率領一個師團的兵力向平遙縣城進攻，守城國軍為國民革命軍第十七軍（軍長高桂滋）的五〇一團的一個騎兵營的官兵五百餘人，營長史殿杰，盡力抵抗數十倍裝備精良的日軍，激戰由上午八時起直至下午五時左右，日軍用大砲轟開平遙城牆的一個缺口，史殿杰營長受傷不退，仍以機槍在城牆阻擋日軍進攻，終告陣亡，平遙戰役日軍死傷約數百人，日軍攻進城後，奸淫婦女，殘殺百姓約數百人，由西門殺到東門，平遙淪陷後，日軍長驅直入，一直進攻至晉南臨汾運城黃河沿岸，但是我很奇怪，在國軍戰史中，終始找不到平遙戰役的資料，對這位抗日英雄史殿杰營長，亦無任何表揚，在八年抗戰中除那些有名的將領外，對這些被遺忘的小人物，我們更應該表示崇高的敬意。

平遙淪陷後，家父為維持眾多家人的生活，於民國二十九年（一九四〇年），在平遙縣城內冀家祠堂開設德豐織業社，從事織襪子、毛巾、粗布等生意，小型工廠約工人一百餘人，當時因戰時，物資非常缺乏，生意火紅，不意後來日軍對鄉村非統治區，實施經濟封鎖政策，有一次下鄉清鄉，俘虜的抗日游擊隊，穿的襪子、用的毛巾、服裝的布料，都是城內德豐織業社的產品，平遙日本憲兵隊即以我父親支持抗日游擊隊的罪名，扣押於日本憲兵隊黑牢中，抗日戰爭時期，淪陷區的日本憲兵隊是鬼門關，被關進去的人，九死一生，能夠活的出來的機會很少，家人在驚慌失措的情形下，各處託人營救，倖當時偽山西省的省長為王驤先生，王先生係家父前在山西省銀行的同事，蒙鼎力相救，而平遙日本憲兵隊又沒有查出家父直接支持抗日游擊隊的證據，乃無罪釋放，亂世人民，在日軍鐵蹄統治下的淪陷區，這種情形實在亦是無可奈何的事，王驤先生在抗日戰爭山西淪陷區作省長時候，並無什麼劣跡，抗戰勝利後，因職位關係，被依懲制漢奸條例判刑，生死不祥，他是拯救家父的恩人，人不能因過隱其善行，我不得不向他表示由衷的感謝。

民國三十七年（一九四八年），我還是一個不滿二十歲的矇瞳青年，因與繼母相處不甚融洽，隻身由天津來到台灣，當時人地生疏，身上連一張小學畢業的證件都沒有，倖經長官兼師長介紹到台灣省氣象所，派往人跡罕至的玉山測候所工作，充當最基層的技術生，當時是二二八事變後第二年，台灣山區治安不佳，外省人沒有人敢去玉山工作，我在那裡工作了一年八個月，與多位本省籍同事及山地同胞相處甚為融洽，玉山測候所，在玉山北峯，那裡人跡罕至，我們每日除測候所工作外，讀書、唱歌、與山胞一起打獵，過著與世隔絕的蠻荒生活，民國三十八年（一九四九年），在大陸發生的一切驚天動地的新聞，我一概不知，直至民國三十九年（一九五〇年）下半年，始由玉山測候所調到基隆測候所工作，我的生活由原始蠻荒社會又恢復到文明世界，當時大陸撤退來台的軍政人員隨處皆是，發現在這個競爭激烈的時代，沒有學歷、沒有真實本領，是不容易生存的，於是奮發圖強，工作之餘埋頭讀書，民國四十年，參加普通檢定考試及公務人員普通考試倖獲及格，始有了作基層公務員的資格，以及後來調往中央氣象局及民用航空局工作的機會，氣象工作是輪班制，仍半工半讀，讀完大學，四十八年參加交通事業人員高級技術考試及格，於六十二年由公職退休，從事商業，我生性愚笨，沒有一步登天迅速發跡的命運，一切按部就班，足踏實地，一步一步的發展起來，公司目前仍是中小企業的型態，但二十幾年來我為台灣市場引進了很多新的科技，動畫廣告顯示板、無線電派遣控制系統、船舶交通管理系統、船舶自動辨識系統、航空機航頻道系統，我所研發的字根位符中文電腦，比倉頡中文電腦還要早二、三年，雖獲得了十五專利，但因提倡簡字體而在台灣沒有市場，轉眼間我現在已是八十幾歲的老人。

民國七十八年（公元一九八九年），政府開放大陸探親後，我每年都隨著中國無線電協進會，作兩岸無線電技術交流活動，曾應邀訪問過北京清華大學、北京大學、哈爾濱工業大學、南京東南大學、武漢水利大學、合肥科技大學、北京郵電大學、北京傳媒大學、福建大學、廈門大學、西安航天部門、可惜今年二〇〇七年，我因事未能參加蘭州大學之約，中國無線電協進會榮譽理事長張啟泰先生，一再鼓勵我接洽山西大學，作一次無線電學術交流活動，我因人脈及時間不夠充分，迄未達成使命，但在此同時，我曾攜同子女回平遙探親六次，每次回去都感覺平遙市容建設都在進步，尤其是一九九七年十二月三日聯合國教科文組織世界遺產委員會，第21次會議，通過決議將山西平遙古城列入世界文化遺產名錄，這是我們平遙人的榮耀，也是我們山西省人的榮耀，聯合國教科文組織世界遺產委員會對平遙的評價為「平遙古城建於十四世紀，是現今保存最為完好的漢族傳統城鎮典範，城市佈局集中反映了五個多世紀以來，封建中國，在城市規劃和建築風格方面的變遷，特別值得一提是，這裡的建築同銀行業關係密切，平遙是十九世紀至二十世紀初期整個中國銀行業的中心」（註本段引自明天國際圖書出版，世界遺產中國紀行），自從一九七九年以後，到平遙觀光的國內外觀光客成倍數增長，據統計目前每年有國內外觀光客約十萬人，門票收入約八千萬人民幣，住宿、購物、食品等，間接觀光收入約四億人民幣，中央補助款約六億人民幣，平遙的發展如日中天，我不相信風水之說，但平遙這個吉祥的龜城確實不同於一般的城市，它在清朝中葉，由於票號的興起，成了全中國的金融中心，獨領風騷一百餘年，民國以來逐漸沒落將近八十年，一九七九年起被聯合國列為世界文化遺產後，帶動了觀光熱潮，成為全中國以至於全世界的名城，我這個流浪台灣的天涯遊子，每到午夜夢迴，都夢到平遙家鄉童年時期，在平遙巨大的四合院內，大家族生活的點點滴滴，以及在平遙這個小城市內所發生及所經歷了的大小事故，可惜現在我在平遙片瓦無存，深宅大院歸屬於張姓同鄉，偏院為本家冀姓長工家族所居住，原來臨近城郊的祖墳，變成了平遙縣立運動場，這樣的情境，對我這個遊子來說，應該已無所留戀，但是屢屢鄉思，割不斷理還亂，每隔兩三年總要回鄉看看，儘管兒時的玩伴、同學、親友，逐年凋零，街道小徑逐漸陌生，說也奇怪，我在家鄉平遙僅不過渡過了十五個年頭的童年生活，太原二年，北京三年，而在台北卻住了將近六十年，總覺得山西平遙是生我、培育我童年幼苗的地方、台北是我壯年生存發展的地方，我既愛我的家鄉平遙，亦愛台北，我想這種情節與明末清初很多開拓台灣的本省同胞的先賢，情節一致，那我們何需再分彼此。

參考文獻

1. 平遙縣志。中華書局
2. 世界遺產中國纪行。明天國際圖書
3. 平遙名勝菁華。張中信　著
4. 平遙覽要。史忠新、安錦才　著
5. 百年滄桑日昇昌。王夷典　著
6. 日昇昌票號。王夷典　著

平遙古城標準的民宅牆壁上的龕籠是供奉土地公的神龕，這種建築甚為特殊，在其他地方甚難見得。（圖片取自網路）

第二節　冀公唐封平遙縣修城開河記

三、緣起

筆者幼年的時候，常聽人說：我的曾祖父冀公唐封曾負責策劃、督導、修建平遙縣的城牆，但這些傳說並沒有任何文字記錄，父秩輩只告訴我，曾祖父冀公唐封是前清貢生，曾任陝西省平利縣知縣，叔祖父冀承詩是前清舉人，曾任山西省長治縣教諭，到了父親這一代才開始任職票號，從商棄政，不久前偶讀「平遙縣誌」，才看到曾祖父冀公唐封所撰寫「平遙縣修城開濠記」原文，但他是用古體文章寫的，深奧難懂，尤其涉及了很多平遙縣的地名，建築物的名稱，當時參與者的官銜與人名，外人看了很難了解，故筆者不嫌冒昧，敬將其原來的碑記譯成白話文，以享讀者，並藉以展顯先人修建平遙縣城牆的勞績。

二、原文摘要

平遙遠古是屬於陶唐的封地，帝堯初年，它是封給唐侯的封地，原名平陶，後來北魏時為避太武帝名字的忌諱而改為平遙，隋朝開皇初年，將平遙分成兩部份，其中一部份稱為清世，隋大業末年，又恢復了平遙舊制，唐高祖李淵起兵於太原，漢朝時平遙即屬於太原郡，平遙距太原僅百餘華里，所以平遙雙林寺古廟及碑誌等古蹟大都為唐朝時期所遺留，平遙孔廟尊經閣楹聯所書「魯壁千秋綿俎豆，唐封百世慶弦歌」上聯是崇孔，下聯是描寫當時平遙的繁華，平遙縣城牆周圍十二華里八分四厘（六一五七˙七公尺）共有六個城門，即南門、北門、東門、上東門、西門、上西門，各城門建有城門樓，城牆周圍建有七十一個敵台（瞭望台），敵樓六十九個，南門處建有魁星樓、文昌閣，東門處有高真廟一處，相傳是周朝時的卿士尹吉甫北伐獫狁時所建的點將台，尹吉甫起初只建築了西面與北面二部份，明朝洪武三年（公元一三六八年）城牆曾加以重建，並建築濠渠（護城河），後來自景泰初年至明朝末年，曾補修十次，清康熙四十二年（公元一七〇三年），康熙皇帝西巡到山西巡察時，因為平遙是車輦所要經過的地方，於是重建了六個城門上的城門樓，自此平遙成了屹然聳立的名城，固若金湯，但是迄清道光年間已經有一百六十餘年的歷史，因城牆遭受風摧雨剝，逐漸頃頽，護城河及其橋樑填塞，幾乎看不到蹤影，而南城最為惡劣，清道光二十四年，已酉（公元一八四四年）秋，盜賊數十人，夜間搶竊了很多家庭，越南門城牆而逃匿無蹤，當時的縣令是李公朝邑。

庚戍，清道光三十年（公元一八五〇年）江西南豐人劉敘號菊士縣令到任，剛下車後即捕獲巨盜劉小黑，數月後政績平順，處理訴訟合情合理，於是召集紳商耆耋商議謂，平遙地當交通要道，人民富庶，過去盜賊橫行是由於自行失去了安全保護的藩籬，是不是應該現在開始亡羊補牢加以補救，修繕城牆，眾人稱是，於是又邀集紳商剴切募捐，當時先曾祖父冀公唐封正在家居守孝，乃撰寫修築平遙縣城牆建議書十二條，呈請劉敘縣令參考，承蒙劉縣令核可，並請唐封公負責辦理修城事宜，從道光三十年（公元一八五〇年）七月起至十一月止，募得白銀四萬餘兩，並報告各級長官，省方派太守保公讀齡來平遙勘驗，保太守質疑說「如果下大雨，工程該如何進行？」冀公唐封回答說「平遙此地，工人就是工人，農人就是農人，分的很清楚，縱然要很多人工作，但不會耽誤農事。」保太守認以為是，計畫遂獲得裁決，於是擬妥章程，設立公局，擔任勸募的人，有少尹趙德璋、胡建華、經理總局的是五品官銜的王調宇、都司銜李正華、候選訓導冀绂、榆社縣教諭郭明翰、洪同縣訓導劉充實、候選教諭劉配全、提舉銜趙存錫、五品銜雷育德、游擊銜李賜五、從九銜冀列章、千總銜王丕基、及冀公唐封，共十二人，六個城門各設一分局，分別辦事，而以劉敘縣令總理大綱，凡事諮詢其意見而加以決定，於是準備材料，召幕工匠，率力同心，努力經營，獲得各方讚揚，正當成功劉縣令榮耀升遷的時候，那裡知道大廈沒有築成，賢哲的人竟然去世，當年七月初劉縣令已病重不能視事，仍與冀公唐封討論建築城牆的工程，清道光三十年（公元一八五〇年）七月十一日，眾人入署請安，劉縣令悲切的說「日來病勢頗重，恐不能在與諸君共事，但修築城牆是我首先提議，六個城門的匾額我已寫好，它日城門樓建成，請刻上我的名字，以作紀念」，當時眾人承諾並加以安慰，不意七月十三日劉公仙逝，闔城百姓如喪父母悲切不矣。

過了幾天，陝西寧羌人李公國瀛到任接任縣令，但不到一個月即離去，後來河北遷安人萬公逢時到任接任縣令後第三日，即率領冀公唐封等繞城一周，巡視修築城牆工事，巡視完畢後說道「平遙是古代的城市，城坦較大，並且是往西南六省的交通要道，修築城牆的工事是重要的任務，前任縣令既然首先創建，我當繼續完成它，願與諸君繼續努力」，萬縣令為人誠樸，平易近人，每有事報告，無一不與允准，於是上下一體，努力從事，首先變更了修築南城門的計劃，該門鄰近河濱，地勢較低，乃於舊日基礎上增加了仞尺（約七尺高度），其次是西門、東門、北門徹底重建，外城牆之坍塌者，都換上新磚而砌之，城牆內側則加土補強，四角的敵樓則用舊有的加高加寬，其餘的依照舊日的規模與數量加以重建，城牆周圍則開運河建立閘道，而且建築了石橋七道，引入河水，沿護城河栽植了很多柳樹，以培植生氣，每當風清雨歇，登城一望，岭樓虎距，河水龍蟠，橋頭步月，柳下聽鶯，草靈毓秀，萬世永賴矣，落成之日，萬縣令逢時已離任，繼任者為湖北興國人劉公登雲，此一修城工程開始於清咸豐元年（公元一八五一年），完工於清咸豐六年（公元一八五七年）費時六年，歷經四任縣令，工料費十二萬緡有奇，多虧紳商們慷慨捐輸之義舉，各位同儕之努力相助，六個城門之會計工料日夜監視，冀公唐封等十二個委員之熱心勸募以及經營籌劃實功不可沒。

平遙古城的城牆，我的曾祖父冀公唐豐，清咸豐元年（1851年）受平遙縣令劉敘委託修繕，募得白銀四萬餘兩，費時六年完工，使它可以保留迄今，成為中國四大古城之一及世界文化遺產。

修築平遙縣城牆完工後，冀公唐封感嘆的說，此一工程之興建除了人為之努力外，還包括了天時，在當時的前十年做是不可能的，而後五年做亦是不可能，若無劉知縣菊士的倡議，紳商們雖然急公好義亦是惘然，因為時當清道光末年，平遙票號興盛，地方富庶，才能完成此修築平遙城牆偉大的工程，易曰：「先王涉險以守其國」又曰：「重門擊柝，以待暴客」，孟子曰「地利不如人和」今茲多事之秋，峻垣深隍可守而有待矣，使不以人和為務，而陡險之恃，恐出乎反乎，委而去之，有負此長城天塹也，是所望予吾邑之賢父母也（即縣令），唐豐因前記未詳事實用作是記，以勸將來，且使官紳六年辛勤，不致湮沒云。

三、讀碑記感言

中國在古時候，各地有很多城牆，用來抵禦外敵，內防盜賊，但在一九四九年中共建政，為了城市發展，大多城牆被裁拆，平遙的縣城因當時平遙經濟發展較慢，而被保留成為僅存的幾座古城牆之一，最著名被保留的幾座城牆如西安城牆、荊州城牆、規模都不及平遙城牆宏大，一九九七年十二月十六日平遙古城被聯合國教科文組織列入世界遺產名錄，平遙的城牆從古代防禦外敵的建築改變為歷史文化遺產，它將會隨著時代變遷永久留存在人間，這是歷屆修築城牆的人所想不到的事情，他們的勞績將永留人間，平遙城牆依照龜型設計，古時龜代表長壽，如今應驗了此一設計的寓意。

先曾祖父冀公唐封在修築城牆工程完工後，一再強調天時、地利、人和，無一不影響工程之進度與成敗，當時的天時是清道光咸豐年間，正值平遙票號興盛時期，民間富庶，募款較易，地利是原來城牆已有一定的基礎，而人和則是這一工程歷經四任縣令，若非其中二任縣令劉公敘及萬公逢時熱心支持，很難如期完工，尤其是領導者的影響力尤為重要，修築平遙城牆倡議者縣令劉公敘他的父親劉公之厓曾任山西太守，名學者當時曾任福建巡撫的五台人徐繼畬曾經是他的門生，而且與劉敘有同窗之誼，其影響力可見一般，近日台灣媒體一再回念蔣經國的十大建設，但蔣經國若無他父親的影響力，也很難完成十大建設，光徵收土地一項，就會弄得焦頭爛額，此點後人不可不慎察。

參考資料，平遙縣誌。

第三節　意外失去的進士

中國的科舉制度開創於隋朝大業元年（公元605年），廢除於清光緒31年（公元1905年），延續了1300餘年，對中國的社會、文化以及政治產生了巨大的影響，使許多讀書人對參加科舉考試，成為成功的捷徑與終身努力追求的目標。歷朝對此種科舉制度的規範非常嚴謹，力求公正，尤其是明、清兩朝的時候，並將科舉制度視為國家大事，力求避免缺失，但我的叔祖冀公承詩，卻是在清末嚴謹的科舉制度下，意外地在進士考試時失敗，失去了進士的資格。

根據2019年6月23日平遙的年輕歷史學者許中先生，提供給我的一幅碑拓，在此碑拓內敘述了冀公承詩的一生歷史，它是我過去從未聽聞過的，茲簡述其內容如下：

冀公承詩，字鯉門，號「吟舫」。生於清咸豐二年（公元1852年），卒於宣統二年（公元1910年），享年59歲。公生而秉異，天資明敏，幼時隨其父冀公唐封在陝西省平利縣任所讀書，當時冀公唐封任職陝西省平利縣縣令，蒞任後，即延請名流碩儒，主講於書院，並為公課讀，講經析義，使公甚有心得，略長回歸平遙後，從本縣白含芝夫子遊，多所啟發，益加邁進，文章冠於一時，舉凡縣省季考，均列前茅。清光緒5年（己卯年、公元1879年），舉為優貢。光緒11年（乙酉年、公元1885年）鄉試中舉，成為舉人。當時任平遙縣令的汪公子常，認為冀公承詩為翰苑奇才，甚為器重，後來汪公子常升任天津府尹，逐邀冀公承詩為幕賓，襄辦文案，與汪公子常成為知己。後來，汪公並推薦冀公承詩為戶部尚書祁文恪府中教席，會試之年，適祁公相國為總裁，翁公同龢為副總裁。冀公承詩之試卷已獲選，祁相國文恪因與冀公承詩有賓東之嫌，棄而未取，翁相國同龢出闈後，對冀公承詩甚以為歉，令公留心實學，親為教益。冀公承詩遇到如此沽名釣譽，膽小怕事的東主任主考官，只有自認霉運當頭，乃憤而辭去祁府教席，回山西任長子縣教諭。到任後，興學課士，不遺餘力，適知縣吳某責生員以笞刑，冀公承詩甚不以為是，乃辭職回歸平遙故里，適四川胡公硯蓀為平遙縣令，因與公有同年之誼，深知公之學識與人品，乃請冀公承詩主講於平遙萃英講舍、求已學堂及超山書院。

按超山書院為平遙最著名的書院，晚清時，曾任福建巡撫兼地理學家徐繼畬氏，曾任平遙超山書院山長十年之久，公元1856～1865年，冀公承詩於擔任教席期間，對於諸生請益，無不循循善誘，教澤留芳，受教者常言，平遙數十年來雖人才輩出，殊未有如公之文學淵博者。宣統二年（公元1910年）平遙趙顯文氏，在陝西省榆林任縣令，邀請冀公承詩為幕賓，辦理文案，冀公承詩到職後，未及一年，即病歿於榆林，享年59歲。回顧冀公承詩一生，可謂懷才不遇，只有作教席與幕賓的運氣，雖滿腹經論，也是枉然。

註：許中先生提供我的碑拓，是民國十五年（公元1926年）平遙舉人，安徽勸業道趙鴻猷先生撰寫，榆次籍，民國時眾議院議員，常贊春篆蓋，現存於平遙城內清虛觀內。

第四節　清明節返鄉掃墓雜記

一、清明節的來歷

清明節的來歷有二種說法，第一種說法流傳於山西很多地方，清明節亦稱寒食節，緣春秋戰國時，晉公子重耳被父王寵妃迫害，逃亡於外，幾成餓莩，隨從介子推割股肉讓其充飢，後來重耳掌握晉國政權，稱晉文公，並完成霸業成為各方諸侯的盟主，大封功臣，獨不見介子推，此時介子推隱居山西境內介休的綿山，不求俸祿，不求報酬，晉文公在綿山尋找不到介子推，逐令人火燒綿山，迫介子推出山，結果次日發現介子推抱著樹與母同被焚死，晉文公聞訊非常懊惱與哀傷，令國人禁火三日，不得舉火熟食，故稱寒食節，寒食節的準確日期是冬至後一〇五日，在山西很多地方，以寒食節為清明節，家家戶戶掃墓祭拜祖先。

清明節來歷的第二種說法，最初流傳在江淮一帶，秦末漢高祖劉邦消滅楚霸王項羽後，錦衣返回故鄉安徽沛縣，欲祭拜死去的父母，但因戰亂後，田野荒蕪，雜草叢生，歷久找不到父母的墳墓，經祝禱後撕紙成片求風的力量幫他尋找父母的墳墓，即風吹紙片在紙片吹落停留的地方，就是他父母的墳墓，說來有點神奇，居然用這種方法找到了他的父母的墳墓，但因墳墓年久失修，殘破不堪，逐令人重修他父母的墳墓，結果這一天慢慢流傳為國人清明節掃墓的節日，清明節的計算方法是春風後十五日，約為我們現在所通用的陽曆每年的四月五日或六日，但無論是寒食節或清明節，都是二個不確定日期的節日，在計算上會相差一天。

筆者非考據專家，對以上二種說法，無法正確判斷，但唐杜牧詩：『清明時節雨紛紛，路上行人欲斷魂、借問酒家何處有，牧童遙指杏花村』，按杏花村在山西汾陽境內，亦就是現在汾酒的產地。

二、集合家人，組團返鄉掃墓

筆者2023年已八十五歲，民國三十五年離開山西省平遙縣故鄉，迄今已六十七年，自從民國七十九年台灣開放到大陸探親與觀光後，我已分別與家人返鄉探親四、五次，但都不是在清明節的時候，在今年民國一〇二年二、三月間，兒子與媳婦提議於今年清明節的時候攜帶二個孫兒返山西平遙故鄉掃墓，二個孫兒一個十歲，就讀國小四年級，一個七歲就讀國小一年級，可有連續九天的假期，我欣然同意，結果我們組成了一個成員八人的小旅行團，即兒子、媳婦與二個孫子，二女兒及二個外孫，連同我這個八十五歲的老人，恰好是八人，妻及其他家人，都已回過山西平遙故鄉數次，故未同行，我們這個小旅行團於二〇一三年三月三十日搭乘中國國際航空公司CA-190次班機，於18：45由桃園國際機場出發直飛北京首都機場，飛行時間三小時三十五分，於夜間二二點一〇分到達北京，二個小孫子，他們雖然旅遊過很多地方，但對北京首都機場的宏偉與寬敞留下了深刻的印象，團員選擇了住北京西大望路帝景豪廷酒店，它是一家五星級歐式旅館，門前有八匹銅馬聳立，很容易識別，次日三月三十一日，上午拜訪了親友，下午到地安門遊玩了胡同，原計畫遊故宮，結果計程車載我們到了故宮後門，故宮後門只准出，不准進，北京的計程車人民幣十元起跳，較台北便宜，但有時叫不到車，叫車需要耐心，後來二女兒建議參觀老舍茶館。

三、老舍茶館：昔日北京天橋把式薈萃

老舍是一九四〇年代大陸著名文人，老舍茶館顧名思義有點中國文化的特質，它集合了舊日北京天橋的相聲，雜技、京劇、功夫等表演節目，並且用現代化電腦大銀幕說明表演的內容，據說美國總統老布希，國務卿季辛吉等很多國家的政要都有參觀過老舍茶館，而且我們台灣前副總統連戰，還以中國國民黨主席身份在那裡提了字，是北京值得參觀的地方。

四、遊長城、訪朋友、家庭聚會

次日四月一日，其他團員七人搭小巴到長城旅遊，我這個八十五歲的老人，已遊過長城三、四次，趁機拜訪朋友，原來此行並沒有拜訪朋友的計畫，因為是家庭式的旅遊，又攜帶了四個小朋友，這次唯一拜訪過的朋友是山西平遙的傑出人物，退休後著書立說，著作甚豐，他是有關經濟價格方面的權威，每次見面都送我一些他的近著，此次會面他送了一冊近著『讀書摘記與感悟』，此書對現在的青年人與後人做人處世有重要的參考價值，是此行難得的收穫。

晚餐時其他團員已遊罷長城歸來，與我還在北京的家人十七人之多，連同我們八人家庭式的小旅行團，總計二十五人歡聚一堂，亦算人生一大幸事。

五、搭乘高鐵返晉

四月二日我們一行九人，旅行團臨時加入了在北京的三侄，我們搭乘下午15：20由北京西站，開往太原的二〇〇五次高鐵火車離開北京，第一站是高碑店、其次是保定、正定機場、石家莊，車行冀中平原，每小時車速二二五公里，車外溫度攝氏十九度到二十度，由石家莊起經過很多隧道，進入山西境內，但見窗外聳谷、邱陵、梯田，車外溫度攝氏十三度到十五度，黃土高原的氣候和地貌與冀中平原完全不同，車速亦降低至每小時一二八公里到一八九公里，此班高鐵，在陽泉停留後直到太原，抵達太原時已18：50分車行三個半小時，我們在太原沒有停留，由事前約好的中巴直接載我們一行九人前往平遙。

六、回首舊宅，童年往事，如過眼雲煙

我們這一小型家族旅行團於二〇一三年四月二日夜間九時左右到達平遙，住南大街德源居旅館，年輕的團員要體會住古典式四合院的生活情形，這家旅館備有地道的平遙膳食，晚餐時我們品嘗了幾樣平遙名菜，平遙牛肉、過油肉、蝦醬豆腐，佐以黃酒，並以貓耳朵麵食為主餐，四個小孫子吃得好奇又高興，其實平遙酒席，原來非常講究，一般小型聚會，四菜一湯、或四盤四碗，婚喪喜慶，多半為傳盤（大拼盤）九個碗，最上等的是酒席八八套餐，八道點心、十六道菜餚、雞鴨魚肉、乳豬羔羊、樣樣俱全，原因是清朝中葉，平遙票號分號遍及全國，有的票號老闆攜帶了私用廚師，返回平遙時廚師們融會了全國各地菜餚的特色，使平遙酒席別具風味。

次日二〇一三年四月三日，我們一行十人，由在平遙的侄孫作嚮導，參觀故居，我的故居，在平遙上西門南街，原有正院等四合院三棟，正院瓦頂平房十六間，佔地約二四〇〇平方公尺，西院瓦頂平房

九間，窯洞式房屋三間，磨坊一處，佔地約二六〇〇平方公尺，東院瓦頂平房六間，主要是作儲存柴、炭等日用品的儲藏室及傭人住用。對街有晒穀場一處、平房五間，佔地三二〇〇平方公尺，現在為人民公社時期，公社大隊及眷屬所住居，並且在飼養馬匹，看了這些舊宅，童年往事，不覺一幕一幕的顯示在眼前，現在物換星移，地主階級，在文化大革命時期，全家能夠保全性命已屬萬幸，此次返鄉，唯有我這八十五歲的老人是在回舊，而年輕的下二代團員則感覺好奇與興奮。

七、虔誠掃墓、祖墳不存

我家在平遙近郊，原有二四〇畝旱地，祖墳在南門外，離城約十華里，而父母則葬在上西門外，離城不到五華里二十畝旱地內，平遙近郊，發展迅速，上次二〇〇九年回平遙探親時，墓地已開闢為平遙縣運動場，一九九二年為父母所建立的墓碑尚亭立在一個角落，此次回鄉掃墓，情況已變，原來的運動場已開發為四個群組的國民住宅，墓碑不見，只得在原來大致相近的地方，率領家族十人行三鞠躬禮，對父母與祖先表達虔誠的懷念與尊敬，我們沒有焚香燒紙做傳統的祭拜儀式，千里迢迢集合了台灣、北京及平遙的家人，帶了一顆虔誠的心，回鄉敬拜父母與祖先，回想父母，歷經民國建立，民初軍閥割據，抗日戰爭，國共內戰，文化大革命等慘痛的年代，拋棄土地與財產，得以苟全性命於亂世，已屬萬幸，寄予中華民族不要再發生戰爭，和平崛起，創造和諧的社會，造福十一億同胞與後代子孫的幸福生活是這一代人的責任，此次回鄉掃墓，感覺上雖有點落寞，而且後代子孫對它少有牽掛，經濟上的支援無法使平遙僅有的姪孫輩有能力保護祖宗陵墓，獎助第四代完成高等教育，亦許有根留平遙的機會。

八、雙林寺：遼國中都故城所在

我們家族旅行團一行十人，年輕團員提議遊雙林寺，雙林寺位於平遙城西南約六公里橋頭村的地方，我們搭乘電動車前往，約花費三十分鐘，寺內有大小殿宇十座，正院有『天竺勝景』大型匾額一塊，顧名思義，不難了解它是供奉釋迦摩尼佛祖的地方，雙林寺以木結構建築與彩塑聞名，亭立於世，數百年沒有傾倒，彩塑仍然鮮明，可說難能可貴，在雙林寺發現了民初捐款修建寺院的紀念型石碑一塊，上列先父冀祖蔭捐款名諱，同行家屬甚感興奮，指著名字拍照留念。

九、冀家大院、幾凡輪替

冀家大院在平遙頗負盛名，原來是日昇昌票號掌櫃冀玉階的住宅，為四進式的四合院，面積較祁縣喬家大院小很多，但它的木雕與磚雕，精工細琢，略勝喬家大院，可惜它幾經易手，現為平遙推光漆器富商耿姓家族所有，近年來推光漆器景氣不佳，大院顯得缺乏整理，想當年建築這些豪宅的主人絕想不到他們所建豪宅將來的滄桑變遷，人生如夢，誠所謂『千里長城今尤在、不見當時秦始皇』，短短二日平遙尋根掃墓之旅就要結束，當晚歡宴在平遙姪孫輩家族後，決定次日到太原旅遊觀光與省親。

十、太原家族聚會、五世同堂

四月四日我們一行九人的家族旅行團，搭中巴離開平遙，平遙我的故鄉又要離別了，其他年輕團員感覺平遙與眾不同，古色古香，既高興又興奮，而我這八十五歲的老人卻是在懷舊，找尋童年的舊夢，它既遙遠又迷茫，環境變遷會慢慢割斷天涯遊子的歸心，何況年齡增長，時不我予。

中巴直奔太原，經過祁縣喬家大院時，因當日適逢大陸假期，人潮擁擠，購買門票頗費時間，故未參觀，中巴抵達太原時已下午一時，住車站前錦麟東方酒店，現在網路訂房甚為方便，價格亦很公道，記得一九八〇年我第一次回太原時，找了很多關係才住進山西大飯店，我們匆匆在旅館用畢自助餐，照原訂計畫要到太原市區觀光，但其他年輕團員在中巴車窗外已看到太原高樓大廈林立，熱鬧非常，寧願留在旅館休息，只有我和北京一塊來的三侄，到柳巷作舊日尋夢之旅，我在抗戰勝利後在太原住過二年，我們家在柳巷原開設一個叫永豐利的百貨店，靠近原來的正太飯店，現在物換星移，竟找不到舊日的位置，晚餐時太原親屬歡聚一堂，計算一下人數，竟有二十一人之多，而我成了年齡最長、輩份最高的長輩，五世同堂，人丁興旺，在大陸一胎化的情形下，是難能可貴的現象。

十一、重返北京，高鐵路線不同

次日四月五日在侄孫輩依依送行下，我們一行九人搭乘G608次和諧號高速列車，離開了太原，車速每小時一九五公里，這一班高速列車與由北京來太原時的列車路線略有不同，它停留陽泉北站後，直駛正定東站，逐州東站而直達北京西站，中途未停留石家莊與保定，在台灣時由報紙新聞報導中了解大陸高鐵發展迅速，工程技術超越美、日，此次搭乘看到鐵軌無縫接軌，利用水泥橫條代替了老舊鐵軌的枕木，鐵軌穩固平順，列車電器化、調度系統、號誌系統、售票系統電腦化，車速自然增加，這班列車到達北京時已下午五點三十分。

十二、北京美食：羊羯子

四月五日傍晚時回到北京，住進了原來的旅館帝景豪廷酒店，晚餐時與三侄及其子一行十一人，到羯王府飯店吃羊羯子，這家飯店好像台北的鼎泰豐訂位需要排隊，所謂羊羯子是一鍋小羊排，毫無腥味，經濟實惠，我個人感覺要比北京烤鴨好吃。

次日四月六日我們參觀了故宮，這天適逢大陸亦是假期，人潮擁擠，安全檢查嚴格，我們從天安門進入故宮，故宮參觀路線有三條，即中路、東路、西路，我們選擇了中路，參觀了太和殿、中和殿、保和殿，內廷後三宮與御花園，二個小孫子爭相拍照留念，他們小小年紀，數位相機，用的比我還要熟練，記得我第一次參觀北京故宮時是一九四二年，迄今已六十餘年，故宮景色變化甚少，不過現在遊人不得進入殿內，只能在殿外參觀，即便如此，我們花費了三個多小時始參觀完畢。

中午北京家人計二十五人作餞行之筵，席開二桌，大人小孩歡聚一堂，甚是熱鬧與歡樂，此次旅遊北京、太原、平遙三地，家人們送了我們很多土產，卻之不恭，只好臨時另行在北京購置了一個行李箱運回台北。

十三、順利完成掃墓尋根之旅，老驥伏櫪，志在千里

我們於二〇一三年四月七日搭乘中國國際民航CA185次班機順利於上午十一點四十五分返抵台北，綜觀此次清明返鄉尋根掃墓之旅，總共花費了九天的時間，除家人外，未敢拜訪其他朋友，原計畫有保定之旅，因為那裡還有我大哥所留第二個侄子的家族，他與我一起讀書成長，後因旅行團成員反對時間有限作罷，此次返鄉掃墓尋根之旅，對其他第二代、第三代年輕晚輩來說，觀光優於尋根，而對我這個八十五歲的老人來說，則是懷舊，尋夢，掃墓重於旅遊，我想這也是台灣第一代外省同胞的共有現象，記得前次返回平遙探親時，同學雷君託平遙的名書法家段滋明先生寫了『怡養之福』四個大字的中堂送給我，當時我真不知道此文的來歷與出處，最近偶讀曹孟德龜壽

詩，才了解此文的來歷，故以此詩獻給年長的的讀者，為此次旅遊的感觸，詩曰：『神龜雖壽、猶有竟時、騰蛇成霧、終為土灰、老驥伏櫪、志在千里、烈士暮年、壯心不已、養怡之福、得以永年、幸甚至哉、歌以詠志』。

2013年參觀北京故宮。

此圖是故宮原滿清皇帝的寶座，當時很多野心家為了爭取這個位置不知犧牲了多少人的性命。

第五節　2018太原平遙探親旅遊

緣起

自從1987年兩岸開放探親以來，我已經回我的故鄉山西平遙探親或旅遊將近十次，但因當時事業繁忙，或隨團體行動，頂多停留兩、三天，很多家務事都是聽了後交故鄉的晚輩解決，他們限於生活壓力，對過去家族歷史並不重視，委託他們查證一些家族歷史記載，都沒有得到良好的回應。

2008年我曾寫了一篇『懷我故鄉』的文章，2013年寫了一篇『清明節返鄉掃墓記』，以及2014年寫了一篇『冀公唐封平遙修城開河記』的文章，現在是2018年，我正在寫我的父親『冀公祖蔭略傳與冀氏族譜與家譜』，其中有些事績必須有事實根據，這樣必須在平遙家鄉尋找資料，尤其是我家的祖墳與父母的墳墓，因在平遙縣城近郊，而平遙自從1997年12月3日聯合國教科文教組織世界遺產委員會將它列入世界文化遺產名錄後，發展甚為迅速，不但我家的祖墳被剷平消失，而且連葬在平遙近郊二十畝菜園地的父母的墳墓，也被被剷平消失，甚至連二十畝菜園地的位置，都不知道所在何處，後來證實1992年，我與家兄家琦委託三侄國華所建立的「冀公祖蔭墓碑」，也不是在正確的所在地。當時在平遙縣立運動場的一個角落，2013年清明節回鄉掃墓時，墓碑已不存在，侄孫保民帶領我們所指正在修建的集合式住宅區，也不是正確的位置。2015年平遙本家冀有貴先生來台旅遊時說：「平遙建立了抗戰紀念碑」，地址在上西門外兩眼井的地方，我忽然想到，這裡可能是我家的菜園與我父母葬身之處。

2018年9月8日我與兒子國瑞隨中國無線電協進會旅行團參加太原、晉北、內蒙古之旅後，決定多停留一週回平遙探親，並考證家族在平遙所遺留的一些事蹟與紀錄，修正我所寫『冀公祖蔭略傳』，並收集資料完成附錄『冀氏族譜與家譜』。

2018年9月9日上午10：40L我與國瑞離開太原雙塔寺西街和頤酒店，搭乘預約的私家轎車，經晉祠、徐溝、清徐、文水東、汾河大橋、祁縣而到達平遙，住入順城路麗澤園國際酒店，這一條經清徐、文水等地由太原到平遙的公路，我還是第一次坐車行走，事實上，它要較由太原經太谷、祁縣到平遙的路程遠些。

一、徒步探訪舊宅

午餐後，因侄孫保民正在上班，無法臨時請假，我與國瑞自行徒步訪問舊宅，在上西門南街的舊宅旁，恰巧遇到住在舊宅東院現為47號的王有福先生，他已七、八十歲，略知我家的一些事情，承他接待，看到舊宅原來的東院，保存良好，並新建了一排西廂房，他並談到我的大哥家珍，在此病逝的情況，但過去我對他並不認識。

他帶領我們參觀了舊宅正院，現為門牌45號，正院主人現為張永峰先生，業建築工程，他正在修建平遙的武廟，國瑞在正院北房的正廳，拍攝『燕飛』與『魚躍』門上的橫聯，印證我所寫繼母李氏修建正院北房的情形無誤，惜未問閻錫山與冀貢泉先生所贈的二塊匾額的下落，西院住的是原來的佃農本家冀老三、冀老四、冀賴兒等人，人口眾多，冀老四已歿，子冀承業，據說在做木匠並已遷移他處，冀賴兒也已歿，妻與子住在南窯，子讀高三，其他冀治國等也許是冀老三的後裔，西院大門堅固如恆，記得1937年日本軍人曾用大石頭砸門數次，都轟不壞、打不開，堅固情形可知。

二、訪城隍廟、冀公祠

拜訪舊宅後，訪城隍廟冀公祠，尋覓先父所書碑文手跡，終於找到，石碑因年久略有損壞，字跡磨損，模糊不清，但先父手筆所書，前吏部後銓同知國子監太學生族人冀祖蔭沐手敬書，中華民國三十二年（1943年）五月二十七日立，仍清晰可見，我們在那裡除拍了照片外，國瑞並詳細抄寫了所遺留文字，極待整理。

三、訪勵志中學舊址

勵志中學舊址離城隍廟不遠，在平遙文廟旁邊，其實它就是原來的「超山書院」，我的母親謝書芸女士，曾在此充任教職，為平遙提倡女子受教育之先驅者，惜於1931年英年早逝，當時所留子女皆幼，無法留存任何紀念性的文字繪畫或照片，是此生遺憾，此次訪問也只能對勵志中學所遺留的招牌攝影留念。

下午六時左右，侄孫冀保民來會，晚餐後，約次日訪問平遙抗戰紀念碑、超山、段村等地。

四、初訪平遙抗戰紀念碑

2018年9月10日早餐後侄孫冀保民率侄曾孫冀忠義借用一部旅行車，載我們冀家祖孫四代，共四人，按照昨日規畫行程，開始訪問。第一站是平遙抗戰紀念碑，它距平遙順成路麗澤園國際酒店不遠，不到2公里的路程，平遙抗戰紀念碑設立在平遙新開闢的順城公園，見到紀念碑後，突然發現紀念碑文內稱，此碑建立在冀祖英（錯字應為蔭）的菜園，這樣就可以確定距離紀念碑約30～50公尺的地方，就是家父母原來墳墓的所在地，誠可謂上帝的安排，踏破鐵鞋無覓處，得來全不費工夫，但想要在這裡重行建立一個墓碑，事實上是不可能的。

五、超山－文應候廟

據文獻記載，我的叔公冀公承詩曾在平遙超山寫了一篇「重修超山文應潤侯諸廟開通車路」的碑記，超山離平遙縣城約30～40公里，那裡有一個水庫，樹木青翠茂盛，但我們總是找不到「文應侯廟」，經詢問當地鄉人，才知道現已改名為福山寺，好不容易找到了福山寺，但見寺廟年久失修，非常破敗，而且所有的石碑都被剷倒在地上，根本找不到文獻所說的冀公承詩所寫的開通車路的碑記，趁興而來，敗興而歸。

六、段村市集與公墓

我們在超山約花費了二個小時後，依照計劃參訪段村，段村距平遙縣城約二～三十公里，2018年9月10日該村正在趕市集，非常熱鬧，東西甚為便宜，人民幣10元可以買到將近20個水梨，我們在那裏匆匆用畢午餐，即赴段村公墓參觀。據說段村是平遙縣唯一有公墓的村落，作一個墓碑約需人民幣7000～8000元，價格並不算貴，但考慮到申請手續與距離，即便在這裡重行建立冀公祖蔭的墓碑，其後世子孫也不會經常照料，或前來憑弔與祭祀，國瑞建議另行覓地，建立紀念碑或許是可行的辦法。

七、訪達蒲村李家堡

達蒲村李家堡原為平遙日昇昌票號財東李大全的產業，後來為我的外祖父李毓藴先生購置，是亭台樓閣形的庄園，在1937～1945年間仍然非常氣派，但現在已變得斷牆頹垣，人丁凋零，原來外祖父與其兄弟共有八子九女，現在只剩下二房103歲的李晉孝妻楊艷容女士，不過她還神智清晰，敘述了我母親李月桃氏的生平，與她親生女兒侯寓初的一切情形，世事輪迴，豪門巨富，也禁不起時代的衝擊，這次訪問達蒲村，使我回想起幼時坐馬車經常訪問外婆家的情節，人生好像南柯一夢。

八、晚宴同宗本家冀有貴先生與冀修業先生

2018年9月10日下午6：30L在平遙麗澤園國際酒店，宴請同宗本家冀有貴先生與冀修業先生，答謝他們倆在我於2017年隨中國無線電協進會旅行團作秦晉之旅時，回到平遙時贈送楹聯一幅「家有雄才譽寶島、琳為美玉出陶城」，我此次回贈冀有貴先生楹聯為「有才有德有人脈、貴為古陶一鄉賢」，回贈冀修業先生的楹聯為「修古陶冀氏族譜、業績惠冀氏後人」，班門弄斧，但表現了他倆的實地情形，出席的人員除了作者外，有冀國瑞、冀保民、冀忠義，最小的曾孫冀增忠14歲，初中三年級學生，我們賓主盡歡，直至9：50始散。。

九、參訪冀氏家塾「鳴鳳書院」

次日2018年9月11日上午09：00L，冀有貴先生與鄧曉華先生、許中先生二位年輕的作家來訪，各人贈我他們最近出版的書籍數冊，無奈我只好以拙著「台灣的颱風」回贈，其中許中先生曾談到在台平遙同鄉劉維典先生，我才知道其所著「金聖嘆外傳」、「閒話金瓶梅」、「紀曉嵐外傳」、「太監生涯」等書籍，在平遙學說界頗有盛譽，劉兄在台並不得志，但對此也應可含笑九泉，邊問邊聊，我們坐車參訪了「鳴鳳書院」。

「鳴鳳書院」位於平遙城西南三畛冀家花園中，面積3畝（約2,000平方公尺），內有書齋、寢舍、花圃、魚池及小樓一座，創辦年代眾說紛紜，有的說清咸豐年代、有的說清道光年代、有的說清乾隆年代，清徐繼畬五台人，曾任福建巡撫，擔任過平遙超山書院的山長，對平遙冀氏鳴鳳書院多所讚賞，我幼時並未聽說過鳴鳳書院，原因是當時為抗戰時期，平遙有六個城門，五個皆被封閉，僅留下下西門能夠出入，根本不可能看到城外的鳴鳳書院，現在看起來書院急待

整修，作現代化學校略嫌範模太小，適合作為研究機構，我們在那裡拍了一些照片作為紀念，本家冀有貴先生並將我所贈楹聯在這裡與我合影留念。

十、參訪冀家祠堂與武廟

冀家祠堂坐落在平遙書院街武廟的斜對面，佔地約3000～4000平方米，過去高高的台階，彩繪油漆的大門，甚為氣派。現在已改建為賓館，賓館主人也是冀姓，與冀有貴先生相識，招待我們非常殷勤，在這裡我們與許中先生等五人，享受了豐盛的午餐，但冀家祠堂的偏院，則略顯破敗，急待整修。回憶幼時，1939～1945年，家父冀公祖蔭在這裡開設了一個叫德豐織業社的工廠，有工人六、七十人，從事織襪、織毛巾以及織布等輕工業，生意很好，並暗中支援城外抗日游擊隊這些日用必需品，後被日本憲兵隊扣押，險些送掉性命。現在在平遙知道這一歷史的人並不多，如能在這裡建立一個紀念性的文物，對冀家歷史，以及冀家對平遙的建設、金融、商業、教育方面的貢獻，有所說明，對冀氏族人與平遙居民都是有益的事情，但不知道現在冀家祠堂偏院誰在管理，此事只有交給侄孫保民慢慢處理。

冀家祠堂對面的武廟，武廟正在修理，在我們參觀時還看到一間我幼時讀書的教室，遺留在偏院，原來這裡是平遙縣立第五小學，1933～1937年間，我曾在這裡讀完四年小學，接著就七七事變對日抗戰開始，現在幼時的老師、同學都已凋零，我這個91歲的老人再也找不到幼時的同伴。

十一、訪同學房槐年教授後人（在從事推光漆藝術製品）

參訪冀家祠堂與武廟後，行步來到房槐年同學的住宅，其侄子房昌在從事推光漆藝術製品的生意，從他那裡得知房槐年兄（南開大學房闌凝教授）已於二年前（2016年）病歿天津，房兄在世時，我每次到天津拜訪，送了我不少他手書的橫聯與金石印模，還主動為我刻了一個石印，他為人非常高傲，金石藝術名滿中國，作品從不輕易送人，遽聞病歿，使我悲痛不已，在其侄子房昌的推廣漆器店裡，購置了平遙市樓的一個推光漆模型，以作紀念。

十二、走訪張姓姑母舊宅

原來張姓姑母住在平遙上西門大街北側的羅漢廟街，但遍找不著，於是我們於大約下午18：00左右回到旅館，準備次日返回太原。

十三、參加太原家族歡迎中餐

我與國瑞、保民於2018年9月12日上午10：00離開平遙麗澤園國際酒店，在順城公園父母墳墓方向，鞠躬致敬後，搭預約的旅行車前往太原，由平遙上太運高速，一路行車，甚為順利，經祁縣、太谷、直達太原，住入原來的雙塔西街和頤酒店。到達酒店時，太原的家人已在酒店門口等候，他們邀請我們在酒店旁的餐廳參加接風午餐，出席的有侄孫五福夫婦、五杰夫婦、五俊與侄孫女小雲等。在席間，我直接講了其曾祖父冀公祖蔭的經歷與生平事蹟，他們還是初次聽到有系統的敘述冀家歷史，我送他們每人一本我所著的『冀公祖蔭略傳附冀氏族譜與家譜』，並要求各人提出自己的學經歷，以便寫入家譜，席間大侄孫冀五福出示他整理的家譜，雖然資料不足，但頗有參考價值，惜此一接風午餐會，冀氏第四代、第五代年輕人因為工作關係，沒有能夠參加。

十四、冀五福次日要到歐洲旅行

2018年9月12日下午侄孫冀五福到旅館訪問，稱其次日將赴歐洲旅遊，我送了他金門高粱酒一瓶與茶葉一罐，台灣的土產，作為紀念，相談甚歡，他詳細填寫了他家人的學經歷，以便我寫入家譜，並堅邀我與國瑞同赴晚餐，在晚餐中，我才知道我們所住的旅館，離各位親友住家都很近，非常方便。

十五、再遊太原街市與著名景點

1. 柳巷尋覓舊址

第三位侄孫五俊在太原老軍營街開設了一間佛教用品店，就在和頤酒店的對面巷內，相距不到一公里，2018年9月13日參觀其佛教用品店後，我們搭乘計程車前往柳巷，太原的計程車已全面使用電動車，以減少空氣汙染，而且價格非常便宜，基本費人民幣8元，每跳一公里為人民幣8角，五俊從小生長於太原對太原市區很熟悉，很快的找到原來的正太飯店舊址，即現在的國民大藥房與樂仁堂，原永豐利百貨行在相距不到100公尺的地方，喚起我年輕時候的記憶。

2. 原山西省銀行舊址

原山西省銀行在太原市醬園街，是一棟歐式建築物，民初我的父親曾在此工作多年，現為人民銀行太原分行。

3. 原省政府大樓

現在正在修繕，不准參觀。

4. 參訪王靖國將軍舊居

我們無意中走到西華門大街，原死守太原的晉軍第十三兵團總司令王靖國將軍的舊宅，起初警衛不准進入參觀，經交涉後勉強獲准，此院雖不太大，但建築的美侖美奐，據說蔣總統中正到太原時，曾住宿於此。王靖國將軍在解放戰爭中，死守太原六個月，女兒與中共元帥徐向前勸其投降，都被他拒絕，被俘後，瘦死於中共監獄，不失軍人本色，值得敬仰。

5. 參訪文瀛公園

文瀛公園即是原來的海子邊公園，我們原來的計畫是參觀國父孫中山訪問太原時的演講會所，惜正在修繕，不得其門而入。無意中，參訪了公園內的彭真紀念館，成王敗寇，一切留待歷史評論。

十六、太原家族餞行晚宴

2018年9月14日太原家族餞行晚宴時，出席的多了年輕的第四代與第五代，熱鬧非凡，尤其是第五代的冀震祺今年六歲，活潑好動，非常可愛，他是侄曾孫冀海淵之子，侄孫冀五杰之長孫，惜第六代侄孫輩，因冀五福出國旅遊，無法前來餐會，冀家後人分散在平遙、太原、保定、北京、臺灣各地，共六代，約六十餘人，老一輩因戰亂關係，除自行努力外，大都未能受到良好的教育，但年青一代，各個受到良好的教育，前途無量，晚餐進行到晚上21：40始散。

十七、歸程

2018年9月15日預定搭乘東方航空MU5011早晨07：30L的班機返回台北，侄曾孫冀海淵開車送我們到太原武宿機場，解決了時間太早到機場的交通問題，非常感謝。但武宿機場的航空公司劃位手續卻顯得非常凌亂，原因是團體旅客與散客的劃位櫃檯沒有分開設立，使我們這些自由行的散客，足足花了90分鐘的時間才獲得劃位（Check-in），匆匆辦完通關手續，急行軍似的登上飛機，連在免稅商店購買小禮物的時間都沒有，幸運的是在飛行途中，甚為順利，我們於2018年上午10：45即平安回到桃園國際機場，結束了此次長達15日，乘遊覽車旅行2000公里以上，平安愉快的旅行。

第六節　2019平遙、汾陽與太原旅遊

前言

2019年5月16日，接到平遙同宗冀有貴先生的電子郵件，邀請我於2019年6月19日～6月23日，回平遙參加中央電視台第4頻道「記住鄉愁」，介紹平遙的記錄片，因為我是「票號後人」，而在平遙的票號後人中，像我這樣90歲以上的人，尚在世者已經不多，這是對故鄉平遙有益的事，我欣然同意，與內弟俞振安君，於2019年6月17日到達平遙。因俞君是第一次到平遙旅遊，我們於是在拍攝「記住鄉愁」空檔時間至下列各處景點旅遊：

一、平遙孔廟

2019年6月18日我與俞振安先生遊玩了城隍廟街與近在咫尺的平遙九龍壁及文廟。平遙文廟建築非常雄偉，佔地約40580平方公尺，始建於唐貞觀初年，是中國現存最早的文廟。幼年時學校祭孔時，曾來過數次，但記憶已經模糊。大陸改革開放後，我曾多次回平遙探親旅遊，但都因時間關係，走馬看花，這次難得較有充分的時間，我們兩人從後門進入，依次參觀了；

1. 中國科舉博物館；敘述中國古時科舉的制度。

2. 明倫堂；敘述孔子對教育的貢獻。
3. 忠孝祠；敘述蘇武、比干、屈原、諸葛亮、岳飛等忠貞故事。
4. 日新齋；敘述西漢時，蔡倫造紙的故事，這一發明對世界文化發展的貢獻。
5. 大成殿是中國文廟中唯一金代無與倫比的建築物，它建於金大定三年（公元1163年），距今已有856年的歷史，殿內供孔子塑像，記得年幼時，學生時期即在殿外排隊祭孔。
6. 文廟學宮新建的晉商人才庫，收集了明清時期平遙商人的傑出表現。
7. 萬仞宮牆；是牌樓型的磚雕建築物，意圍牆有萬仞，八尺為一仞。
8. 超山書院；走過明倫堂，即為著名的平遙超山書院，範圍較廣，建築很考究，晚清曾任福建巡撫兼地理學家徐繼畬氏，曾任平遙超山書院的山長十年之久，公元1856～1865年，根據平遙許中先生提供的碑拓，我的叔祖父冀公承詩為清光緒時舉人，曾主講於平遙萃英講舍，求已學堂及超山書院，主講年代待考證。

二、城隍廟

平遙的城隍廟，在城隍廟街，與平遙衙門街的縣署在同一條直線上，互相對應，這是平遙城道家建築的特色，平遙城隍廟佔地7302平方公尺，建築面積2970平方公尺，建築次序為牌坊、山門、戲台、獻殿、正殿、寢宮等。事實上，平遙城隍廟中包括了財神廟，財神廟為二進建築物，占地833平方公尺，供奉的是周朝時期的趙公明，計有財神殿、真武樓、獻殿、戲台、杜君殿等建築物。

在城隍廟寢宮門外東邊，有一小殿稱冀公祠，相傳是我的祖先冀公先聘於清乾隆36年（公元1771年）開始負責整修平遙城隍廟，歷時10年峻工後因積勞成疾而仙逝，世人為其塑像立祠，祭祀於城隍廟中，我的父親冀公祖蔭，曾於民國32年（1943年）書寫「重塑冀公神祠」碑碣一塊，惜已破損，但部分文字仍清晰可見。2019年同宗本家冀有貴先生，矚我書寫冀公祠橫匾，我的醜字，現懸掛於冀公祠門外上方，上寫「冀氏述古堂二十三世孫家琳敬書於臺北」，這將成為我在平遙家鄉永恆的紀念。

三、雙林寺、鎮國寺、抗戰紀念碑與察院文物博物館

2019年6月20日，我與俞振安君乘計程車遊玩了雙林寺與鎮國寺及抗戰紀念碑。

1. 雙林寺

位於平遙西南6公里之橋頭村，佔地約15000平方公尺，原名為中都寺，迄今已有1400餘年的歷史，是中國較古的寺廟，共有四進院落；第一進為釋迦殿，殿門上方書「天竺勝境」，外有四大金剛。第二進中供奉釋迦牟尼佛；門上方書「靈鷲遺風」，右為觀音殿，左為地藏殿。第三進中為大雄寶殿，右為千佛殿，左為菩薩殿，院內有三樹合一的唐槐，在大雄寶殿外第二塊石碑的第二行，有我的父親冀公祖蔭於宣統三年（公元1911年）捐款修寺的記載。第四進中為娘娘殿，右為貞義祠，左為警衛室。這一天，參觀的人不多，只遇到一個哈爾濱學生100人的旅行團，我不是佛教徒，俞振安君是虔誠的佛教徒，見佛就拜，如魚得水，非常高興。

2. 鎮國寺

位於平遙城東北方15公里的郝洞村，佔地10892平方公尺，是五代及金元時期的建築物，迄今已有一千多年的歷史，共有三進院落：

第一進：中為天王殿，殿內供有四尊天王、鐘、鼓樓左右對稱。

第二進：中為萬佛殿，左右為碑林，但有的石碑只剩半截。

第三進：中供彌勒佛，左為地藏殿，右為觀音殿，楹聯曰「利物利人少病腦，胸中無私天地寬」，值得人們反省。

3. 抗戰紀念碑－建立在原來我家的菜園

回程時請計程車司機戴我們到上西門外順成公園抗戰紀念碑，目的在探訪我的父母葬身之處，司機先生竟載我們到東門外的順城公園，使我們迷路，幸有貴先生接電話後，前來指引，才找到我家的菜園，向父母葬身處行三鞠躬禮，表達敬意，搭乘計程車回到旅社，侄孫冀保民來訪，利用下午的時間，參觀了平遙察院博物館。

4. 察院博物館

平遙察院博物館座落於平遙城內小察院街，佔地約3000平方公尺，於2018年開館，是中國第一間以監察文化為主題的博物館，分為監察史鑒、監察法制、巡視法規和制度，山西監察專案、御史文化和禮儀。中國特色的現代監察制度其中包括了民國時期的監察制度，中國歷代的統治者都想要澄清吏治，但總是不能完全實現，主要的問題是軍公教人員待遇太低，與法制精神不展，監察制度歷代雖有不同，但它作為制衡行政權與司法權的目的，則大致相同。在封建時代，需主聖臣直，才能發揮作用。平遙有這樣一個博物館，對中國的廉政教育，可作為一種啟示作用。

四、汾陽旅遊

2019年6月20日；冀有貴先生、許中先生、鄧曉華、俞振安先生與我，加上二位開車的司機先生，作了一次汾陽旅遊。汾陽在平遙的西北方，距平遙約60公里，沿途多為輪胎工廠，我們參觀了下列著名的景點：

1. 文峰塔與汾陽王府

文峰塔共13層，高84.9公尺，是全國磚結構塔之首。位於汾陽建昌村文峰景區內，文峰景區範圍很廣，風景優美，汾陽王府在文峰塔的西面，是唐代中興名將郭子儀的府第，佔地約20餘畝，惜當日並未對外開放，我們只能在其建築物大門外攝影留念。

2. 冀貢泉故居

冀貢泉故居位於汾陽建昌村，距文峰景區不遠，因他與家父既是同宗本家，又是相知，解放後他的二個兒子，對新中國的經濟、外貿與外交很有貢獻，惜故居年久失修，破敗不堪。此故居為兩進院落，第一進東、西房各二間，包括一個門房。第二進北房三間、東、西房各二間，東房住的一位88歲的張姓老奶奶及家人，冀氏家族顯然已經很久沒有回歸故里，地方政府亦懶得為其修繕，不像平遙一樣，保存有價值的名人故居。

3. 汾酒集團

汾酒集團全名山西杏花村汾酒集團有限責任公司，位於汾陽杏花村，占地313萬平方公尺，建築面積76萬平方公尺，參觀須購買門票，每人人民幣28元，包括電動車費與解說員的費用。

1. 汾酒製作程序－汾酒製作程序有九步之多：
   （1）原料破碎：將高梁和大麴進行破碎。
   （2）潤修：即加適量的熱水後，拌勻，堆積18～20小時。
   （3）蒸料
   （4）晾渣
   （5）加麴
   （6）發酵
   （7）出缸蒸酒
   （8）入缸再發酵
   （9）貯存勾兌：存放三年，出廠時按大渣、二渣、原酒作適當的勾兌，組合和調味，以統一品味。

我們非製酒專家，只能聽解說員的解說略知其大綱，汾酒之所以出名，除製作程序嚴謹外，主要是所用的地下泉水，清澈甘甜。有人考據說茅台酒的釀造工藝源於汾酒，因此貴州的茅台酒源自山西汾酒，汾酒可以說是中國白酒的老祖宗。

2. 汾酒博物館－在這裡陳列著各種汾酒與竹葉青酒，以及許多名人參觀的照片與圖說，我們在那裡品嚐了一小杯樣品酒，我購買了汾酒與竹葉青酒各一小瓶，作為紀念。中午我們一行七人，在汾酒賓館餐廳用畢中餐，回到平遙已是下午3點左右，承有貴先生帶領，我們參觀了李雅明女士的推光漆工廠，這家工廠的產品實在不錯，我在這裡買了一個圓盤形飾品，後來送給侄孫女冀虹留作紀念，因尚有一些時間我們參觀了平遙吉祥寺。

五、平遙吉祥寺

吉祥寺位於平遙花園街，外表看起來並不很大，走進寺內，頓覺得非常遼闊，共有四進院落。相傳現在的吉祥寺，是由吉祥寺、文昌廟與梁氏宗祠組成，我在青少年時期，並不知道平遙梁氏在宋元時代曾有三人擔任平遙縣令，可謂平遙的巨室，歷史在無情的演進，祠堂建築尚在，而梁氏家族已在平遙默默無聞，空留一座吉祥寺。寺內並無佛像，亦無梁氏祖像，與其他寺廟不同，空留四進式的建築物；第一進：是戲臺與兩株柳樹，和一些留下來的石碑，已殘缺不全，偏院有幾間高屋。第二進：正樓兩層，東、西廂房各三間。第三進：正房多為樓房，東、西廂房也各三間。第四進：為一大操場，據說吉祥寺除空地外，建築面積有468.36平方公尺，始建於1317年，迄今已有七百餘年的歷史，它歷史悠久，歷代皆有修繕，我年輕時曾聽家人傳說，清同治6年公元1867年，我的曾祖父冀公唐封，奉縣令姚景元氏之令，設團練總局於平遙吉祥寺內，招募勇丁1000人，由冀公唐封總管局務，抵禦捻亂。當時我曾懷疑，平遙哪裡有可以容納1000人的軍營，現在參觀了吉祥寺，始解此一疑惑。

六、太原旅遊

2019年6月21日三個女兒與侄孫女冀虹一齊回到平遙，她們除了參觀了6月22日～6月23日「記住鄉愁」在平遙日昇昌、冀家自宅所拍攝的外景活動外，並到城隍廟參觀了冀公祠。而於2019年6月23日，我們一行人乘接待單位的專車，到達太原，仍住雙塔西街的和頤酒店，晚餐參加侄孫冀五福與冀五俊，侄孫女冀小雲等人的家宴，冀虹是第一次與他們見面，相談甚歡。在晚宴中得知，侄孫冀五杰全家遷居廣東茂名的消息，這樣冀氏後人，今後將有一支在廣東繁衍，次日2019年6月24日冀虹一早5點鐘即離開酒店，搭乘高速鐵路，返回北京。早餐後，三個女兒提議到晉祠旅遊。

1. 晉祠

位於太原西南郊區的懸瓮山麓，為周武王子唐叔虞祠，迄今已有1500年的歷史，歷代皆有改建與擴充，佔地約3000餘畝，現在建築面積約187畝，可謂非常龐大，參觀門票每人人民幣28元，既無電動車，亦無解說員，對旅客來說很不方便，我已來此旅遊三次，還是不能夠了解全貌，此次我們的參觀了下列幾個景點：

（1）水鏡台－造型雄偉，雕刻彩繪精細，據說是明清時期的建築物。

（2）聖母殿－是晉祠中建築規模最大最古老的建築物，是供奉周武王之后，周成王唐叔虞之母姜太公之女邑姜的殿堂。

（3）周柏－位於聖母殿的北側，直徑約1.8米，樹高約5.6米，已有3000餘年的歷史。

（4）唐叔虞祠－唐叔虞為晉國的首任諸侯，把晉國治理的風調雨順，國泰民安，而成為晉國的祖先。

（5）天神祠－天神祠在唐叔虞祠的東方，由玉皇閣、三清洞、關帝廟三部分組成，是晉祠最大的道教廟宇。

（6）三聖殿－在聖母殿的左方，內供奉藥王真君及龍王

（7）山高水長－上面為假山，下面為水渠，行走時要小心

（8）子喬祠－為晉溪書院舊址，亦是王家祠堂。

（9）舍利生生塔－舍利生生塔建於浮屠院中，塔高七級，38公尺，相傳此塔始建於隋文帝開皇間，歷代都有重修，迄今已有1400餘年的歷史。

（10）大雄寶殿－大雄寶殿在奉聖禪寺內，供奉的是釋迦摩尼佛，而奉聖禪寺是在舍利生生塔的左方，我們由奉聖禪寺的惠遠門走出晉祠，已是下午1：30左右，雇了一部六人座的廂型車，直駛柳巷，準備品嘗一下太原的山西麵食，不意過了用膳時間，處處碰壁，最後只能在一家叫慶豐包子店裡匆匆用畢中餐，大家都累得無力在柳巷參觀，回到和頤酒店略事休息，到6點左右，在附近一家熟識的餐廳用畢晚餐，已無時間回請太原的侄孫輩們，是為此次旅遊的遺憾。

七、歸程

按照原訂的歸程為2019年6月25日東方航空MU5011班機，起飛時間是上午08：30L，我們於前一天晚上，請旅館訂妥計乘車，於05：30L送我們到太原武宿機場，計程車準時到達旅館，我們於06：30L左右到達機場，到東方航空櫃檯報到時，櫃檯已被旅行社團體佔滿，排隊報到約需1小時，經交涉抗議後，東方航空總算開闢了散客櫃檯，我與俞君很快辦完報到手續，飛機於航行時，非常順利，我們於2019年6月25日上午11：25L左右，平安返抵台灣桃園國際機場，於下午14：00L左右，抵達家門，結束了這一次愉快的旅行。而「記住鄉愁」拍攝的過程，已在另一篇拙文中記載，不再贅述。

第七節　中央電視臺「記住鄉愁」紀錄片在平遙拍攝過程記要

引言

我在2008年「山西文獻」第72期上，寫了一篇文章「懷我故鄉-平遙縣」，光陰荏苒，不覺已經十年以上，2019年5月16日，忽接平遙同宗冀有貴先生電子郵件，邀我回家鄉平遙拍攝「記住鄉愁」紀錄片。「記住鄉愁」係由中央電視臺第四頻道中文國際臺於2014年開始介紹中國大陸各地名勝古蹟，人文歷史的短片，在第五季中，曾介紹山西「太谷老街」及「祁縣晉商老街」，將在第六季介紹「平遙古城」，因為我是晉商後裔，我的祖先對平遙建設、金融商業以及教育，略有貢獻，所以選擇了我這個老人拍攝這個節目，依年齡來說，我已九十歲以上，少年時曾生長於故鄉平遙，對平遙的文物古蹟，可能比現在這個時代的年輕人，了解的更多一點，我覺得這既然是對平遙家鄉有益的事，而且又不涉及政治，乃欣然決定參加。因兒子國瑞有事，不克陪伴，乃邀請內弟俞振安君與我同行。我們於2019年6月16日，搭乘東方航空MU5012號班機，直飛太原，於下午16：00左右平安抵達太原武宿機場，辦完入境手續後，侄孫冀五俊來接我們，於下午18：00左右，入住了太原雙塔西街和頤酒店，晚餐應邀參加侄孫五福與五俊等的家宴，計畫於次日雇車回平遙。

不意2019年6月17日上午10：00左右，平遙同宗本家冀有貴先生，特地搭乘專車來接我們，一行三人於12：00左右，即到達平遙，入住平遙城隍廟街麒麟閣酒店，這是平遙一家五星級的旅館，設備、衛生、招待等皆屬上乘。午餐時，冀有貴先生介紹了接待人員與中央電視臺「記住鄉愁」紀錄片的導演王小姐與胡小姐，相談中得知，她們與我的侄孫女冀虹認識，冀虹現任中央電視臺頻道部秘書。

2019年6月18日，冀虹在北京得知我應邀在平遙拍攝「記住鄉愁」紀錄片，她於2019年6月19日趕到平遙，令我喜出望外，由她陪伴我拍攝了下列幾個景點：

一、平遙九龍壁

平遙九龍壁，位於平遙城隍廟街文廟的旁邊，高4米、寬20米，黃、綠、藍三色琉璃瓦建造，正面九龍翻騰，生動獨特，始建於明初。原為太子寺的照壁，惜太子寺已毀，壁後有吟龍詞。吟龍詞由平遙書法專家冀有貴先生撰寫，筆力雄厚美觀，不愧為一代名家。「記住鄉愁」紀錄片拍攝時，承冀有貴先生負責講解，我為忠實聽眾，得益良多，蓋中國有三塊九龍壁；即北京北海公園的九龍壁，它是清乾隆年間的建築物，而山西大同的九龍壁，則是明代王府的照壁，而平遙的九龍壁壁後的吟龍詞是其特色，值得拍攝與介紹。惜記住鄉愁第六季播出時，因時間限制未能將平遙九龍壁播出。

二、平遙城隍廟冀公祠

冀公祠相傳是我的第十三世祖先冀公先聘於清乾隆初年，因平遙的城隍廟，年久失修，破舊不堪，冀公先聘於乾隆36年（公元1771年），應邀負責總理城隍廟修繕工程，為時十年，峻工時因積勞成疾而仙逝，後人為其塑像立祠，祭祀於城隍廟寢宮門外東側。我的父親冀公祖蔭，曾於民國三十二年（公元1943年）為其撰寫冀公神祠紀念碑碑文，現立於冀公祠門外左側，惜部分已破損，字跡磨損，模糊不清，但先父所書「前清吏部侯銓同知國子監太學生族人冀祖蔭沐手敬書」，仍清晰可見。2018年同宗冀有貴先生囑我代寫「冀公祠」三字的橫聯，想不到我的醜字也懸掛在冀公祠門外上方，上書「戊戌季秋吉日」、「冀氏述古堂第二十三世孫家琳敬書於臺北」，「記住鄉愁」拍攝小組於2019年6月19日，把我的醜字拍入鏡頭，使我感覺既榮幸又汗顏。

三、日昇昌票號

日昇昌票號位於平遙城內西大街，建築面積約2400平方公尺，建築物包括前院、二院、中廳、后院、后通道及後門，外表為五間寬的商業門面，顯示其雄偉不凡的氣派，院內建築物則精雕細琢，「記住鄉愁」的拍攝小組的導演王小姐，要我向侄孫女冀虹講解各個房間的功能，家父冀公祖蔭服務於日昇昌票號的經歷，以及日昇昌票號由盛而衰破產倒閉的經過。

（一）日昇昌票號各個房間的功能

1. 東西櫃房：設在進門時的前庭，為接待客戶的地方，現在牆壁上掛滿歷任總經理的照片。
2. 帳房與信房：帳房設在前院的東邊，是會計記帳的地方。信房設在前院的西邊，是寫信辦理文書的地方。
3. 總經理房：設在二院的北方的中庭，共三間。是總經理與副總經理辦公與會客的地方。
4. 廚房：設在二院的東邊，是供應員工膳食的地方。因為各分號經理有的攜帶廚師，返回平遙述職，介紹了中國各地的飲食風味，使平遙的宴席，多采多姿，有所謂四盤四碗、傳盤九碗與八八套餐等名菜，比美北京的滿漢全席。
5. 客房：設在二院的西邊，顧名思義是招待貴客住宿與休息的地方。

記住鄉愁拍攝小組本小組只拍攝了前庭、前院、二院、中庭等地，未涉及後院、後門等其他地方，由名記者王端端主持拍攝，在第二節播出非常成功。

（二）日昇昌票號的匯款手續

現在日昇昌票號的管理先生設在二院的北房走廊，為了展示日昇昌票號的匯款手續，他為我開了一張匯款會卷，文曰：「憑票會到冀家琳東家足銀玖萬兩整，言定在京都本票號，見票無利交還不誤此據」主要是這種匯票的印信與密押，從來沒有人能夠偽造。

（三）匯通天下

「匯通天下」四字的來源，據說是在道光二十二年（公元1842年），鴉片戰爭清廷戰敗，訂立南京條約，賠款英國2100萬兩白銀，先付600萬兩白銀，道光皇帝正愁向各地收集600萬兩白銀的方法，因當時交通不便，運輸困難，沒有想到日昇昌票號，在十日內，即將各省攤配賠償的白銀，收集齊備。所以道光皇帝，稱讚日昇昌票號「匯通天下」，現在有一塊「匯通天下」的橫匾，掛在日昇昌後院中庭。

（四）日昇昌票號的盛衰過程

1. 日昇昌票號業務興盛的年代為1823～1911年，日昇昌票號創立於清道光3年（公元1823年），最初資本額30萬兩白銀，後來增資為36萬兩白銀，人股12萬兩白銀，共48萬兩白銀，48股。從事存款、放款、匯兑業務，因業務逐漸發達，在全國各地設立分號三十餘處。每年匯款3,000萬兩～7,000萬兩白銀，獲利豐厚，最賺錢的年代為光緒30年（公元1905年）。當年因為清政府收集庚子賠款，結帳時每年平均獲利約216,000兩白銀，每股分紅4,500兩白銀。
2. 日昇昌票號業務衰退、破產倒閉與重整乏力的原因：
   （1）公元1911年辛亥革命成功，中華民國成立，軍閥割據，動亂仍頻，存款與匯兑業務衰退。
   （2）清政府垮台，票號失去了為政府匯款的主要業務。
   （3）外國銀行在中國設立分行，資本雄厚，管理進步，票號無法與之競爭。光緒9年（公元1883年），南方票號阜康，即因與外國銀行競爭生絲案，破產倒閉。
   （4）用人不當，沒有危機處理的應變能力；民國3年（公元1914

年），日昇昌票號北京分號，為祁縣合盛元票號擔保受累，經理侯桓與伙友潛逃回到平遙，債權人告到北京京師審判庭，平遙總號的總經理郭樹柄亦潛逃，群龍無首，財東李五典、李五峰被平遙縣政府奉令扣押，日昇昌票號平遙總號被查封，近似破產，後來雖然已退休副總經理梁懷文出面重振，免予破產，但業務無法振興，直拖至民國二十一年，公元1932年，停止營業，結束了歷經百年的票號輝煌事業。

（5）題外話；如果日昇昌票號北京分號經理侯桓或平遙總號總經理郭樹柄，能夠冷靜沉著，應付為祁縣合盛元票號擔保受累的危機，日昇昌票號並不會因此案破產倒閉，因合盛元票號，欠債逃避，理應先追討債務人合盛元票號的財產，其次才是保證人日昇昌票號的財產，何況當時雖然日昇昌北京分號有80萬兩白銀的虧損，但全國其他分號，尚稱借貸平衡，如果調度適當，北京分號可避免發生擠兌，而致破產累及財東。所以任何企業，肩負責任的經理人員的學養、才能、膽識與經驗，非常重要，否則一發生危機，即應對無方，造成最大損失，甚至破產倒閉。

3. 家父冀公祖蔭服務日昇昌票號的經過：

家父冀公祖蔭，係前清北京國子監太學生，因侯任官職不成，而於光緒26年（公元1900年）進入日昇昌票號，光緒29年（公元1903年）派往日昇昌票號南寧分號任主事（即經理），民國3年（1914年）日昇昌票號北京分行，發生為祁縣合盛元票號擔保受累破產，後來平遙總號梁懷文副總復出，清算、整頓復業，而日昇昌票號南寧分號並未受到重大衝擊，相反的因冀公祖蔭與當時任廣西省銀行總經理的范子壽氏非常友好，故業務上頗有進展，直至民國7年（公元1918年），才奉日昇昌票號平遙總號命令，結束營業，攜廣西南寧籍謝氏夫人等回到平遙。於民國8年（公元1919年）經祁縣賈繼英先生介紹給當時任山西省銀行總經理的徐一清先生，擔任營業部經理，廣西南寧與越南接近，當時越南是法國的殖民地，冀公祖蔭任日昇昌票號南寧分號經理時，吸收了一些西方銀行的組織及經營管理的情況，因此被徐一清先生非常重用，並於民國13年（公元1924年）奉派兼任山西省銀行平遙分行經理，當時冀公祖蔭雄心勃勃，在平遙投資開設了協和銀號，聘請范子壽先生的弟弟范子匡為總經理，並在晉北、忻州、崞縣等地開設蛋廠7座，將雞蛋分解，烤成奶粉狀，製成罐頭，出口歐洲，因1919年歐戰結束後，歐洲缺糧，極需營養品，所以由民國9年（公元1920年）至民國19年（公元1930年），是冀公祖蔭事業的巔峰時期，不意民國19年（公元1930年），中原大戰爆發後，閻馮倒蔣失敗，晉鈔貶值百分之八十，協和銀號發生擠兌，冀公祖蔭秉持著晉商的誠信原則，變賣七個蛋廠，償還協和銀號的存款人，不使平遙數百位同鄉受到損失，債權人等認為賠償金額比晉鈔貶值優厚很多，很快達成協議。這種情況，有如前幾年大陸一部話劇「立秋」的劇情，協和銀號倒閉，平遙有一民謠流傳：『老雞下了蛋，放在筐筐裡，不幸吸黃了』老冀表示冀公祖蔭為投資人，放在筐筐裡，諷刺范子匡為總經理，不幸吸黃了，為平遙土語，表示雞蛋壞了。

中原大戰閻錫山失敗，山西省銀行改組，徐一清氏離職，在榆次開設「精華紗廠」，仍聘請冀公祖蔭為營業部經理，在日昇昌票號伙友中，民國時期頗有成就者，在平遙有兩人，一為冀公祖蔭，另一位為范子壽先生。范子壽先生曾任廣西省銀行總經理，在平遙曾投資設立「大來銀號」，1930年亦在晉鈔貶值時倒閉，但存款及債權人未得到適當的賠償，抗戰時期范子壽先生，被財政部長孔祥西先生聘為中央銀行西安、宜賓等地分行經理。

「記住鄉愁」拍攝小組，在日昇昌票號故址拍攝了我對同宗冀有貴先生及侄孫女冀虹講解上面有關日昇昌票號的故事，並向我要冀公祖蔭的照片，照片很快的由台北傳到平遙現場交給拍攝小組，我想冀公祖蔭的照片，有資格與日昇昌票號歷任總經理懸掛於平遙日昇昌票號故址，因為他是民國時期，少數能夠傳承日昇昌票號精神的伙友。

四、言容堂木版年畫

中央電視臺「記住鄉愁」拍攝小組，拍攝完日昇昌票號的故事後，轉往平遙東大街「言容堂木版年畫館」拍攝木版年畫的製作過程，該館由多才多藝的年輕藝術家鄧曉華先生主持，鄧先生於2018年曾來臺灣，抄錄明代平遙縣誌，進而與我相識。他向「記住鄉愁」拍攝小組展示了各種木版年畫，並贈送我孔子木板年畫與武聖關公木版年畫各二張，使我愛不釋手。「記住鄉愁」拍攝小組亦將其拍入鏡頭，成了「記住鄉愁」另外的一個景點，尤其是鄧曉華先生收集的千種平遙瓦雕，使「記住鄉愁」拍攝小組拍攝時，感到非常驚奇與佩服。可惜記住鄉愁第六季播出時也因時間關係，未曾播出。

五、冀氏故宅童年舊夢

中央電視臺「記住鄉愁」拍攝小組準備在2019年6月22日到我的故居；平遙城內上西門南街14號，拍攝我幼年時期的生活情況。當日下午與同宗冀有貴先生、蘭、芸、芳三個女兒、侄孫女冀虹、內弟俞振安君及中央電視臺「記住鄉愁」拍攝小組分乘三輛電動車，到達上西門南街，使我頓然感覺到人世滄桑，景物全非，憶唐詩人賀知章的回鄉偶書：『少小離家老大回，鄉音無改鬢毛衰，兒童相見不相識，笑問客從何處來』，我這個九十歲以上的老人，不但是兒童相見不相識，而且是老人相見也不相識，因為我的親朋故友皆已凋零。

1. 冀氏故宅的建築情形

我家的故宅；在平遙上西門南街14號，共有三棟院子原來可以互通，各約800～1000平方公尺，現已改為43號、45號及47號各自獨立的建築物，當時並在47號對街，還有曬穀場一座。前院有房屋三間，後院有曬穀場一處，直通上西門馬道街，約1200平方公尺，為秋收時，曬、碾穀物的場所。現已物換星移，景物全非，現在的45號為原來的正院，座北朝南，在大門的右方，為現在的43號，原來有北房兩間，其餘為堆積煤炭、薪柴的場所，現在在其西面已改建了房屋三間，現在的47號，原有北庭一處，為堆積糧食與商店撤回的傢俱所在，窯洞式南房三間，原來住的是我的外婆，西房為磨坊；磨麥子成為麵粉的地方。東房為馬廄，原來養了驢馬三、四匹，此外還有一長工住宿的房屋，這便是我家冀氏故宅原來的概況。

2. 冀氏故宅正院拍攝經過

中央電視臺「記住鄉愁」拍攝小組，只拍攝了現在平遙上西門南街45號正院的景點，拍攝期間，仍以我與侄孫女冀虹為主角，同宗冀有貴先生、三個女兒與內弟俞振安君從旁協助。

拍攝開始時，冀虹首先問我當時她的父親是出生在哪一個房間，我指給她看是北房的西套房，當時北房共有五間房屋，正庭用不透光的玻璃隔間，內供奉了祖先牌位，逢年過節，始開放讓家人祭拜。東、西套房各兩間，東方套房住的是我的父母冀公祖蔭與繼母李氏月桃，西套房住的是冀虹的祖父家瑜夫婦及年幼時期冀虹的父親國棟，這五間北房，曾於民國25年（公元1936年），在繼母李氏月桃督導下，重行修建，當時美侖美奐，牆壁上油繪著歷史圖案，有如清明上河圖，現在因年事已久，東、西套房都被現在的張姓住戶用油漆粉刷塗去，只留下正庭的一些圖案尚在，幸東、西套房門上的『鳶飛』、『鱼躍』二字尚存。

院內有東西廂房各三間，東房為長兄冀家珍夫婦與子女住處，次為食品貯藏室，再次為廚房。西邊廂房依次為家姊玉珍的閨房，次為我與家琦三哥居室，再其次為一套房，原來是管帳先生居住與辦公的地方，後來管帳先生離職，長大後我在那裏居住了一段時間。

南廳；靠近大門是很寬廣的一間廳房，內設紫檀木書櫃、桌椅等，是作為書房兼會客的地方。南庭大門上方原有冀貢泉氏任山西省教育廳長時，我的祖母八十壽誕時，送的『耄耋壽考』匾額一塊。大門外有山西省督軍兼省長閻錫山送的『金融楷模』橫匾一塊，大門上方有『文魁』二字的横聯，係表示我的叔祖冀承詩先生是清末舉人，這些據說都被在文革時期拆除。

3. 四合院內，冀氏家族生活憶往

中央電視臺「記住鄉愁」拍攝小組，讓我講一些年幼時冀氏大家庭生活的概略回憶，幼年時在這四合院內居住了冀氏一個不算小的家庭，在這樣的一個家庭內，可以說是歡樂與糾紛並存。記得幼時，每年春耕秋收的時候，佃農冀老三、冀老四與十幾位臨時雇工，在正院對面的曬穀場，往往工作到晚上12時左右將在平遙近郊240餘畝旱地所收割的成熟莊稼，打麥子、收高粱準備儲存全年食用的糧食，廚師準備了好酒好菜，供這些佃農、雇工與全家人享用，可稱為商業家庭兼有農家的歡樂，因冀公祖蔭長年在外經商，這些大大小小的事務，都由繼母李氏月桃主持，她不愧為能幹的家庭主婦，但有時不免與年長的子女和媳婦有些衝突，所幸她都能一一化解。

4. 家鄉的麵食與家鄉的酒

侄孫冀保民夫婦為我們準備了一桌平遙麵食及一瓶黃酒，供我與北京來的侄孫女冀虹享用，沒想到亦進入了「記住鄉愁」拍攝小組的鏡頭中。

5. 題外話

感謝冀氏故居現在的張姓主人，她把冀氏正院維修的乾淨亮麗，作為民宿出租，希望她生意興隆。抽空我走訪了43號故宅，現住人王有福先生，他現在七十餘歲，據說年輕時做過我家的臨時工，看起來他的身體沒有像去年（公元2018年）那麼精神健康，我向他親切的問

候，並希望他保重。47號故宅住的是本家佃農冀老三、冀老四、冀賴兒三家，這些家庭的老人都已過世，留下的媳婦與兒孫子女尚在，我與她們都不認識，但一一問候，當她們知道我是這些故宅的少主人時，備感親切，她們敘述了她們的前人與我家的關係，最後我懷著依依不捨的心情，離開故宅。

六、再見平遙我的故鄉，在這裡留下了「記住鄉愁」的永恒紀錄

依照旅行計畫2019年6月23日是此次返鄉留在平遙最後的一日，早餐後，即與同伴俞君振安開始整理行李，沒想到中央電視臺「記住鄉愁」拍攝小組，要拍攝我在麒麟閣旅館準備離開與各親朋好友送別的鏡頭，這是「記住鄉愁」紀錄片中一個重要的過程，完整的顯示平遙麒麟閣酒店五星級古色古香的房間與眾不同的特色。當我與各親朋好友話別以及與俞君離開旅館，將行李搬上車後，徒步走出平遙城門時，「記住鄉愁」拍攝小組也拍攝了這些畫面與景色，路人以為我們在拍攝電影，紛紛停下腳步觀賞，而我們這幾位業餘電視明星，在拍攝這些場景後，即對「記住鄉愁」紀錄片拍攝活動劃下了句點，經與接待我們的主人同宗冀有貴先生握手道別，感謝他連日來熱情招待，並與中央電視臺「記住鄉愁」拍攝小組的導演王小姐與胡小姐，以及所有工作人員一一握手道別，此時真的是「記住鄉愁」依依不捨的時刻。拍攝小組工作人員們與我們這些冀氏家族的成員們，因工作的關係建立了親切的友誼，在與他們互道珍重後，我與俞君振安、三個女兒及侄孫女冀虹，分乘兩輛汽車向太原出發，到達太原，仍住雙塔西街的頤和酒店。晚上應邀出席了太原家屬的晚宴，大家相聚甚歡，侄孫女冀虹於次日早晨6：00左右即離開酒店，搭乘高速鐵路的火車返回北京。而我與俞君振安及三位女兒，則於2019年6月24日作了一次晉祠之旅，後來我們於2019年6月25日，分別搭乘東方航空的班機，回到臺灣，結束了這次愉快

的旅行。有關此次旅行其他的旅遊記載，詳請參閱拙作「2019年平遙、汾陽、太原旅遊」，因文章篇幅較長，而與「記住鄉愁」在平遙拍攝紀錄片的經過分開敘述，以免互相紛擾。

七、記住鄉愁播出後記

記住鄉愁，第六季，平遙古城－晉商故里、匯通天下，分上下兩集，由中央廣播電台於2020年1月2日在第四頻道播出，主持人為中央廣播電台名記者王端端小姐，詳細介紹了平遙各處著名的景點，約三十分鐘，甚為成功。我們這一小組拍攝的景點，因播出時間限制，只播出有關日昇昌部份、冀公祠及冀氏故宅的情形，約十分鐘，本文中所述很多鏡頭，因時間限制而省略。

這是中國銀行的鼻祖，平遙日昇昌票號的正門，在中央電視台，記住鄉愁的節目中，在這裡講說了我的父親冀公祖蔭在日昇昌工作的情形及後來的經歷。

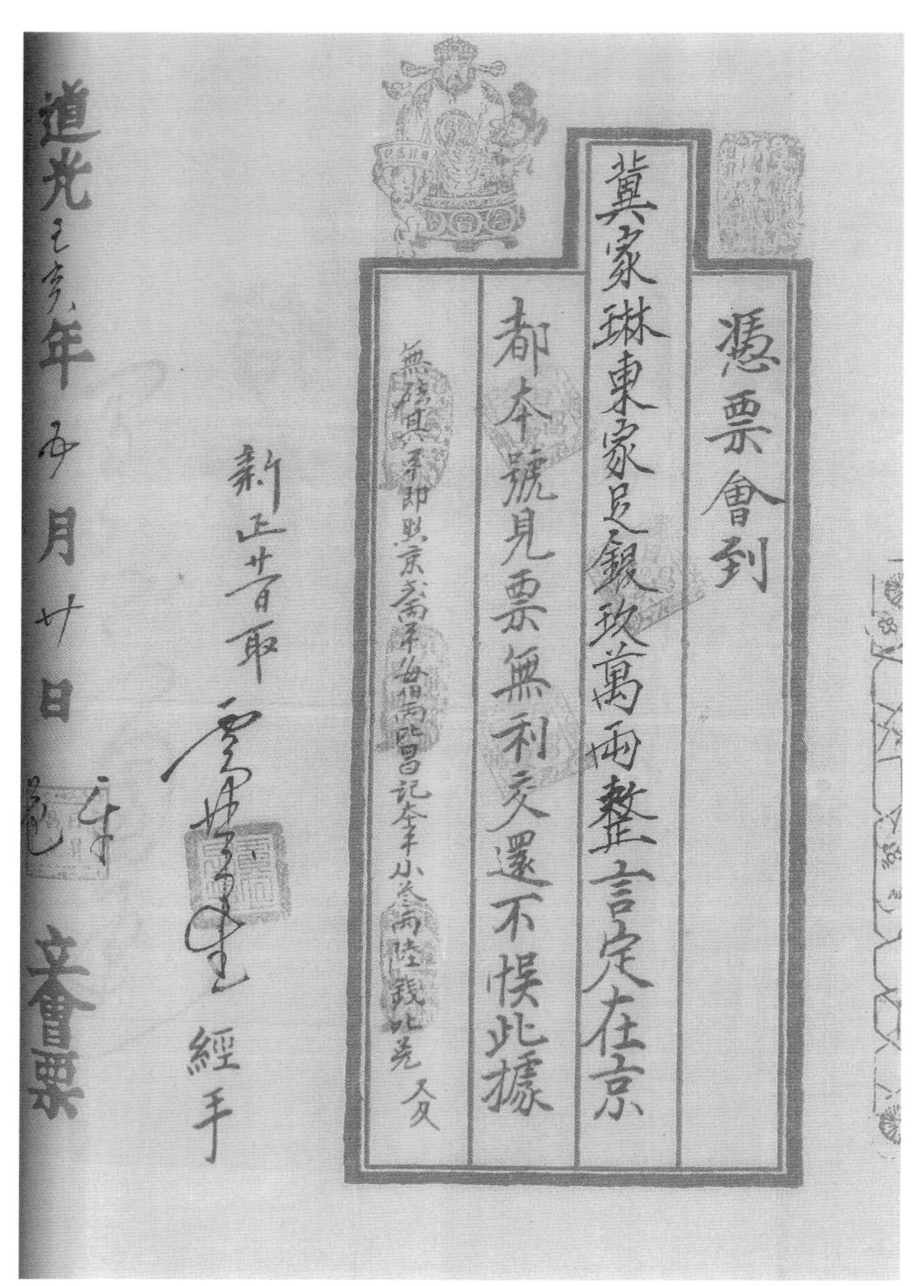
憑票會到
冀家琳東家足銀玖萬兩整言定在京
都本號見票無利交還不悞此據
新正廿一日取
經手
道光　年　月廿日
會票

2019年6月19日在拍攝「記住鄉愁」紀錄片中，日昇昌票號開給我白銀玖萬兩的匯票一張，約等於台幣七、八千萬元，我豈不是發財了，不過這只是清道光9年，迄今184年前的匯票樣張，說明當時日昇昌票號往來金額之鉅，押密之慎及匯通天下。

這張照片是與中央電視台，第四頻道「記住鄉愁」第六節工作人員合照，左三是平遙文化名人，同宗冀有貴先生。

第七章
台灣本島旅遊記勝

第一節　嘉義台南傳意之旅

緣起

中國無線電協進會第37期第10次理監事聯合會議，計畫於中華民國108年3月16日在赴台南江南渡假村的遊覽車上舉行，但每位理監事及眷屬需要支付3250元的旅遊費用，以免被外界批評理監事藉機旅遊自肥，這種旅遊開會的創意設計，既可促進台灣本土的旅遊觀光市場，並可連絡各理監事之間的感情，增進互助合作與了解，實在是一種完美的安排，我與兒子國瑞欣然報名參加，我們於108年3月16日早上6：30準時在台北市新生南路一段忠孝新生捷運站6號出口處集合，參加者計有理監事及眷屬34人，07：00遊覽車啟動，駛向高速公路，向南部進行，08：30理事長李文益先生宣布開會，理監事們發言開會討論，有關會務進展情形，詳情另有會議紀錄，不在此旅遊記載範圍，10：30會議結束，當時遊覽車正行駛在竹南附近，見窗外沿海有風力發電設施，近年來風力發電已成為世界各國發展電力的寵兒，但臺灣由於地形關係，春、夏、秋、冬四季風向不同，風力不穩定，而製造商都是外商，風力發電能否發展成功，值得探討。11：00左右，遊覽車抵達第一個觀光目的地嘉義。

一、嘉義月桃故事館觀光工廠

數十年來我真是孤陋寡聞，以為月桃是神話中的一種仙果，人間並不存在，在這裡聽了銷售員解說，才知道它是生長在嘉義民雄間一種珍貴的植物，月桃英文稱Shell flower，學名Alpinia Zerumbet，屬薑科類，可作很多用途，日本人用它製作「仁丹」，1945年以前，仁丹在中國大陸成為日本藥品主要的代表，賺了大量的外匯。

據說月桃故事館觀光工廠創辦人何勇魏先生，自幼年時期即在嘉義民雄一帶接觸到月桃這種珍貴的植物，他於民國71年（1982年）成立華實興業股份有限公司，生產清潔用品、沐浴用品與洗髮用品，外銷世界各地30餘國。民國101年（2012年）建立月桃故事館觀光工廠，於民國103年開始營業吸引了不少觀光客。

我的繼母姓李名諱月桃，為了紀念此一種神奇的巧合與旅遊觀光的機會，我在這裡買了一瓶月桃酒及一些清潔用品，委託快遞運回台北，以作紀念。

二、台南左鎮忘憂谷

中午我們旅行團一行在一家大眾餐廳用畢中餐，搭遊覽車前往台南左鎮的忘憂谷，到那裡要車經大峽谷，步行橫渡草山溪上的「要月吊橋」，這個吊橋長105公尺，於民國90年（2001年）重修，建築的甚為穩固，行走其上沒有搖晃的感覺，這一帶到處都是綠竹成林，而草山月世界四週都是泥岩光禿的小山丘，我們登上了海拔308公尺的忘憂谷，觸目相望，有如夢幻中登上月球，有一種四週消煞孤獨的感覺，自然忘卻了人間一切的煩惱，忘憂谷希望你天天存在現實的人間，我在這裡取了一塊岩泥作為紀念，它深灰色，堅硬如石，不知有何用途。

三、台糖江南渡假村

遊罷左鎮忘憂谷，已是下午18：00左右，遊覽車載我們到台南市柳營區旭山里台糖江南渡假村旅館投宿，這個旅館非常氣派，具有五星級標準，擁有客房70間，我們住的是有四個床鋪的大房間，兩個人居住顯得非常寬敞舒適。

晚餐在此旅館的桂華園中餐廳舉行，席開4桌，江浙名菜，甚為可口。此時居住台南的榮譽理事長李明威先生，前來參加，他是酒仙，四處敬酒，千杯不醉。其他愛好歌舞的團員，藉者卡拉ok載歌載舞，歡樂的聚會，直喧鬧到21：30左右。

四、尖山埤水庫

台糖江南渡假村範圍很廣，據說有100公頃左右，我們旅行團一行34人於2019年3月17日上午07：30，在江南渡假村旅館的盧卡西餐廳用畢早餐，乘遊覽車前往尖山埤水庫，準備坐船遊覽尖山埤水庫全景，我們由停車場步行至星光碼頭，沿路看到很多珍貴的樹木；諸如蘭嶼羅漢松、臘腸樹、九芎樹；這種樹的樹桿非常堅硬與光滑，粗壯的猢松樹，據說樹齡已在100年已上，紅利露兜兒樹，非常珍貴與稀有。

尖山埤水庫面積76公頃，水源來自龜重溪，它雖然比杭州的西湖面積小很多，但我們乘船遊覽全景也花費了將近一小時的時光，在遊船上看到沿岸有一些精美的別墅，美麗的小橋，有如西湖的斷橋。水庫中有兩個小島，稱為愛情島，翠竹成林，不時有綠頭鴨遨遊在水面，特產是筍殼魚，比美西湖的鯉魚，我們下船後，一路步行，經蜜蜂生態區，參觀了養蜂人採蜜的過程，荷花池的少數荷花，因不是花季，尚未盛開，但沿路看到許多蝴蝶蘭，艷麗地爬生在各種樹上非常漂亮，很多團員在這裡攝影拍照留念，後來我們乘電動車，經過長200米的小橋，到達品茗園，品嘗各種茗茶後，結束了美麗的尖山埤水庫旅遊。

五、嘉義真北平餐廳

嘉義真北平餐廳位於嘉義市東區吳鳳南路，遊覽車載我們到那裡享用北京名菜；北京烤鴨、粉絲丸子、手抓雞等，據說這家餐廳已有55年的歷史，面積約200餘坪，可接待食客50～60桌，它能在嘉義市生存這麼久，甚是難得，臺灣是中國膳食會粹的地方，在這裡可以品嚐到中國各省口味的菜餚，其種類之繁多，可能勝過北京與上海。

六、蒜頭糖廠

蒜頭糖廠位於嘉義縣六腳鄉，創立於1904年，面積25甲，原有員工400餘人，協力廠家與人員將近萬人左右，可惜於2001年納莉颱風時，造成廠區淹水，致製糖設備嚴重損壞，同時國際糖價低迷，台糖公司不再重建而停止製糖。

我們乘原來載運甘蔗的小火車遊覽了全廠，約花費30分鐘的時間，感覺到一片淒涼，製糖設備與鍋爐生銹腐壞，說什麼「蔗程文化區」，看了使人心痛，好景不常，經濟循環，世事亦在循環，在循環時，應急起應變，好好規畫，這麼大的工廠，應避免成為蚊子工廠。

七、歸程

我們旅行團一行人34人，於2019年3月17日15：20左右離開蒜頭糖廠，乘遊覽車沿高速公路北上，準備回歸台北，團員們一路隨者遊覽車上的卡拉ok歡唱各人喜歡的歌曲，興高采烈地回到了台北，結束了這次完美愉快的嘉義台南創意之旅。

第二節　2019年台中豐原旅遊奇遇

臺北市山西省同鄉會每年除春節舉行團拜外，都會規畫二、三次旅遊活動。筆者過去由於工作忙碌，甚少參加這些活動，近年來因年事已高，有較多的時間參加這些活動，去年民國107年10月25日經參加本會舉辦之秋季旅遊宜蘭一日遊，甚感參加同鄉會旅遊，除能欣賞台灣各地的風景外，並可以認識很多鄉賢碩彥，增進了解，建立友誼。

有好多認識的同鄉朋友越來越少參加同鄉會的活動，原因是認識的朋友愈來愈少，殊不知這是新陳代謝必然現象，平時筆者除鼓勵年輕的山西同鄉積極參加同鄉會活動外，並且老當益壯，以九十一歲高齡報名參加了同鄉會本年度舉辦之春季旅遊。

一、頭份品園

根據同鄉會旅遊說明，頭份品園係蘇盛泉先生投資三億新台幣建築的萬坪公園，內有珍禽鳥園、花草、桌椅、步道等供遊人遊賞，不收門票。民國108年3月21日臺北市山西同鄉會，108年度春季旅行團一行人39人，於早晨08：20在台北市和平東路一段山西省同鄉會會所大樓前集合，由總幹事李繼思先生領隊，乘遊覽車於10：00左右抵達頭份品園，參觀了珍禽園，看到藍色及白色的孔雀，另外其他許多珍禽，因無說明牌標示，若非鳥類專家甚難了解，不過這個品園頗有蘇州江南名園的氣派，在土地價格高昂，人口稠密的台灣，能建築這樣的私人園林，非常難能可貴。

據說頭份品園主人蘇盛泉先生係早期經營新竹科學園區配管工程起家，在這個台灣寶島上，只要誠信樸實地努力工作，就有成功的機會，參觀頭份品園，亦許會給一般青年朋友一個良好的啟示，只要努力奮鬥足踏實地的認真工作，不懼學歷高低，就有成功的機會。

二、大湖草莓

遊覽車於11：00左右到達大湖草莓園區，我們旅行團一行很多人進入草莓園摘採草莓，每人手提一個塑膠提藍，內置剪刀一把，開始自行採摘草莓。好在當時天氣晴朗，雖不很熱，但大家採摘的也是滿頭大汗，我採摘了兩小箱的草莓，秤量後花費NT700元，較台北的市價便宜很多，現在台灣的農產品價格並不算貴，但採摘或收割的人工成本很高，而且往往找不到人做，原因是農村青年人口外流現象非常嚴重，所以發展鄉鎮觀光事業，亦許可以解決這種農村年輕人口外流的現象。

三、午餐－紅棗食府

紅棗食府在苗栗縣的公館鄉，以養生風味的客家菜著名，頗為可口，原來臺灣並不生產紅棗，紅棗成為養生珍品，最近苗栗公館一帶也盛產紅棗，紅棗在山西亦是特產的一種，尤其是斷棗，體型較圓，其他地區少見。

四、豐原花博園區

根據同鄉會的旅遊說明，豐原葫蘆墩公園是2018年台中世界花卉博覽會免費入園的展區，以水岸花都為主體，將軟埤仔溪的河岸空間以「水生、島嶼、蛻變、共棲、氣節」五大概念，來拼組出花與萬物，構築成各式繽紛色彩，其中竹跡館是熱門拍照的景點。

我們旅遊團一行39人，於108年3月21日下午14：00左右乘遊覽車到達豐原花博園區，花費了約2小時的時間，遊覽整個花博園區，感覺軟碑仔溪水流清澈見底，沒有絲毫污濁，甚為難得。竹跡館名不虛傳，我們在這裡拍了很多照片留作紀念，遺憾的是我與遊伴沒有記清楚遊覽車停放的位置，而這個園區有2、3個停車場，使我們花費了不少時間尋找遊覽車，幸及時找到遊覽車，萬幸沒有脫隊。

五、晚餐

晚餐在新竹市柴橋路龍湖宴會館舉行，席開三桌，我被安排在飲酒的一桌，大家痛飲高粱酒，鄉親們互聊近況，認識新朋友也是人生一大樂事。

六、同鄉會的奇遇

筆者在本年2月16日同鄉會團拜的時候及此次春季旅遊的時候，巧遇平遙故交裴西園先生的女公子裴紫綺小姐，數十年不見，若在路上相遇，決不敢相認，裴小姐麗質天生，書法、國畫甚有成就，為台北市中華書畫藝術學會理事。回憶民國37年（1948年），當時我是一個不懂事的懵懂青年，獨自離家，由天津乘船來台，當時東北已經失守，到台灣的船票甚難買到，幸虧同鄉故交裴西園先生，他是對日抗戰時期，在晉東南一帶的抗日英雄，當時在天津擔任管理船舶的要職，他代我以金圓卷45元，購得美雄輪船票一張，並親自送我上船，數十年來，使我能在臺灣成家立業，迄今思之，尤為感謝他的幫助。在與裴小姐閒談中，知裴先生的子女有的在臺灣，有的在美國，各有成就，好人有好報，誠非謬論。同時這一偶然的奇遇，也顯示了參加同鄉會活動的功能。

七、歸程

我們臺北市山西省同鄉會108年春季旅行團，於108年（西元2019

年）3月21日傍晚19：50左右回到台北，大家互道珍重後，各自回家，結束了此一圓滿愉快的旅行。

第三節　埔里九族文化村日月潭旅遊日記

一、埔里旅遊

姻親李君計畫作一次埔里九族文化村的旅遊，埔里我已經去過多次，對他的旅遊邀請最初沒有想要參加，經其堅邀，我與內人才決定前往。他組織了一個十三人的親友旅行團，我們於二〇一九年一月二十日上午八時三十分，由台北出發，開了二部旅行車，經南二高高速公路，開車約4小時，到達埔里午餐後，住入預訂的埔里信義路的亞締大飯店，這家旅館雖不是四星級以上的旅館，但尚屬清潔舒適。

二〇一九年一月二十日下午，我們參觀了埔里紙教堂，埔里紙教堂位於埔里的桃樂社區，相傳這塊土地是一位塗姓農民，在民國三十八年（1949年），台灣實施三七五減租，耕者有其田時，從地主手中放領得來的，其後人遵其遺囑，捐作公共建築用地。紙教堂的由來，其實是仿照日本一九九五年阪神大地震後，日本建築師坂茂為神戶鷹取教會設計的一座臨時教堂，埔里這一座紙教堂是用木料與不透光的玻璃纖維板建構而成，因埔里也經歷了一九一九年與一九九九年二次大地震，仿效日本的作法，也是無可厚非的事。紙教堂周圍的荷花池，據說非常美麗，可惜我們來參觀的時間不是荷花盛開的六、七月份，但參觀紙教堂每人仍需新台幣一百元的門票。

傍晚我們參觀了埔里夜市，這裡的夜市是台灣各種美食的集成，應有盡有，喜歡遊覽夜市的人，可以在這裡流連3、4小時，品嘗各種美食，埔里這個小鎮沒想到幾十年來發展得這樣的繁榮與快速，記得我在民國三十九年（1950年），初次到埔里時，市容非常蕭條與清靜，當時我服務於玉山測候所，居於信義鄉布農族的原住民工友（當時稱警丁），邀請我與一位沈姓同事去埔里參觀埔里國民小學的運動會，我們兩人與布農族的原住民三人，由鹿林山，經水利坑前往埔里，當時很少外省人到埔里旅遊或參觀，埔里國小運動會主辦單位接待我們為上賓，當地警察分駐所主管有點不高興，想要驅離我們，經我們布農族的原住民工友抗議後，該主管覺得理虧，反而邀請我們到東埔警察招待所住宿與洗溫泉，回憶六十年前的埔里舊事，我現在仍衷心希望那些與我曾相處的布農族原住民們，身體健康，生活愉快。

二、九族文化村參觀旅遊

二〇一九年一月二十一日上午九時左右，我們開車由亞締大飯店出發，車行約一小時，到達九族文化村，門票每人需新台幣捌佰伍拾元，購票後，乘空中纜車進入園區，我們參觀了那魯王劇場，依次參觀了九個不同性質的臺灣原住民生活情況區：

1. 排灣族平埔社住屋

據說排灣族居住於大武山、恆春半島枋寮、太麻里以及台東的新園里等地，人口約102,000人。

2. 阿美族的房舍

阿美族是台灣原住民中人口最多的一族，分佈於花蓮、台東一帶，人口約210,000人。

3. 達悟族（亦稱雅美族）

居住於台東蘭嶼島上，人口約4600餘人，他們的住所分瞭望台與地下兩層；瞭望台為夏日乘涼望海所需，而地下一層，則是為了防禦颱風、季風、暴雨。冬天寒冷所需，生活以捕捉飛魚，種植芋頭維生，性情和平友善。

4. 布農族

分佈於台灣中央山脈兩側500～1500公尺的山區，人口約59,000人，父系社會，尊崇老人，類似漢族文化，我們在九族文化村參觀了他們的居所模樣與石雕藝術，順著櫻花大道走下去參觀了；

5. 泰雅族文化

他們盛行織布與紋面，古時有出草獵人頭的習慣，居住於台灣中央山脈，是典型的高山族原住民，人口約88,000人。

6. 邵族

我們沿著九族文化村杉林大道走下去，看到邵族與鄒族文化歷史，邵族居住於南投縣仁愛鄉日月潭附近，性情溫和，是最早與漢人接觸的原住民，可惜人口只有800人左右。

7. 鄒族

鄒族分為北鄒與南鄒，北鄒大部分居於嘉義縣阿里山，而南鄒則居於高雄縣三民鄉與桃園鄉一帶，人口約7000人左右，我們參觀了他們小米豐收祭的情形。

8. 賽德克族

據說賽德克族是泰雅族的分支，分別居住於南投縣的東北部與花蓮縣的北部與南部，居住花蓮縣者，亦稱太魯閣族，現在已分散在台灣全島各地，總人口約為9300餘人，他們的傳統文化與社會制度是以父為主，母為輔，男性負責狩獵，女性負責紡織，堅持一夫一妻制，與文明社會的習慣沒有多大的差異。

9. 賽夏族

據說賽夏族分佈於新竹縣與苗栗縣交界約500公尺至1500公尺的山區，人口約6700人，以祖靈與矮靈為信仰，他們相信祖靈是保護族人者，而矮靈則是他們信仰的神。

參觀罷這些九族原住民的文化後，其他則是一些現代化的遊樂設施，歡樂世界、皇家火車，我們在文化廣場野餐，並參觀了西班牙舞蹈、歐洲式的建築、Lavender Carnival以及陳奇祿先生所寫的九族文化村橫聯，在阿拉丁廣場，我們乘坐了單軌火車、船遊侏儸紀探險山洞，在兒童樂園騎了電動旋轉的木馬，然後從櫻花祭出來登纜車下山，再轉赴觀山樓，乘纜車到日月潭，這裡的纜車感覺很好，因為速度較慢，比香港太平山的纜車及陝西華山的纜車舒適與安穩。

九族文化村的創辦人張崇義先生，據說是普通農家出身，讀書不多，但做事腳踏實地，把每一件事都想做好，靠婦友牌瓦斯爐發跡，投資九族文化村，可謂膽大細心，眼光獨到，集台灣原住民文化與旅遊事業為一體，使南投魚池鄉66公頃的山坡地成為旅遊勝地。

自從1995年美國加州第一家迪士尼樂園誕生以來，世界上已有6座迪士尼樂園；即美國的加州、佛州，日本東京，巴黎、香港以及最近所建成的上海迪士尼樂園，我曾參觀過美國加州、日本東京與香港的迪士尼樂園，這些樂園都是用股票上市集資方式來經營，而台灣的九族文化村規模不及這些世界級的樂園，但完全是靠私人資金集資經營，而且展示了台灣九個原住民族群的特殊文化，實在了不起，值得欽佩與讚美。

三、日月潭旅遊

我們這個小型旅遊團由九族文化村搭乘空中纜車到達日月潭時，已是二〇一九年一月二十一日下午三時左右，天氣忽然變好，小雨停了，我們在日月潭岸邊，冬日的陽光下，靜靜地觀賞了日月潭的湖光山色，原來想租船一遊日月潭全境，但以時間不夠作罷，記得上次到日月潭旅遊時，是從水里坑去的，開車一直到日月潭停車場，租船遊玩了日月潭全境，好幾年前沒有寫旅遊日記的習慣，很多事情早已忘記，只記得好像是在等路大街一帶，商販林立非常熱鬧。

四、重返埔里遊台灣地理中心

二〇一九年一月二十一日遊罷九族文化村與日月潭後，已是下午六時左右，我們開車回到埔里，在亞締飯店的對面一家中餐廳用畢晚餐，已是下午七時左右，晚上沒有旅遊節目便回亞締飯店休息。

二〇一九年一月二十二日上午，我們參觀了埔里中山路一段的台灣地理中心，這個小型公園正在修繕，不過一九九三年十月二十三日副總統謝東閔先生題字「台灣地理中心」，仍清晰可見，事實上正確的台灣地理中心位置是在埔里鎮東北角的虎頭山麓，海拔五五五公尺，那裡有民國六十八年（1979年）蔣總統經國先生所提「清山水秀」四字，地點近鯉魚潭，可惜因時間關係未能前往參觀。

五、回程

二〇一九年一月二十二日我們這個小型旅行團遊罷埔里九族文化村、日月潭等地，結束了三天兩夜的短程旅遊，開車回到台北已是下午七時左右，我們在台北市瑞安街山西御品刀削麵館，品嚐了牛肉刀削麵，與旅行團親友互道珍重，結束了此次愉快的埔里等地旅遊。

第四節　拉拉山旅遊

前言

中國無線電協進會決定第三十八屆第四次理監事聯合會議將於109年9月19日（星期六）上午10時於桃園市復興區華陵村63號松林渡假山莊舉行，備有遊覽車接送，每人收費2仟元。各位理監事及眷屬於9月19日上午06：50，在台北市新生南路一段忠孝捷運出入口處集合，07：00出發，車上備有早餐三明治與茶水，早餐後，有人建議在遊覽車上開理監事聯合會議，逐即通過，由理事長李文益先生主持會議議程，會議紀錄另由秘書處提出，不在本文描述範圍，本文只描述一些此次旅遊經略與讀者分享。

一、桃園大溪蔣公銅像公園

蔣公銅像公園，也稱慈湖紀念雕塑公園，位於桃園市大溪區復興區的交界處，在這裡收集了260座蔣公雕像，有坐像、有立像、有騎馬像，據說這些雕像都是由台灣各地拆除而集中於此處，歷史在輪替，過去台灣各地對蔣公非常崇敬，建立了無數銅像，現在流行去蔣化，又要拆除。這一輪迴剛好是六十年，顯示了台灣歷史的輪替，歷史人物會由歷史去評斷功過，我們這些小老百姓，只有當作過客欣賞這一幕幕的歷史演進，有些團員在這裡拍了一些相片，以作紀念。

二、巴陵旅遊

由桃園大溪蔣公銅像公園，經復興鄉的羅浮及榮華，而達巴陵。復興鄉是泰雅族原住民的部落區，而巴陵是北橫公路的入口處，我們旅遊了巴陵古道生態園區、巴陵吊橋。這裡據說盛產水蜜桃，也許因

為不是水蜜桃產季，攤販所賣的都是甜柿，團員們在這裡買了不少甜柿，以作紀念。我們在巴陵用畢中餐，一直遊玩到下午四時左右

三、夜宿松林渡假山莊

這個渡假山莊規模不算很大，但它露天設在防曬傘下的咖啡座，卻頗具詩情畫意，面對拉拉山雲霧瀰漫，使人頗有深居此山中，忘卻世間煩惱事的感覺。直得一提的是松林渡假山莊的陳姓總經理，非常熱情地歡迎我們這個旅行團，使我們有賓至如歸的感覺。山莊不提供晚餐，晚餐是在一家當地的飯店舉行，雖然沒有山珍海味，但鄉間台菜也使我們口齒留香，加上協進會攜帶的三瓶金門高粱酒使晚餐氣氛份外興奮與高漲。

晚餐後，在山莊大廳舉行了一場卡拉ok音樂會，團員中能歌善舞者人才濟濟，歌聲洋溢著歡樂的氣氛，我這個九十歲以上的老人，對台灣現在的流行歌曲所知不多，只能呆坐欣賞，後來禁不起團員們兩位女士的鼓勵與挑戰，我隨便選了六、七十年前的兩首老歌；「何日君再來」、「天上人間」以茲塘塞，想不到山莊的歌譜中還能找到它們，這一下完了，不能再行推拖，只有鼓起勇氣，大聲唱出，倖未走音與變調，還獲得不少掌聲。記得這兩首歌曲是1945年左右，我到北京上學時，當時北京的流行歌曲，現在唱起來有點回到青春少年時的感覺，人生如夢，六、七十年轉瞬即逝，不歡更何待。

晚會時，演出了一場新娘座花轎出嫁的場面，團員中忽然出現了一位非常美麗的少女，大家甚感驚奇，後來底牌揭曉，結果是團員中的一位楊姓男性少年扮演，獲得會場大眾不少掌聲與歡笑，這真是一場快樂的晚會，甚是難得。

四、拉拉山旅遊

2020年9月20日早晨08：00在松林渡假山莊用畢早餐，出發前往拉拉山登山旅遊，走出山莊忽然看到前面廣場有二、三十輛計程車，在派隊待客乘座，甚感詫異，在此偏僻的山地鄉村，為何需要這麼多的計程車服務，經遊覽車的導遊小姐解說，從松林山莊到拉拉山登山口約有二、三十公里的路程，因道路曲直多彎，而且道路狹窄，山區不准遊覽車等大型車輛通行，所以安排每四人搭乘一輛計程車，前往登山口。我們這個旅行團共搭乘了十輛計程車，彎彎曲曲，行駛了約25分～30分鐘，始到達拉拉山登山口。

拉拉山登山口位於北橫公路雪霧闕的最高點，而拉拉山海拔高度在1500公尺至2130公尺之間，是台灣面積最大的紅檜森林山區，計有編號1至24號的紅檜巨木24株。樹圍最小的5.3米，最大的18.8米，樹高最矮者30米，最高的55米其。中只有編號9號的巨木，為台灣扁柏，樹圍13.2米，樹高38米，樹齡約千歲，其餘的23株巨木均為紅檜，其中編號5號的紅檜，最為特殊，樹圍13.4米，樹高40米，樹齡約2800年，可稱謂拉拉山紅檜長老。

我們旅行團一行40人，循著神木登山步道走了約17公里，越過三座吊橋，跨登了300～450個階梯，到達編號18號巨木處時，約在海拔高度1500米～2000米處，費時約2小時餘，團員們根據個人的愛好，拍攝不少紅檜樹木的照片，以及沿路風景的照片。我這個九十歲以上的老人，倚靠李文益理事長借給我的手杖，走完這次森林浴的全程，沒有落後，沒有脫隊，身體還算及格，登山畢，返回拉拉山登山口已是12：00左右，按照來時情形，照例每四人搭乘一輛計程車，回到松林渡假山莊，中午在巴陵的鄉村飯店用畢午餐後，即搭乘遊覽車，循省道走上回台北的路程，但途中仍旅遊了下列二個可愛的景點：

五、小烏來行足

小烏來位於桃園縣復興鄉義盛村風景區內，有小烏來瀑布、天空繩橋、風動石、義興吊橋等，其他團員下了遊覽車後，約花費了一個半小時遊畢全程，當時我因感覺太累，下車後即在廣場一處廢棄的商攤內休息，順便參觀了遊客服務中心。

六、大溪橋觀光

大溪橋位於桃園縣大溪鎮大漢溪上，橋樑建設採用復古式拱門造型，氣派壯觀，全長330公尺，用鋼筋混擬土建成，在台灣全島可以說是名列前茅的徒步觀光橋樑。它橫跨大漢溪，連接了大溪的瑞安路與大溪老街，尤其是夜晚，它的纜索線上的燈光有如天上的明月與繁星，散發出明媚的光芒，使大漢溪河岸的夜景美不勝收。我們旅行團的團員於大溪中正公園，搭乘透明電梯上橋，徒步走到大溪老街遊覽。那裡市場雲集，有各種台灣小吃、百貨店及紀念品店等，我與國瑞在那裏購買了四包大溪豆乾和一個竹製的筆筒，上書「積善存福」四字，使我愛不釋手。記得2018年9月參加了中國無線電協進會太原、晉北、內蒙古旅遊時，曾在呼和浩特賽上老街，購買了牧場風雲的筆筒一個，兩相對照，一個在寫景，一個在勵志。這些在旅遊途中購買的小紀念品，足以使我事後懷念當時旅遊的情趣，增加人生一段快樂時光。

七、歸程

2020年9月20日下午6：30左右，我們旅行團一行40人，在大溪一間著名的餐廳用畢頗豐盛的晚餐，即搭乘遊覽巴士登上回歸台北的路程，在遊覽車上協會分送了每人文旦2個，預祝中秋佳節快樂，團員們則對理事長及經辦人員的辛勞道謝，晚間8：00左右，遊覽車到達台北市新生南路一段忠孝捷運出口處停車，團員們下車後，互道珍重，而結束了這一次愉快的旅遊。

第八章
科普論談

第一節　氣象與無線電通信

前言

氣象從業人員大都了解無線電通信對氣象資料的傳遞、收集以及廣播應用貢獻卓著，而且由於無線電通信設備與電子計算機技術的發展與進步，使得氣象觀測工作更為方便與迅速，氣象預報工作更為精準，但人們對於氣象對無線電通信的影響情形則討論不多，本文除對無線電通信對氣象工作的貢獻略加敘述外，並對氣象影響無線電通信的情形，做了較為詳細與有系統的陳述，同時對近代無線電發展的趨勢，不嫌班門弄斧亦加以說明以享讀者。

一、無線電通信對氣象工作的貢獻

1. 無線電通信對氣象資料的傳遞、收集以及廣播的貢獻：

氣象觀測工作於17世紀開始氣象觀測資料的傳遞與收集，最初借助於有線電通信，以CW摩爾斯數字通信的方式來收發氣象資料，但對海上、船舶、高山、離島以及空中的氣象觀測資料，皆需依靠無線電通信來傳遞與收集，再做廣播與應用。

隨著氣象預報循氣團鋒面學術的發展，1820年開始於各氣象中心機構繪製天氣圖，但繪製氣象圖需要各地大量的氣象觀測資料，這些氣象觀測資料的收集成為氣象機構非常繁重的工作，最初於18世紀中葉，世界各地區域氣象中心，利用CW 5碼電報的方式收集與廣播氣象資料，約需200至300個分散各地區氣象觀測站的氣象觀測報告，始能繪製成比較完整的天氣圖，再依氣團與鋒面移動的方向與速度做成天氣預報。

到了1930年代，由於電傳打字機TELTYPE的發明，才使的報務員用人工收發報的氣象資訊的工作減輕，使氣象觀測資料的傳遞與廣播更為迅速與正確可靠。

更進一步，由於1950年代傳真機（FACSIMILE）的發明，使天氣圖表製作與廣播益加進步，現代WAFS （World Area Forecast System）以及ISCS（International Satellite Communication System）的發展，使各種天氣圖表能集中在英國倫敦及美國華盛頓繪製，利用衛星無線電傳真的方式傳送各地，內容增加了收集各地氣象觀測報告的數量，減少了各氣象機構繪製天氣圖表的人力，這些都是很明顯的無線電通信對氣象資料傳遞、收集與廣播應用的貢獻。

2. 無線電通信設備與技術的進步對氣象工作的貢獻

（1）由於無線電遙控設備與技術的發展，配合近代電腦軟、硬體的發展，使氣象自動觀測工作得以實現。

（2）1930年代，無線電探空儀（Rawinsonde）的發明，揭開了高空氣象觀測的序幕。

（3）由於無線電雷達的發展，觀測氣象的多普勒氣象雷達（Doppler Weather Radar），使颱風等惡劣天氣的動態觀測成為可能。

（4）更進一步，由於現代衛星無線電通信的發展，使氣象預報員能掌握高空雲型與氣團變化，使天氣預報更為精準。

二、氣象影響無線電通信的概況

1. 電離層影響高頻無線電的傳播

電離層有如一種自然的衛星，它的位置是在地球大氣中從地球表面向上延伸大約50到600公里（km），荷電粒子的氣體區域，它是由於太陽發射所造成大氣原子內電子擾亂，以及帶電荷體的產物，電離層像似一種氣體的毯子，好像衛星一樣的性質，使HF（High Frequency）越視線（Beyond Line of Sight）無線電通信成為可能，電離層約可分為四層；即D層，距地面30-50哩、E層，距地面60-90哩、F1層，距地面90-155哩、F2層，距地面155-375哩，影響HF無線電通信最大的區域是D層及E層，D層和E層在中午達到最大電離，日落後開始消散，午夜時到達最低活動，不規則雲狀離子化氣體，偶爾會發生在E層中，這些區域稱為零星E，它可以支援天波在HF頻段及上端超過HF頻段的傳播，從下圖可以了解電離層對無線電通信最佳發射頻段（Frequency Optimum Transmission 簡稱FOT）。

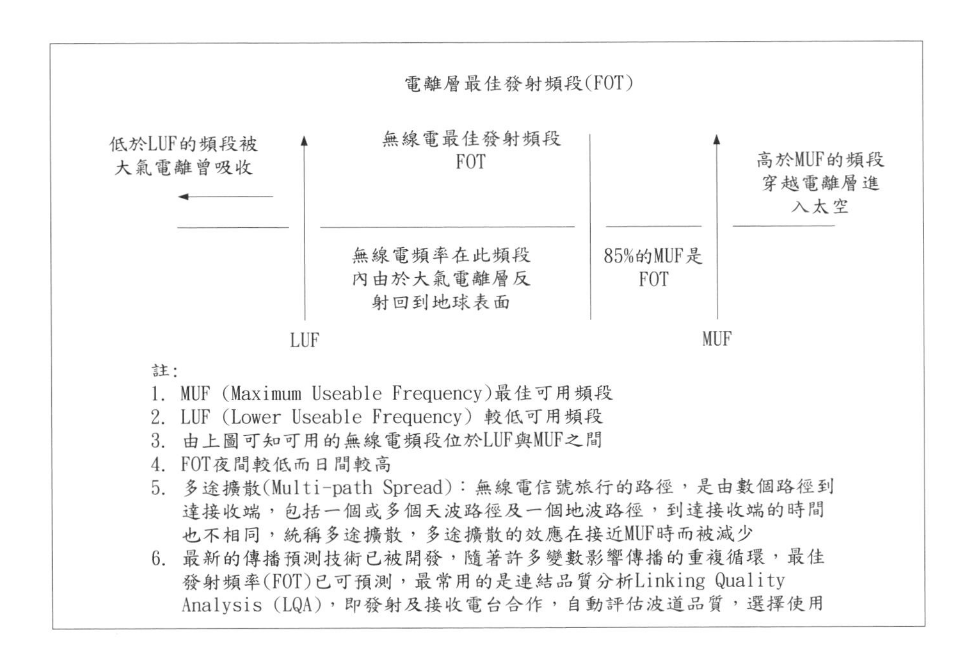

2. 天氣對無線電通信造成的雜訊與干擾

（1）閃電－閃電是大氣中雜訊自然的來源，大氣中的雜訊在夏日期間最高，而且夜晚最大，特別是在無線電頻率1.6～5.0MHZ範圍內，大氣雜訊的平均值做為每日時間及季節的函數，已經在全世界各個位置建立，並且在預測HF無線電性能中使用。

（2）雷雨期間的干擾，雷暴不但能造成無線電通信的干擾，嚴重雷擊有時會損壞無線電通信設備，故防雷措施成為無線電通信不可缺少的設備。

（3）人為的雜訊（Man Made Noise），包括非故意干擾及故意干擾：

A. 非故意干擾

a. 頻率分配不當，如鄰近區域，使用相同頻率，或接近的頻率，過高的輸出功率，以致造成互相干擾。

b. 無線電發射機與天線抑制諧波的設備不佳，所產生的干擾。

c. 鄰近工廠發電機組或其它機械運轉所產生的干擾。

B. 人為故意的干擾

往往發生在敵對情形下，或戰爭時期，針對對方的無線電廣播或軍用電台，所採取的干擾行為。

（4）自動鏈路建立（Automatic Linking Establishment簡稱（ALE）），不斷變化的電離層，以及隨機雜訊和干擾，導致短波無線電通信受到破壞，在過去，熟練的無線電操作員，在建立通信聯繫時，需不斷的調整操作參數，現在這種參數調整工作是完全自動的，ALE系統對傳播條件的變化作出迅速的反應，使用即時波道評估（Real Time Channel Evaluation簡稱RTCE））及回饋（Feed Back）技術調整數據率（Data Rate）或更改調變方式，以達到最佳通信情況的目標。

3. 太陽黑子對無線電通信的干擾

根據統計太陽黑子每十一年為一週期，持續增加對無線電通信造成干擾，這種干擾到目前為止還沒有防治的辦法。

三、無線電通信發展的趨勢

1. 無線電通信未來的方向，無線電通信未來將繼續向多頻段設計方向移動，範圍從MF到UHF，數位電路會代替類比電路，而成為低成本、多功能及可靠的設計，數位處理電路會處理更高的頻率，而且逐漸從類比轉換為數位或並存，無線電必須為寬頻運作模式重新做新的程式設計以適應更高的資料傳輸速率在網路化情形下工作。
2. 近代無線電通信對通信安全（Communication Safety）日益重視，在過去只注重密碼通信，現在則重視傳輸安全（Transmission Safety），語音攪拌器（Voice Scrambler）、展頻（Frequency Extension）、跳頻（Frequency Hopping）等技術應運而生。

（1）語音攪拌器（Voice Scrambler）：係將語音信號分裂成為數個音訊子頻帶，轉換這些音訊子頻帶到不同的語音頻段，在接收端再將其合成輸出語音。

（2）展頻：係為傳輸安全上的考慮，利用一堆的技術防止信號被偵測，或在傳輸路徑壅塞，這些技術包括採用隱藏波道或將它成為移動目標，通常會使用非常低的功率發射，或展開信號跨於寬頻帶作隱藏波道的手段，而降低被偵測的概率（Low Probability of Detection 簡稱LPD）

（3）跳頻（Frequency Hopping）：跳頻裝置是在發射機端，頻率改變非常快速，它以預設的波形，從一個頻率跳到另一個頻率，跳頻散播資訊或語音，跨越於幾百個分散的頻率，在接收機端用同步的方法，接收到這些分散的頻率上的資訊或語音，再將之整合成原來資訊或語音，故它不容易被破解或干擾，成為現在常用的無線電通信傳輸安全措施。

（4）數據加密和解密：有所謂非對稱密鑰系統（Asymmetrical Key System）與對稱密鑰系統（Symmetric Key System），無線電通信數位化的結果及數據機現代化進步的結果，使無線電通信可經由網路執行，在網路中使用公開密鑰，使所有的網路使用者可以雙向安全通信，這即所謂非對稱密鑰，在此標準下，每個用戶具有二個密鑰；一個是公開密鑰，而另一個是私有密鑰，最高安全等級的無線電通信是對稱密鑰，因為原始寄件者與所有收件者都必須具有相同的密鑰（Encryption Key）。

3. 無線電通信在第二次世界大戰後，由雙向通信（Two Way Radio）而進步到轉播系統（Trunk Radio System），與有線電連接的傳呼系統（Paging System），以及現在流行的P25 、TETRA數位化轉播系統（Digital Trunk System）、而行動電話（Mobile Phone）的流行與功能發展，更是日新月異，現在已進入5G （Fifth Generation）時期，但在空中或海上、遠距離通信，仍需依靠HF無線電通信或衛星電話來解決，衛星通信雖然尚有一些需要克服的問題，如軌道問題、仰角問題、價格昂貴問題，但其最大問題是天氣與大氣問題，在惡劣的天氣情況及雲層下，通信常常會中斷，這些尚有待通信專家與氣象學者努力去設法改進，不過衛星通信將成為未來無線電通信發展的趨勢，當無疑問。

4. 航管無線電通信將仍維持AM的模式，因為FM（Modulation）有持強凌弱、侵佔波道（Capture Channel），俗稱蓋台的問題，但軍用無線電已有AM與FM並用發展。

航管數位語音通信派遣控制系統（Digital Voice Communication Control System簡稱DVCSS）則繼續向數位化、電腦化的方向發展，但觸控式控制台的耐用性，應予加強，各廠因保護智慧財產權的非公開軟體Not Open Standard Software及使用執照授權制度，加重了使用者的顧慮，限制了廠商的市場規模。DVCSS在軍事通信上稱為ICS（Integrated Communication System），它傾向於與現代數位式有線電交換機整合，用速撥鍵（Quick Dial）代替了老式的手搖式電話（Manual Ring Down簡稱MR），這亦是新陳代謝的自然現象。

航站管理及地勤服務無線電通信，則保持FM的調變模式，向數位化發展，由於電腦網路的發展，原來傳統的直通式無線電（Two Way Radio）及轉播式無線電（Repeater Radio），將不足以應付航空地面服務快速、無中斷、無延誤的地勤服務要求，故系統化無線電通信系統已在設計進行，該系統將整合無線電、有線電與行動電話於一個整合式的通信系統，互相支援，使遼闊的機場各點無遺漏地納入通信範圍。

最近有的國際機場已採用具有數位條碼的無線電手機，加強旅客行李及貨物裝機管理，減少錯誤與誤運，減少計算飛機裝載平衡的時間與誤算。

5. 無線電的環規標準（Radio Environment Specification Standards）將來會逐漸改變目前無線電通信所使用的環規，現有歐規（European Standard）、美規（United State Standard）簡稱U.S. Standard，還有各種軍規（Military Standard），這些軍規大都是美軍軍規，由於美軍於第二次世界大戰及戰後經歷了多次戰役，故軍規規定甚為嚴謹，並激發了美國無線電通信的發展，中國標準（Chinese Standard）在中國廣大的市場誘因下，將應運而生，明顯的例子GPS （Global Position System），中國即不完全採用美規。
6. 無線電頻譜資源將成為各國珍貴的無形的財產，除一般熟悉的HF/VHF/UHF頻段外，尚有VLF/LF/MF以KZ（Kilo Heze）表示，SHF（極高頻）、EHF（至高頻）以GHZ表示，它的分配與使用各國都有專責機構管理，參照ITU的規定，分配國內各使用單位，現在台灣的5G的行動電話競標，頻道費動輒幾百億新台幣，可見頻譜的越來越珍貴。

結論

1. 氣象工作依靠無線電通信來傳送收集氣象資料，再利用無線電及電視廣播的方式傳達予用戶及一般民眾。
2. 隨著無線電設備與技術的進步，使氣象觀測工作更為簡易方便與迅速，而且由地面氣象觀測發展至高空20,000公尺以上的氣象觀測資料。
3. 無線電雷達及無線電衛星通信的發展使氣象預報工作更為精準。
4. 大氣的電離層、閃電、雷擊對無線電通信的影響，現代的ALE設備的發展已可避免，但對太陽黑子對無線電通信的干擾，人類還是束手無策。
5. 無線電未來發展的趨勢無疑的是向數位化、電腦網路化、寬頻化，無線電／有線電系統整合化，以及向極高頻SHF（Super High Frequency）、至高頻EHF（Extreme High Frequency）方向發展。
6. 環規標準（Environment Specification Standard）、應用軟體（Application Software）、連接參數（Interface Protocol），將成為無線電發展重要的手段。

參考文獻

Radio Communications in the Digital Age

Harris Assured Communications

第二節　氣象舊聞與趣聞

從十八世紀氣象學開始萌芽，到現在世界各大學的氣象學系及研究機構，二百年來，彙結了數千篇有關氣象學的論述，從早期的挪威學派、近代的美國學派及日本學派，有的從理論氣象學的觀點立論，有的從應用氣象的立場立論，有的從數理氣象學或統計氣象學的基礎立論，或有的專門從事測候學及測候技術及測候儀器的研究與發展的論著，其中包括地面觀測、高空觀測、雷達偵測，以至於現在的衛星氣象觀測，這些成千累萬的論著與記述，奠定了現代的氣象科學的基礎，氣象學者忍勞忍怨，不計名利只求貢獻社會，我們對這些氣象界的俊彥及先賢，應獻上最高崇敬與感謝，但能用這些論述在司法訴訟中勝訴的例子，卻屬少見。

筆者是學無線電通信的，在偶然的機緣下從事了氣象工作，門外行從事氣象工作可以說是班門弄斧，記得民國四十二年，在台灣省氣象所氣象技術人員講習班受訓的時候，偶然寫了一篇文章「氣象預報為什麼不能完全準確」，刊登在當時的「交通月刊」上，大意謂氣象學是一種不確定的科學，一般物理學、化學、土木工程學、電機學、電子學等，皆是確定的科學，人類用這些科學的基本因子作實驗，一定數量的基本因子，必定會產生一定的結果，一些新的理論發展與發明，只不過是將這些基本因子的組合排序或數量加以改變而矣。氣象學則不然，因氣象的基本組成因子隨時都在改變，如溫度、溼度、氣壓、風向、風速、雲形、雲量、雲高、日照、降水等等，隨時都在變化，這些組成天氣的基本因子，既然隨時都在發生變化，當然其結果就不一樣了，而且高空的氣象變化，會影響到地面天氣，本地的氣象變化會影響到臨近地區的天氣，而臨近地區的氣象變化亦會影響到本地的天氣，翻閱台灣過去五十年的氣象統計資料（註：民國四十二年，當時只有五十年的氣象統計資料，現在恐怕已有一百餘年的氣象統計資料），沒有一天是各種氣象基本因子完全相同的天氣，即使在現在電腦時代，人類仍不能完全準確的掌握天氣的變化，何況五十五年前，所以氣象預報不能完全準確，既是學理的問題亦是現實的問題，氣象預報只能預報一種天氣的傾向，但不是百分之一百的準確，近年來中央氣象局預報天氣的方法，採用北部地區降雨可能百分之幾，中部地區降雨而可能百分之幾等等，這實在是較過去明智及正確的作法。

民國四十一年十一月三日貝絲颱風侵襲台灣南部地區，造成台灣南部地區慘重損失，新聞媒體將颱風預報延誤的責任，指向台灣省氣象所所長，鄭子政先生首當其衝，經監察院調查後被依瀆職罪一狀告到台北地方法院，眾口鑠金，台灣南部損失慘重，民怨沸騰，台灣省氣象所百口莫辯，事實上，當時的台灣省氣象所確實非常可憐，預算不夠，經費不足，工作人員待遇奇差，氣象觀測儀器都是第二次世界大戰時，日本人戰敗後遺留下的舊品，更可悲的是氣象資料不足，因當時中國大陸對氣象資料採取嚴格的保密措施，大陸的氣象觀測資料，一片空白，當時的辯護律師向法官講這些氣象理論及氣象資料，法官似懂非懂不能接受，後來辯護律師引用了拙作「氣象預報為什麼不能完全準確」敘述的觀點，作為辯護的論點，本案官司有了戲劇型的發展，鄭子政所長不但被判無罪，而且與當時的女法官結成了夫婦，成為氣象界的佳話。

鄭子政先生當時的職位是中央氣象局局長兼台灣省氣象所所長，是一位清廉而耿直的學者，於民國四十五年突然下令，將我這個氣象工作的門外行，不顧眾人反對，由台灣省氣象所文山高空測報站籌備處主任，調中央氣象局技士，派松山氣象台工作，後改編為民用航空局台北航空氣象台，後又改編為民用航空局飛航服務總台台北氣象中心，當時鄭子政先生調了好幾位台灣省氣象所優秀的氣象人員，到松山氣象台服務，廖學鎰先生，離開松山氣象台後，充任中央大學教授氣象系主任，以至於中央大學理學院院長，呂世俊先生，離開松山氣象台後，充任南投縣政府環保局的局長。周明德先生，是台灣氣象界的前輩，日本佔領時期，氣象技術官養成所畢業，民國四十二、三年，即在台灣省氣象所作預報科預報股股長，留在中央氣象局恐怕是長字輩的人物，後來在氣象中心依主任氣象員的資歷退休，最近淡江大學黃繁光教授編著了一本「風起雲湧時」的著作，對周明德先生有詳細的描述，筆者這個氣象門外行，雖於民國四十八年參加交通事業人員氣象高級技術員考試及格取得了氣象預報員的資格，但門外行就是門外行，於民國六十二年退休後，又回到了本行，從事無線電系統整合的工作，所謂造化弄人，寫了一篇有關氣象學的粗淺的論述，卻意想不到發生了這麼多的側曲和趣聞，當此年過古稀即交棒的時候，特補記本文，俾供氣象界年輕的俊彥與先賢略作玩爾一笑。

這篇文章寫好以後擱置了將近一年，無意發表，只將他充當個人紀念性文字，列入個人文章選集，不意今年民國九十八年（2009年）八月八日，因莫拉克颱風在台灣南部發生水災，中央氣象局又成眾矢之的，中央氣象局預報中心主任吳德榮先生被監察院委員調查，仿忽五十六年前鄭子政先生事件的重演，成了媒體上的頭條，萬幸現在的媒體與五十幾年前的媒體進步多了，對氣象這一門科學已有較多的認識，所以對中央氣象局及吳德榮先生多所支持，雖然吳德榮先生急流勇退，於民國九十八年十一月二日榮譽退休，還獲得交通部「二等交通專業獎章」，政府與社會總算對冷門寂寞的氣象工作人員有所鼓勵，這亦是台灣進步的一種象徵，值得年青一代從事氣象工作人員慶幸。

第三節　船舶交通管理系統（Vessel Traffic System 簡稱VTS）與無線電控制系統

國際海事組織（International Marine Organization，簡稱IMO）海上人命安全公約規定，各重要港埠皆要建立船舶交通管理系統（VTMS），此系統包括：

一、雷達系統（Radar System）

二、船舶自動識別系統（Automatic Identification System簡稱AIS）

三、無線電通信系統（VHF/HF Radio Communication System）

四、特高頻探向儀（VHF Direction Finder簡稱D/F）

五、閉路電視系統（Closed Circuit TV System）

六、信號板系統（Signal Board System）
七、海氣象設備（Hydrological and Meteorological Sensors）
八、顯控系統（Command and Control System）
九、船舶資料庫管理系統（Vessel Data Management System）

等九個子系統，前四者是與無線電有關的系統，第五、六、七項等係輔助性的設備，第八、九兩項係有關電腦網路與軟體系統，茲分別介紹如下：

一、雷達系統（Radar System）：

1. 長程雷達（Long Range Radar）涵蓋範圍為港口附近規定範圍內海域
2. 短程雷達（Short Range Radar）涵蓋範圍為港區內

二、無線電通信系統（VHF/HF Radio Communication System）：

1. VHF海事頻道無線電，使用海事頻道第11、12、13、14、16等五個常備頻道，雙機備用，涵蓋範圍為港口附近規定範圍內海域。
2. VHF港埠專用無線電，為港埠管理通信使用。
3. HF SSB無線電，為進出港的漁船通信使用。
4. VHF無線電手機與車機，供港埠業務管理人員或港內小型船舶使用。
5. 無線電控制系統，此系統可使少數的無線電管理人員操作控制及監聽較多的無線電頻道，必要時可連接有線電話，成為無線電及有線電的轉接系統，小容量的無線電控制系統，可控制十個無線電頻道，大容量的無線電控制系統，可控制四十八個無線電頻道，至於管制席位，小的一個席位，大的可達十六個席位，系統彈性甚強，可依業務需要而擴充。

三、特高頻探向儀（VHF Direction Finder D/F）

用以偵查由開放海域準備進入港內之船舶進行先期之方位探測，其方法係根據船舶與VTC管制塔台之通信信號，用向量方式顯示於電子向量顯示幕上，其使用頻率與無線電通信系統相同，即VHF海事頻道第11、12、13、14、16等五個頻道。此一系統，效果並不十分可靠，將逐漸淘汰。

四、閉路電視系統（Closed Circuit TV System）

可用以監視港內船舶之活動以及碼頭車輛人員之活動，係防止走私、偷渡之好利器，其缺點係監視距離最大只有500公尺，需大量設置始有效果。

五、信號板系統（Signal Board System）

係利用燈光顯示I（IN）進港、O（OUT）出港、F（FREE）自由通行、S（SHUT）請勿動等四個字，對未裝無線電通信設備的小型漁船提出警告。此系統與一般顯示板相同，利用電腦控制所欲顯示之文字，其明視距離需達1.5海浬～2海浬，為其特點。現在所有漁船都安裝無線電，故此一系統已成過去式，不再安裝。

六、海氣象設備（Hydrological and Meteorological Sensors）

這些氣象設備都是與船舶航行有關的氣象設備如：

1. 風向風速儀
2. 氣壓計

3. 潮位計
4. 可見度儀等等

七、顯控系統（Command and Control System）

這是一個電腦軟硬體組成的系統，負責整合來自雷達系統、多雷達追蹤處理系統、船舶自動氏別系統（AIS）、船舶資料庫管理系統、海氣象偵測器等資料，配合電子海圖資料，可將海上船舶動態以及船舶參考資料，呈現於操作人員之螢光幕上，提供位置、CPA與TCPA等資料外，並能配合港區航行管理規則及事先設定之條件，主動針對違規可能發生危險之船舶提出視覺、聽覺之警訊，除此之外，此系統於船舶進出港之過程中經過特定報告點時，能自動產生相關訊息並傳送至船舶資料庫管理系統儲存。

八、船舶資料庫管理系統（Vessel Data Management System）

這亦是一個電腦軟體組成的系統其功能如下：
1. 接收並儲存來自顯控系統之船舶動態資料
2. 負責處理來自顯控系統及各相關聯絡單位之資料查詢
3. 資料庫軟體採用Oracle、Informix Sybase 或其他資料庫軟體系統
4. 其內容包括：
（1）船舶動態
（2）航況
（3）位置
（4）資料庫更動記錄
（5）海氣象資料
（6）其他資料：如船舶基本資料、船舶出港報告、船舶進港預報、船務代理行及引水申請

結論

我們從前述「船舶交通管理系統」的架構可以看出，VTS系統除利用雷達、無線電探向儀及無線電收發訊機來從事近海及港內的導航管理外，並利用電腦系統將這些有關船舶動態、船況位置資料、儲存至船舶資料庫管理系統，再透過電腦網路顯示於各使用單位、船商或其他代理行，不但增強了近海及港內航行的安全，並增進了港埠營運管理的效率，現在VTS系統已成為港口必備的設備，各港口只是根據其船舶吞吐量的大小、港埠規模的大小、地理位置及業務性質，規劃出各種不同規模的VTS系統。

最近國際海事組織（IMO）已規定，船舶必須安裝自動識別系統（Automatic Identification System，簡稱AIS），此系統有如一般無線電通信用的ANII，可在無線電收訊機上顯示對方的船名或識別信號（Call Sign），以加強通信聯絡的功能，可防止碰撞、擱淺及對於防止其他海難事故的發生有莫大的助益。

最近更有人整合船上所有通信及導航設備，將其製成電子海圖傳回岸上塔台，稱為整合型導航顯示系統（Integration Navigation and Display System），此系統的整合資料包括：航向、航速、吃水、衛星定位（GPS）、風向、風速及AIS船舶自動識別碼（MMSI），這些資料不僅對大型船團有用，亦對所有的船舶管理當局及港埠管理當局皆有莫大的用處。

事實上船舶交通管理（VTS）系統，不僅對海上導航有所幫助，有的項目對內河航運管理亦是不可缺少的設備，如無線電通信系統、無線電控制系統、船舶資料庫系統、船舶自動識別系統（AIS）以及整合型導航系統，據筆者所知美國密西西比河流域，就採用了大量的無線電控制系統作為內河導航使用。

我國長江流域航運頻繁，據聞已按照實際需要引進部分VTS船舶交通管理系統，不但增進了內河航行的安全，並可加強現代化航運管理效能。

第四節　公共安全無線電通信系統簡介

前言

公共安全無線電通信系統，大體上包括了警察、消防、醫療救護、海防、邊防、公用事業、水、電、瓦斯等的無線電通信系統。在第二次世界大戰以前，無線電通信大都採用摩斯電碼電報的通信方式，語音通信除無線電廣播外，只有軍方在戰場上用於短距離的無線電通信，而且大多數是點對點或點對多點的雙向通信，沒有無線電集群系統（Radio Trunk System）。

第二次大戰以後，使用無線電作語音通信的人口日增，雖然無線電由高頻（High Frequency簡稱HF）1.8～30.0MHZ發展出特高頻（Very High Frequency簡稱VHF）30～300MHZ及超高頻（Ultra High Frequency簡稱UHF）300-3000MHZ，但無線電頻率為有限的使用資源，除國際電機通信聯盟（International Telecommunications Union）依照通信種類及性質分配頻率外，世界各國莫不成立專責機構負責國內無線電頻率的分配管理及無線電的使用，為了節省無線電頻率，在最近二、三十年內，無線電結合電腦軟硬體功能發展出各種的無線電通信系統，根據其發展的次序分別說明如下：

一、無線電集群系統（Radio Trunk System）

1. Smart Trunk簡易型無線電掃描集群系統，是一種利用少數無線電及有線電頻道類比式語音交換轉接系統。是由轉播機（Repeater）概念發展出來的一種語音（Audio Trunk）系統。它沒有控制頻道（Control Channel），它有一群組既是控制也是工作的頻道

（Working Channel）或稱通信頻道（Traffic Channel），利用控制模組及轉接模組，藉頻道掃描（Scanning）的方式來鎖定空閒頻道，來做Trunk通話的功能，因為它有一群組的頻率，故基地台安裝時需要安裝併合器（Combiner）、雙工器（Duplexer）及濾波器等以防止干擾，較為不便，故流行不久即被淘汰。

2. MPT-1327 Trunk System是一種採用數位控制頻道，analog modulation的無線電，以MPT-1327標準軟體信令格式控制的無線電／有線電轉接與交換系統，在行動電話流行前，它開始上市使用時風靡一時，稱之為集群無線電話，在美國及中國大陸很多公共安全無線電通信系統都爭相使用，風行一時，但在行動電話上市後，它即一蹶不振，在台灣更造成了將近十餘家無線電廠商的倒閉，原因是用巨額的費用取得執照，進口設備啟用後，卻無用戶。理由很簡單，集群無線電話與行動電話系統在同一時間發展，集群無線電系統因限於使用規模太小，自然會被淘汰，在國外卻是按照歷史軌跡順序而前進，集群無線電話系統流行四五年後，始有行動電話上市，而且國外的公共安全無線電通信系統的用戶，多而範圍廣，它不僅用於警察、消防、醫療救護、海防、邊防、公用事業、水、電、瓦斯等單位，而且用於鐵路、公路運輸、公路車隊、出租車、漁業、工廠、礦業等單位，成為很廣義的公共安全通信系統，所以不但集群無線電系統沒有被淘汰，而且推陳出新，新的集群系統有泛歐集群無線電系統（Terrestrial Trunk Radio System）簡稱TETRA、EDACS以及P25，近幾年內繼續問世。

3. TETRA（Terrestrial Trunk Radio System）係由歐洲電信聯盟標準委員會（European Telecommunications Standard Institute）簡稱ETSI，所制定的數位集群無線電系統的標準信令而製造的集群無線電系統，泛稱泛歐集群無線電通信系統。事實上，很明顯它是與美國集群無線電通信系統對抗，但是因它僅重視的數位通信的功能而忽略了原有的類比（Analog）通信的功能，使用於公共安全通信系統上對某些業務需要PTT立即通話的業務，感覺不方便。

4. P25是由美國公共安全通信協會（Association of Public Safety Communications Officials）簡稱APSCO及美國國家通信委員會（National Association of State Telecommunications Directors）簡稱NASTD，美國聯邦政府（The U.S. Federal Government）及美國電信工業協會（The Telecommunication Industry Association）簡稱TIA，利用劃時多工技術（Time Division Multiplexed）在12.5kHZ頻譜內，以每秒9.6kb的速度，用二個時槽的TDMA Protocol 音頻路徑傳輸語音，即一個12.5kHz的頻寬可傳送二個頻道的無線電語音，更進一步研究，速度可增加為每秒12kb，利用4個時槽（Time Slot）的TDMA，在25kHZ頻寬上傳送4個語音信道，即6.25kHZ一個信道以符合FCC的要求，對無線電頻率的利用來說這是一個劃時代的進步，因這一計畫的名稱為P25 Project，簡稱之P25集群無線電通信系統。
5. 加強型數位存取通信系統（Enhanced Digital Access Communication System）簡稱EDACS，係一個高速、容錯、類比語音、數位語音及資料的集群無線電通信系統，其優點是有效的交換重要資訊及增進用戶通信安全，它無遺漏的整合通信資料，緊急呼叫、容錯（Tolerance），並對數位語音加密，新的EDACS系統包括了P25數位集群無線電及傳統的雙向語音無線電通信功能。

二、公共安全通信無線電派遣控制系統

公共安全通信無線電派遣控制系統（Radio Control and Dispatch System for Public Safety Communication）：在上屬無線電交換轉接（Trunk）系統發展的同時，各個Trunk系統，皆有它的特點及優點與缺點，使用的對象亦不同，為了能整合這些Trunk系統相容，公共安全通信系統的無線電派遣控制系統亦相繼問世，最著名的廠牌就是美國Zetron的4000系統，由於Smart Trunk、 MPT-1327 、TETRA、

EDACS 、P25等無線電交換系統，實際上只能從事無線電／有線電頻道交換工作而不能從事控制工作，因為它們沒有操作台（Operation Console），但無線電派遣控制系統不但具有按鍵式的控制操作台而且有電腦及觸控螢幕式（Touch Screen）控制操作台，剛好補充了無線電交換系統（Trunk System）的不足，而它可以與這些Trunk系統相容並接。

以前點對點或點對多點通信時，一個值班人員只能操作或監聽一～五部無線電，現在有了無線電派遣控制系統，它的按鍵式操作台或電腦操作台以及觸控式螢幕操作台，一個值班人員可以操作、控制及監聽將近10個無線電頻道，人力費用減少而效果增加，它有很多的功能；每一個操作台上的功能鍵可以任意設定頻道及功能，並以顏色區分，操作台上具有二個喇叭，一個為監聽喇叭，一個為選出頻道用來通話的喇叭，操作甚為方便。頻道錄音；無線電或有線電頻道均可以短暫錄音作立即回放重行辨認之用，當然亦可接入長時效錄音機作成資料為以後追查通信責任之用，音量控制及靜音；對某一頻道特別加強音量以突顯其重要性，頻道選擇可以隨時隨意選擇通話頻道，忙線；忙線指示燈亮時，可以得知此一頻道有人在使用，廣播全呼；所有的無線電頻道轉接無線電頻道之間及無線電與有線電門號轉接，都很簡單易行。音量階度表；可以隨意控制音量，操作台上具有同步時鐘，操作席位互通；當具有多個操作台而又設置在不同的辦公室時，操作台互通功能則顯的甚為重要。立即尋呼（Instant call page）亦稱單鍵選呼；操作員按下一個立即尋呼鍵，即可發出一整串的尋呼。組呼排序（Stack）；一組按先後順序預先設置，與立即傳呼相關的小組尋呼。自動身份碼辨識系統（Automatic Number Identification）簡稱ANI，移動性無線電台如車機、手機等，每次發出的身份碼及狀態訊息，操作台可以解碼並顯示其信息，最近無線電發展出來的軟體和硬體可以利用軟體達到空中殺機、消除頻率及空中設定頻道Over the Air Reprogramming簡稱OTAR，最重要者，無線電控制系統的操作台可轉接有線電而具有有線電的一切功能，此外操作台的輸入輸出，附屬功能鍵除可控制門禁、電燈等一切電氣開關外，操作台亦可設定4組不同的告警信號，作緊急告警之用。總之近幾年來傳統的無線電逐漸向集成系統方向前進，如前面提過的Smart Trunk 、MPT-1327、TETRA、EDACS 及P25等，再加上無線電控制系統及電腦軟體發展出來的地理資訊系統（GPS and GIS），它們成了公共安全通信系統不可缺少的設備和系統，乃能在行動電話壓力下繼續生存而不斷發展。

三、公共安全通信系統範例

現在世界各地聖嬰現象頻傳，水災、旱災、風災、火災、地震、森林大火等不斷發生，原有的消防單位已無力應付，各新興都市無不爭先恐後建立現代化的防救災中心，希望能提供給市民更安全的生活環境，給予市民生命財產更進一步的安全保障，一個現代化都市的整合性的防救災公共安全通信系統，及優良的公共安全防救災系統應包括下列各種子系統：

A. 資訊整合系統，包含

（1）防救災決策支援系統（含大屏幕顯示系統，以便彙集災情及決策支援情形，使防災救人員一目了然）

（2）災害應變中心開設子系統

（3）防救災通報系統包括；有線電通訊系統、無線電通訊系統、衛星通信系統

（4）災情傳遞系統

（5）訊息發佈系統

（6）水庫、河道、水位資訊、山坡地土石流資訊

（7）低窪地區積水資訊及預防措施，如抽水機運轉資料等

（8）氣象與水文資訊

（9）地理資訊系統

這是一個電腦軟體系統與通訊集合的系統，功能非常強大。

B. 無線電通聯及動員對象

（1）警察及消防單位

（2）醫療及衛生單位

（3）土木工程等建設單位

（4）水利工程單位

（5）空中救援勤務單位

（6）各個區及地方等基層單位

（7）水、電、瓦斯等公用事業

（8）鐵路、公路、航空等交通機構

（9）業餘無線電人員，報告災情及動員民間人員從事救災等活動

四、業餘無線電通信未來發展的方向

業餘無線電在1995~2000年代非常流行，但自2000年代以後，因電腦網路系統與行動電話流行後逐漸沉默，業餘人員標榜的友誼、服務社會、非營利精神，第一項友誼的建立，已被網友取代，QL卡片不再流行，友誼競賽亦很難吸引玩家的興趣，只有投入防救災行列從事社會服務的工作始能造福人類，振興業餘精神，始可獲社會重視。台灣921大地震時台灣中部的業餘無線電人員，對從事地震救災活動中有良好的表現，故各地防救災中心，特設業餘無線電救災頻道，以期動員業餘無線電人員，在災難發生時發揮緊急救難的精神。

中國大陸對業餘無線電人員的觀念與台灣及很多國家不同，他們將不從事無線電專業而對無線電感興趣，從事無線電研究的人員，都屬於業餘無線電人員，這樣加上各名校的無線電科系，研究訓練的人員，對太空科技、5G等通信科技、機器人、無人飛機及AI等無線遙控遙測技術作出了震驚世界的成果非常值得吾借鑒

五、結論

台灣在921中部大地震後，對防救災中心公共安全無線電通信系統及防救災電腦資訊系統的建立，已引起了各方的重視，台北市於2006年完成了災害應變中心的建置，近年來中國大陸很多城市亦在投資鉅款興建平安城市系統，系統除消防救災外，將所有對城市安全有關的設施都包括進去，如119及110有線電報案系統、無線電通信系統及網路報案系統、CCTV監視系統，以及保全公司的保全系統等等。

本文論述談不上有關無線電的高深理論，只是班門弄斧，將近代無線電整合（集成）的實用技術略作介紹，尚望能對從事無線電實際工作的工程人員引起對公共安全無線電通信系統或平安城市無線電系統研究發展的興趣，本文完稿時適值四川大地震發生，深切關懷災情之餘，益感公共安全無線電通信系統之重要，乃鼓足勇氣將此文發表，錯誤的地方，尚望專家學者不吝指正，謝謝。

ZETRON公共安全系統外觀。

ZETRON接待人員，左二朱君後來成了我的好朋友。

我與工程師李君於美國華盛頓州Redmond Zetron洽商後遊覽西雅圖，此圖中立者為Zetron接待人員。

第五節　智慧城市中之消防與防救災無線電通信系統概述

前言

智慧城市（Smart City）一辭係由IBM於2008年提出智慧地球而引伸為智慧城市，近年來電腦科技、網路科技、有線電、無線電科技、廣播、電視科技、閉路電視科技、道路交通號誌系統等迅速發展的結果，因而建立的一個信息化、現代化摩登都市，以求大幅改善市民生活環境，因為它涉及許多專業的設計與規畫，需要很多的專門人才，與較長的時間累積，現在筆者僅就其中幾個重要部分加以討論：

一、消防無線電及有線電通信

1. 無線電／有線電派遣控制中心的建立，通常依城市規模的人口區域劃分範圍大小，建立6-36個席位的操作控制台（Operation Console Position），從事24小時輪值，監視、派遣、指揮、控制消防車輛與消防人員。
2. 119報案電話接入派遣控制台。
3. GSM行動電話接入派遣控制台。
4. 利用無線電指揮消防車輛及人員，決定動員消防車輛數量及人員數量，以及責任區域。
5. 利用寬頻無線電數據，回傳火警現場語音報告及圖片。

二、消防無線電基地台（Radio Base Station）及轉播站（Repeater Station）的建立

1. 依都市範圍，分區建立數位化無線電基地台及轉播站，以期通信的

範圍能涵蓋全市，而無通信死角。

2. 消防分隊及消防車輛無線電通信設備適當配置，以達到動員迅速，分秒必爭的情況。
3. 在專用電線網路不及的地方，建立微波連路（Microwave Link）。

三、城市醫療無線電通信網路建置與消防通信網路接入

1. 城市各地區醫療機構配置位置的預先建立
2. 緊急門診醫療服務之通信聯絡

四、地理信息系統（Geographic Information System）簡稱GIS系統及GPS（Global Position System）的建立

1. GIS必須利用當地現有，或當地新建的地理信息系統。
2. GPS必須利用當地慣用的GPS系統。

五、世界上有很多公共安全通信系統（Public Safety Communication System）設備與系統製造商，茲就較著名的產品介紹如下

1. ZETRON 4000 SERIES無線電派遣控制系統
2. ZETRON DCS-5020 DIGITAL CONSOLE SYSTEM
3. MAX DISPATCH SYSTEM
4. ACOM ADVANCE COMMUNICATION SYSTEM
5. ZETRON M6/26 M-6300 FIRE ALERTING SYSTEM
6. ZETRON 6000 SERIES VOIP RADIO DISPATCH SYSTEM

這些產品功能繁多，在網路上都可以找到他們較詳細的資料，因時間關係，不再加以詳細敘述，但各個城市，可以按照消防所需規模

的大小，加以採用整合、構建，利用軟體設定各種所需功能，較自行發展省時、省力、省經費。

六、城市防救災通信系統

由於近年來各地氣候異常，所謂聖嬰現象時常發生，各地洪水、颱風、地震等災害不斷發生，使得城市防救災通信系統甚為重要。

1. 防救災通信中心的建立，各縣、市政府大都建立緊急災害防治中心（Emergency Operation Center），遇有災難發生，大都由縣、市長坐鎮指揮各種救援工作。
2. 前述消防及醫療通信系統，在防救災系統中甚為重要，當然要接入防救災系統。
3. 氣象、地震等資訊系統接入，隨時了解天然災害可能發生的機率與規模，決定市民停止上班上課或警戒。
4. 河川、水道、水庫資料接入，了解洪水流量與洩洪情形。
5. 地對空空勤直升機通信系統的建立，以作空中救援行動的指揮派遣與監督。
6. 防洪閘門的監控，土石流的監控設備系統建置（SCADA SENSOR SYSTEM）決定市民的疏散與遷置。
7. 業餘無線電防救災頻率的設置，以動員業餘無線電通信人員從事災害資訊的通報，因自然災害發生時，有線電、網路等公共通信系統往往中斷，業餘無線電人員本其服務社會的宗旨，協助通報災害情況，動員救災人力、物力，有很多想不到的對社會無形的貢獻。
8. 大型顯示系統（Large Screen Display System）簡稱LDS，設於防救災通信中心以顯示各種災害情況及地區，作為防救災決策之重要參考與資訊。
9. 衛星電話（Satellite Telephone System）的設置，以補上述各種通信系統的不足。

七、智慧型城市其他重要的系統

1. 良好的警察無線電通信系統
2. 優良的交通號誌系統
   a. 紅綠燈系統
   b. 公共汽車到站離站信息系統
   c. 地鐵出入口標誌系統
3. 閉路電視監控系統（Closed Television Monitor Control System）
4. 數位化無線電廣播系統與電視系統
5. 有線電網路系統及VOIP系統
6. 無線電網路系統WIMAX系統
7. 銀行金融機構之自助提款系統ATM
8. 戶政電腦資料庫系統
9. 供水、供電、供氣（僅用於寒帶氣候的城市）系統的完善建置，垃圾焚化、掩埋、回收科學化管理機制的建立。
10. 港口、海島城市船舶交通管理系統VTS （Vessel Traffic System）及船舶自動識別系統AIS（Automatic Identify System）建立尤為重要，像某些島嶼地方，漁船進出口資料庫及漁船自動識別系統的建立，有實際的需要及重要性，茲簡單敘述如下：

（1）船舶交通管理系統（VTS）將包括

a. 雷達系統（Radar System）用以24小時偵察12～20海浬內，30噸以上船舶，包括漁船的動態，雷達數量、天線尺寸、依地形及功能需求決定。

b. HF/VHF無線電通信系統及監控系統，與進出港口或進入12～20海浬內船舶通信聯絡用，或給予進出港口許可。

c. 船舶資料庫；包括船名、船籍、船員名冊等進出港資料。

d. 顯控系統（Command and Control System）；操作雷達系統之

軟體。

e. 閉路電視系統（CCTV）；監控港區及碼頭人員活動。

（2）船舶自動識別系統（AIS；Automatic Identify System）；對駛近12～20海浬內船舶包括30噸以上漁船，自動識別其船名、船向、船速、目的地、加強近海漁船之管理，並維護漁船海上作業安全。

八、智慧城市潛在的社會問題

1. 隨著通信科技的發展，智慧城市中，智慧犯罪問題日益增長，電話詐騙、網路詐騙日趨嚴重。
2. 勞資糾紛增多，示威、罷工，成了家常便飯
3. 智慧財產權的侵權行為不斷發生。
4. 智慧城市中，大型企業不斷發展，使財富集中，造成了貧富對立。
5. 智慧城市中，企業職工自主意識抬頭，敬業精神、忠誠操守衰退，阻礙企業的正常發展。

結論

1. 智慧城市之建立，所需設備系統項目繁多，難以一步建設完成，應逐步依需要建立。
2. 建構智慧城市，應謹慎評估，依人口增加集中情形，預留發展空間，但過與不及，都會發生設計浪費情形。
3. 智慧城市之設計，應注重市民生活習慣，避免反彈與阻力。
4. 本文僅就無線電通信專業，簡單的敘述了幾個較重要的項目在智慧城市中，基本上應建立的通信系統。現在是數位時代，無線電及有線電控制設備都利用電腦網路軟體來控制，但電腦設備故障率較高，又容易被駭客侵擾，最理想的方式應採用電子式無線電控制系

統與電腦軟體無線電控制系統並用，作為互相備援系統。

5. 如何解決智慧城市潛在的社會問題，應從教育制度與方針著手，教育的目的除傳授知識外，更應培養人民守法、守分、敦睦和諧的精神，所以優良的智慧城市，除注重以上各種物質的建設外，並更應注重人文的建設，以達到隨著科技發展生活環境改善優化與便捷、生活素質亦應提升、以達到敦親睦族，市民知理尚義的和諧社會，在經濟繁榮企業賺錢時，企業主應注重職工待遇與福利，但企業虧損時，職工應共體時艱，緊縮工資與福利，與企業共存亡，否則大廈既傾，那有完卵。
6. 其他重要的項目，僅其中一個項目即需用數千字敘述，本人因才疏學淺，僅提出了幾個較熟悉的通信專業項目及智慧城市潛在的社會問題加以討論，因時間關係，錯誤的地方在所難免，尚請各位多多指教。

第六節　中文電報及中文電腦的發展歷史

現在無論是在中國大陸或是台灣，中文電腦的使用都非常方便快捷，回顧它的發展，則是經過了無數曲折，從事中文電腦研究的人更是付出了很多心血和金錢，才有今日的成就，誠所謂前人種樹，後人乘涼，現在我們除應對那些成功的中文電腦發明人，心存感謝外，更應對那些默默從事研究投入了很多時間金錢而功敗垂成的人，表示崇敬，談到中文電腦，其實應追朔到中文電報的發展和中文電傳打字的發展。

中文電報的發展歷史

我國文字係象形文字，依形成字，以意喻字，如『沙』，喻雨水少的意思，這種文字是字型優美，有如圖形繪畫，所以中文書法成了一種藝術，這在全世界文字中是絕無僅有現象，但其缺點則是書寫速度較慢，不易作機械化處理，為了解決此項缺點，前人已作了很多努力，試圖改善，如篆、隸、楷、草的發展，就是為了追求速度簡化筆劃而來的，即使中國大陸所提倡現在流行的簡體字，也是順應此一潮流而來，我們談了許多中國文字的發展，現在應該回歸正題，討論中文電報發展的歷史了，當十九世紀初，清朝末年，中國首先學習西方的科技，厥為鐵路、電報、郵政，就以電報來說，當時研究中文電報的人曾經花了很多心血而得不到解決，因為中國文字沒有字母，如何利用電報傳輸很成問題，幸當時的北洋大臣李鴻章（1823年～1901年），命令一群謀士，編撰了『四碼電碼』，才使得中國文字作電報傳輸成為可能，這一種四碼電報一直在中國通用了一百多年，直到現在有的地方尚在使用，同時有的外國領事館，為了辨識中國人的姓名，仍要求申請簽證的中國人，利用四碼電碼加註其姓名，可見四碼電碼使用範圍之廣，四碼電報有很多缺點，譯電費時費力，字數不全，是它致命的缺點，一百多年來有很多人想試著去改善，就是沒有成功，可見中國文字傳輸的困難，其中較著名的改革者有魏榕、冀家琳、溫興，魏榕先生首先提出了利用字根位符傳輸中文電報的方法，由冀家琳與溫興試驗成功，這是1947～1948年的事，當時因為國內戰爭頻仍，沒有安定的環境和經費從事推廣與普及，仍不幸未能商業化而功敗垂成。

中文打字機及中文電傳打字機的發展歷史

中文打字機在公元1945～1980年間甚為流行，它是利用部首檢字的方法，一分鐘可打5～10個字，速度很慢，在第二次世界大戰末期，軍用電傳打字機興起，一直到1970年代，商用的TELEX在電傳（FAX）發明前，發展到鼎盛時期，但中文電傳打字機則在此時期缺席，蓋中文機械化問題，始終無法突破，中國人從事這一方面研究的人，首推林語堂先生（1895年～1976年），老一輩的人，大家都知道林語堂先生不但是我國的文學大師，而且是英語大師，記得幼年時期，林語堂先生的英文初、高中教科書，流行了整個中國大陸及1948年以後的台灣全省，但對林語堂先生從事中文打字機研究的事，較少人知，林語堂先生利用上下型檢字的方法，試圖解決中文打字的問題，並製作了一部原型機，花費了很多時間和金錢，默默耕耘值得敬佩。

冀家琳於1955年交通月刊第7卷第3期及1974年台灣經濟日報（1974年8月6日）發表的中文電傳打字機之研究發明，利用33個字根，10個位符，如同英文電傳打字機的方法，電傳中文電報，並在高雄製作一部原型機，後來由於經費困難，而功敗垂成。而中文電傳打字機則在這一發展階段上缺席，很多中文電傳仍不得不用四碼電報譯電的方式解決，後來傳真的發明與普遍，電傳打字TELEX亦就隨者時代的進步而淘汰。

中文電腦的歷史發展

1960年代電子計算機在美國開始流行，初期的電子計算機不但體積龐大，而且運算及記憶能量亦十分有限，記得1968年，筆者在淡江大學初修電子計算機學分時，所讀的教材都是IBM的說明書，很多新的電腦名詞，讀起來猶如讀天書一樣的困難，但基本上領悟到，由於電字計算機的發明，使中文機械化及電子化成為可能，隨又開始了中文電腦的研究，當時在台灣研究中文電腦的機構與個人有：

1. 中央研究院劉兆寧教授
2. 國立台灣大學電機研究所江德曜教授所領導之研究小組
3. 國立交通大學謝清俊教授所領導之研究小組
4. 台灣銀行總經理應昌期先生，所領導發展出來的應氏注音符號輸入法，亦可謂中文電腦發展的先驅
5. 冀家琳個人所從事的字根、位符中文電腦輸入法，在台灣國家科學

研究發展委員會於1972年3月6日發表專題演講，與會者除前述四個機構外，尚有中山科學研究院亦派有代表宋玉教授參加，當時由於係以個人名義提出研究計畫，雖然與會者皆認為可行性甚高，但無法得到國科會的任何補助，最後只好以原有的講稿及研究綱要，向中央標準局申請專利，於1974年7月11日獲得十五年專利，在當時以純理論及方法，無實品情形下而能獲得十五年專利，亦不得不感謝眾多評審委員的肯定（今日世界1975年1月號第527期）（參考消息1975年1月18日第5865期），均有詳細的報導，可惜因當時時運不佳，經營的公司被巨額倒債，無力繼續負擔研究發展經費，而陷入困境，外在的因素，當時台灣嚴格禁止使用簡字體，如果當時能了解到用簡字體轉換繁體字的機制就好了，不久交通大學體系下朱邦智先生的倉頡中文電腦輸入法問世，在配合個人電腦大力推廣下，日漸流行，即使是最初的中文電腦發明者，擁有十五年專利，亦再無用武之地。

應昌期先生所提倡的注音符號中文電腦輸入法，在初期亦遭到了許多困難，問題就是中國文字同音異義的字太多，一下子不知道如何解決，後來不知道誰想出來的第二次選字的方法才告解決，而逐漸流行。

近幾年內，在台灣中文電腦的輸入方法真是百家齊鳴，多得不勝數，較著名的尚有無蝦米、電信碼、簡易輸入法等等。

在美國1960年代較著名的中文電腦輸入法，尚有高仲芹先生的中文照像檢字輸入法，曾做成樣品機，銷售於台灣空軍，惜因體積龐大，操作不便而未能流行。

1980年代旅美學人葉晨暉博士發明以點矩陣方式中文電腦輸入鍵盤，首先獲得日本京都大學石田晴久教授採購試用，但後來未聞有突破性的發展。

筆者於1985年初訪大陸，曾拜訪北京電子計算機學院，當時王永民先生的五筆字型輸入法已在大陸開始流行，其它在大陸目前流行的中文電腦輸入法應為羅馬拼音輸入法，筆者孤陋寡聞，願就教於名家。

結論

根據筆者了解，最近數十年來，海峽兩岸及美國等海外地區，從事中文電腦研究的人，絕不只本文所提到的這些名家，藉著本文的發表，希望能收到更多這一方面的資訊，我們除應對那些發展成功的人表示尊敬與祝福外，而對那些對中文電腦的研究投注了心力而未發展成功的人，更應表示感謝，他們使後繼者得到不少的啟示和靈感，任何研究發明不是一蹴而成，它需要不斷的改進與發展，而止於至善。二十世紀剛過，筆者認為有義務將這一時段內，對人類某一重大項目的發展作成紀錄，以緬懷前代人物的奮鬥精神，並策勵後世青年，倉促成文，掛一漏萬在所難免，尚望專家學者不吝賜教。

註：

1. 本文曾刊登於中國無線電技術季刊41：3期，並經國立編譯館及中央研究院數位文化中心，列入數位典藏與數位學習聯合目錄4827093/4840624，評選為五星級期刊論文。

第九章
附錄

中國無線電協進會海峽兩岸無線電技術交流研討會年譜

一、第一次研討會於1994年11月19日舉行

1. 地點：台北市和平東路國立師範大學綜合大樓演講廳
2. 主辦單位：中國無線電協進會、無線電雜誌社（協辦單位）
3. 研討主題：衛星通信與廣播電視
4. 主持人：張啟泰先生，中國無線電協進會常務理事
5. 台灣方面出席人員：
  （1）中國無線電協進會理監事等20餘人
  （2）各大專院校電機、電子及資訊工程學系教授、學生等170餘人
6. 大陸方面出席人員：
  （1）哈爾濱工業大學航天學院院長張乃通教授
  （2）南京東南大學林福華教授
  （3）中國人民廣播電臺技術部主任周海嬰先生

註：為了遵從個人隱私權，對參加中國無線電協進會、兩岸無線電技術交流研討會歷屆台灣方面出席人員的職稱姓名，除主辦人員外皆未列入，但這些專家學者是兩岸無線電學術交流的無名英雄，值得崇敬。如這些專家學者願將其姓名列入本書時，將由中國無線電協進會收集資料，於再版時刊出。

二、1995年10月26日～27日第二次海峽兩岸無線電技術交流研討會仍在台北市和平東路國立師範大學綜合大樓演講廳舉行

1. 主辦單位：（1）中國無線電協進會、（2）無線電雜誌社（協辦單位）
2. 研討主題：廣播電視新技術
3. 主持人：張敀泰先生，中國無線電協進會常務理事
4. 台灣方面出席人員：

（1）中國無線電協進會理監事等20餘人

（2）各大專院校電機、電子及資訊工程學系教授、學生等160餘人

5. 大陸方面出席人員：

（1）哈爾濱工業大學通信研究所所長賈世樓教授、張兆中教授

（2）南京東南大學無線電系謝嘉奎教授、吳樂南教授

6. 發表論文數：

（1）台灣方面：無

（2）大陸方面：無

三、1996年11月14日第三次海峽兩岸無線電技術交流研討會在台北市和平東路國立師範大學綜合大樓演講廳舉行

1. 主辦單位：
   （1）中國無線電協進會
   （2）無線電雜誌社（協辦單位）
2. 研討主題：數位廣播電視與通信
3. 主持人：張啟泰先生，中國無線電協進會常務理事
4. 台灣方面出席人員：
   （1）中國無線電協進會理監事等20餘人
   （2）國立中山大學等各大專院校電機、電子及資訊工程學系教授、學生等230餘人
5. 大陸方面出席人員：
   （1）中央人民廣播電台總工程師孫道迎先生
   （2）國家廣播電台總工程師于紀愷先生
   （3）中國空間技術研究院508所所長陳世平先生
   （4）大陸留英學者英國SURRY大學小衛星專家孫煒博士
   （5）上海交通大學宋文濤教授、陳健教授、唐隸芳教授
6. 發表論文數：
   （1）台灣方面：無
   （2）大陸方面：無

四、1997年11月27日～28日第四次海峽兩岸無線電技術交流研討會仍在台北市和平東路國立師範大學綜合大樓演講廳舉行

1. 主辦單位：

（1）中國無線電協進會

（2）無線電雜誌社（協辦單位）

2. 研討主題：二十一世紀海峽兩岸無線電科技之發展

3. 主持人：張啟泰先生，中國無線電協進會常務理事

4. 台灣方面出席人員：

（1）中國無線電協進會理監事等20餘人

（2）大同公司多媒體通信處處長潘XX博士

（3）美籍華人衛星接收天線專家鍾XX博士

（4）中山科學研究院陳XX博士

（5）中華電信研究所葉XX博士

（6）康華科技產品部經理劉XX先生

5. 大陸方面出席人員：

（1）上海交通大學工學院宋文濤教授、王豪行教授、羅漢文教授

（2）北京清華大學楊知行教授

（3）武漢大學電力工程系解廣潤教授、陳慈萱教授（夫婦二人係半導體少長針消雷器發明人）

6. 發表論文數：

（1）台灣方面：無

（2）大陸方面：無

五、1998年10月12日～13日第五次海峽兩岸無線電技術交流研討會在南京東南大學會議廳舉行

1. 主辦單位：
   （1）南京東南大學
   （2）台北中國無線電協進會
2. 研討主題：無線電通信技術之發展應用、移動通信（CDMA）系統發展前景
3. 主持人：
   （1）顏冠群院士，南京東南大學校長
   （2）張啟泰先生，台北中國無線電協進會理事長
4. 大陸方面出席人員：
   （1）南京東南大學無線電工程系尤肖虎教授、林福華教授、孫文治教授、洪偉教授（博導）、沈蓮豐教授及學生等50餘人
   （2）江蘇省郵電管理局無線電工程人員
   （3）江蘇省人民廣播電台工程人員
5. 台灣方面出席人員：
   （1）中國無線電協進會理監事等20餘人、許XX博士、鐘XX博士
6. 發表論文數：
   （1）大陸方面28篇
   （2）台灣方面4篇
7. 旅遊與參觀：會議後參觀中山陵

與遠親王君參觀南京中山陵。

中山陵大門上書民族、民生、民權。

無題！這一幅碑帖可能是在西安拍攝。

誇張吧！此圖是南京前國民政府總統府蔣總統的辦公桌，我竟在那裏拍了一張照片。

六、1998年10月15日～16日第六次海峽兩岸無線電技術交流研討會在北京清華大學舉行

1. 主辦單位：
（1）北京清華大學
（2）台北中國無線電協進會
2. 研討主題：行動電話發展現況與前景、數位電視發展趨勢與技術簡介
3. 主持人：
（1）董在望教授，北京清華大學信息科學技術學院副院長
（2）張啟泰先生，台北中國無線電協進會理事長
4. 大陸方面出席人員：
（1）北京清華大學李衍達教授，信息技術學院院長，中國科學院院士
（2）北京清華大學電子工程系章毓晉教授（博導）、龔克教授（系主任）、李艷和副教授（系副主任）、其他學生等40餘人
（3）朱三保先生，信息產業部無線電管理局副局長
（4）來國杜先生，中國電子學會，通信分會會長
（5）郭斌教授，北京廣播學院副院長兼電子工程系主任
5. 台灣方面出席人員：
（1）中國無線電協進會理監事等20餘人
（2）潘XX博士，大同公司多媒體設計處處長
（3）李文益先生，中央廣播電台工程部經理
（4）鍾XX博士，美籍華人，衛星接收天線專家
（5）洪XX女士，中國無線電協進會顧問
6. 發表論文數：
（1）大陸方面8篇
（2）台灣方面7篇

7. 接待與觀光：

（1）參觀北京清華大學校區

（2）接待北京樓外樓初嚐北京烤鴨盛筵

1998年海峽兩岸無線電技術研討會中國無線電協進會代表團在北京清華大學校門前合影。

七、1998年11月18日～19日第七次海峽兩岸無線電技術交流研討會在哈爾濱工業大學航天學院會議廳舉行

1. 主辦單位：

（1）哈爾濱工業大學

（2）台北中國無線電協進會

2. 研討主題：邁向21世紀的通信廣播與電視

3. 主持人：

（1）楊士勤教授，哈爾濱工業大學校長

（2）張啟泰先生，台北中國無線電協進會理事長

4. 大陸方面出席人員：

（1）哈爾濱工業大學航天學院院長賈世樓教授、副校長張兆中教授

（2）哈爾濱工業大學通信技術研究所所長張兆中教授、孫國濱教授、李贊教授、巴勇教授、徐玉濱教授、顧學通教授，其他學生及無線電工程人員等40餘人

（3）王強先生，黑龍江省電子工業廳廳長

5. 台灣方面出席人員：

中國無線電協進會理監事等20餘人

6. 發表論文數：

（1）大陸方面9篇

（2）台灣方面8篇

7. 會後參觀旅遊：

（1）參觀哈爾濱工業大學航天學院及其實驗室

（2）參觀哈爾濱電視台、有線電視台及電視塔

（3）參觀鴨綠江結冰捕魚情形

（4）參觀哈爾濱地下街晚上10時尚有太陽

1998年參加海峽兩岸無線電技術研究會後，中國無線電協進會代表團在哈爾濱工業大學電子與信息工程學院外攝影留念。

在此次海峽兩岸無線電技術交流研討會中，哈爾濱工業大學校長楊士勤教授委託中國無線電協進會理事長張啟泰先生，轉呈該校校標「銅鑄老鷹」給該校傑出校友前行政院院長孫運璿先生。

八、1999年10月25日～26日第八次海峽兩岸無線電技術交流研討會在上海市華山路1954號上海交通大學舉行

1. 主辦單位：
（1）上海交通大學
（2）台北中國無線電協進會
2. 研討主題：迎接21世紀多媒體數位廣播與通信
3. 主持人：
（1）張聖坤先生，上海交通大學副校長
（2）張啟泰先生，台北中國無線電協進會理事長
4. 大陸方面出席人員：
（1）上海交通大學通信與信息系諸鴻文教授、陳健教授（博導）、余松煜教授、羅漢文教授、港澳台辦公室黃新昌先生、姚奕先生及其他學生及有關電子、信息、無線電工程人員40餘人
（2）南京東南大學無線電工程系林福華教授
（3）上海通信學會理事長張維華先生
（4）南京郵電學院工程系主任鄭寶玉教授
（5）華為技術有限公司上海研究所蔣漢泉先生、趙明先生、李少明先生（深圳無線總体部技術專家）
5. 台灣方面出席人員：
（1）中國無線電協進會理監事等16餘人
（2）元智大學電機系趙XX博士、楊XX博士、李X博士
（3）台民通信股份有限公司李XX工程師
6. 發表論文數：
（1）大陸方面75篇
（2）台灣方面6篇

7. 會後參觀旅遊：

（1）參觀上海交通大學

（2）參觀上海東方明珠電視塔

（3）參觀外灘公園

1999年上海交通大學會議場外標語「科學技術是第一生產力」誠哉斯言。

1999年參加上海交通大學兩岸無線電技術研討會中國無線電協進會代表團。

九、2000年9月9日～11日第九次海峽兩岸無線電技術交流研討會在安徽省合肥市東怡大飯店舉行

1. 主辦單位：

（1）合肥中國科技大學

（2）台北中國無線電協進會

2. 研討主題：21世紀海峽兩岸無線電技術發展

3. 主持人：

（1）朱近康教授，合肥中國科技大學教授

（2）張啟泰先生，台北中國無線電協進會理事長

4. 大陸方面出席人員：

（1）合肥中國科技大學周武暘博士、朱近康教授及有關無線電等學系學生40餘人

（2）哈爾濱工業大學張乃通教授張中兆教授

（3）周紅，深圳華為公司

（4）北京北方交通大學楊湧青博士、金曉軍博士

（5）北京工業大學張延榮博士、沈蘭蓀教授、段古雲教授

5. 台灣方面出席人員：

（1）中國無線電協進會理監事等20餘人

（2）元智大學趙XX教授、楊XX教授

（3）台灣英富科技公司魏XX執行長及其他學者專家，許XX博士、潘XX博士

6. 發表論文數：

（1）大陸方面8篇

（2）台灣方面6篇

7. 會後參觀旅遊：

十、2001年9月20日第十次海峽兩岸無線電技術交流研討會在四川省成都市金牛賓館俱樂部禮堂盛大舉行

1. 主辦單位：

（1）成都中國電子科技大學

（2）四川省電子學會

（3）四川省通信學會

（4）台北中國無線電協進會

（5）元智大學

（6）大同大學

（7）IEEE廣州技術學會台北分會

2. 研討主題：迎接21世紀無線電通信與廣播電視新技術之挑戰

3. 主持人：

（1）成都中國電子科技大學校長鄒壽斌先生、執行主持人李少謙教授

（2）張啟泰先生，台北中國無線電協進會理事長

4. 大陸方面出席人員：

（1）四川省領導

（2）成都中國電子科技大學龔耀寰教授、范平志教授、李仲令教授及有關電子、通信、信息等工程人員及學生等50餘人

（3）合肥中國電子科技大學朱近康教授

（4）北京郵電大學張平教授

（5）南京東南大學移動通信國家重點實驗室沈蓮豐教授

（6）哈爾濱工業大學通信技術研究所張乃通教授

（7）重慶通信學院岳光榮教授

（8）上海交通大學王豪行教授

（9）西南交通大學移動通信研究所劉林教授

（10）北京清華大學微波與數字通信國家實驗室張仲倍教授

（11）四川省廣播電影電視局科技委員王蔭典先生

（12）中國電子協會通信分會秘書長鄭祖輝先生

（13）西安衛星測控中心主任上官世盤先生

（14）四川聯合通信公司經理陸斌先生

（15）成都前鋒股份有限公司技術經理王兵先生

5. 台灣方面出席人員：

（1）中國無線電協進會理監事等20餘人

（2）交通部電信總局副局長吳XX先生

（3）台灣大學電機工程系教授吳XX博士、電信工程研究所李XX教授

（4）元智大學電機系李X博士、馮XX博士（工學院院長）、趙XX教授、陳XX教授（電機工程系主任）、楊XX教授

（5）台灣科技大學電機資訊學院院長陳XX教授

（6）台灣勤益技術學院電子工程系曾XX教授

（7）美國SATCOM科技公司董事長鐘XX先生

（8）美國WIESE LABS科技公司總經理許XX博士

（9）台灣交通大學電機工程系副主任唐XX教授

（10）台灣大同大學電機系黃XX教授、許XX教授、張XX教授

（11）台灣財團法人中央廣播電台工程部經理李文益先生

6. 發表論文數：

（1）大陸方面47篇（許多篇涉及行動電話）

（2）台灣方面20篇（為海峽兩岸無線電技術交流研討會，台灣發表最多的論文數）

7. 會後參觀旅遊：

（1）麗江古城

十一、2002年9月1日第十一次海峽兩岸無線電技術交流研討會在北京市海淀區西土城路10號北京郵電大學科技大廈四樓多功能會議廳舉行

1. 主辦單位：
 （1）北京郵電大學
 （2）台北中國無線電協進會
2. 研討主題：21世紀海峽兩岸無線電通信與多媒體數位廣播發展趨勢
3. 主持人：
 （1）北京郵電大學校長林金桐先生
 （2）張啟泰先生，台北中國無線電協進會理事長
 （3）大會執行主席，北京郵電大學張平教授
4. 大陸方面出席人員：
 （1）北京郵電大學張平教授、焦秉立教授、魯艷玲教授、王文博教授、雷鳴教授、吳偉凌教授、肖建華教授、孟德香博士、王瑩教授、田輝教授、李朝陽教授、呂笙陽教授，等12人及信息工程學院與無線電新技術研究室工程人員及學生等40餘人
 （2）北京大學電子系焦秉立先生
 （3）北京清華大學電子工程系鐘曉峰教授、劉鐵峰教授
 （4）北方交通大學李承恕教授
 （5）合肥中國科技大學朱近康教授
 （6）中國電子科技大學抗干擾通信技術國家重點實驗室李少謙教授、岳光榮教授
 （7）信息產業部傳輸所所長曹淑敏女士
 （8）華為技術有限公司汪濤先生
5. 台灣方面出席人員：
 （1）中國無線電協進會理監事等20餘人

（2）元智大學陳XX教授（工學院院長）、趙XX教授、楊XX教授、李X教授

（3）台灣工業技術研究院陳XX博士

（4）TMR TECHNOLOGIES公司總裁潘XX博士

6. 發表論文數：

（1）大陸方面41篇

（2）台灣方面9篇

7. 會後參觀旅遊：無

十二、2003年12月22日第十二次海峽兩岸無線電技術交流研討會在台北市中山北路三段44號大同大學尚志教育紀念館舉行

1. 主辦單位：

（1）台北中國無線電協進會

（2）大同大學

（3）元智大學

（4）IEEE廣州技術學會台北分會

2. 研討主題：兩岸無線電通信科技之發展前景與無線電產品認證探討

3. 主持人：

（1）賈XX博士，交通部參事

（2）黃XX先生，大同大學副校長

4. 台灣方面出席人員：

（1）中國無線電協進會理事長張啟泰先生及理監事等20餘人

（2）許XX博士，大同大學電機系暨通訊研究所教授

（3）潘XX博士，大同大學多媒體通信處處長

（4）趙XX博士、元智大學通信工程系教授

（5）陳XX博士，世界通全球驗證股份有限公司總經理

5. 大陸方面出席人員：

（1）雲南省通信管理局局長向劍先生、網路管理處副處長曠昆萍先生

（2）哈爾濱工業大學顧學通教授

（3）黑龍江省無線電管理局站長鮑勝川先生

（4）中國聯通通信公司副總裁李正茂先生

6. 發表論文數：

（1）台灣方面4篇

（2）大陸方面5篇

十三、2005年6月7日第十三次海峽兩岸無線電技術交流研討會在福建省福州市舉行，事實上這次研討會是第四屆海峽兩岸科技與經濟論壇的分論壇

1. 主辦單位：

（1）福建省通信學會

（2）福建省計算機學會

（3）福建省互聯網協會

（4）福建省電子學會

（5）福建省無線電管理協會

（6）台北中國無線電協進會

（7）中華青年交流協會

（8）元智大學

（9）大同大學

（10）無線電界雜誌社

2. 研討主題：網路多媒體技術

3. 主持人：

（1）福建省通信學會理事長陳榮民先生

（2）台北無線電協進會理事長李明威先生

4. 大陸方面出席人員：

（1）福州大學信息與工程系陳新教授、徐加輪教授、蘇凱雄教授、林柏鋼教授、嚴宣輝教授

（2）福建師範大學軟件學院蔡聲鎮教授、葉阿勇教授

（3）廈門大學計算機系柯渝教授、肖旻教授、鄭旭琴教授

（4）上海同濟大學電信學院劉富強教授

（5）北京交通大學光波技術研究所簡水生教授

（6）上海交通大學電子工程系鄭世寶教授

（7）南京東南大學無線電工程系張錫昌教授

（8）中國傳媒大學信息工程學院李棟教授、呂銳教授

（9）華為技術有限公司鞠德鋼先生

（10）哈爾濱工業大學航天學院李金宗教授

5. 台灣方面出席人員：

（1）中國無線電協進會榮譽理事長張啟泰先生及理監事20餘人

（2）元智大學楊XX教授、彭XX教授、王XX副教授

（3）台北科技大學黃XX教授、陳XX教授、張XX先生

（4）大同大學資訊工程系葉XX先生、黃XX先生

（5）世界通全球驗證股份有限公司總經理陳XX博士

6. 發表論文數：

（1）大陸方面50篇

（2）台灣方面10篇

註：這次雙方論文每篇都很精彩

會後參觀旅遊：

十四、2005年5月6日第十四次海峽兩岸無線電技術交流研討會在北京中國傳媒大學國際交流中心舉行

1. 主辦單位：
   （1）北京傳媒大學
   （2）台北中國無線電協進會
2. 研討主題：21世紀廣播電視技術多媒體發展趨勢
3. 主持人：
   （1）北京傳媒大學校長劉繼男教授
   （2）台北中國無線電協進會理事長李明威先生
   （3）大會執行主持人，北京傳媒大學李晴教授
4. 大陸方面出席人員：
   （1）中國傳媒大學李鑒增教授、李棟教授、呂銳教授、逯貴楨教授、以及其他學者專家等50餘人
   （2）北京清華大學徐淑正教授
   （3）北京郵電大學紀越峰教授、楊成教授
   （4）廣播科學研究院李薰春教授、高鵬教授
   （5）國家廣播電台總工程師于紀愷先生
   （6）北京中天廣電通信技術公司張沛軍先生
   （7）NDS信息技術有限公司劉奔先生
5. 台灣方面出席人員：
   （1）中國無線電協進會理事長李明威先生、榮譽理事長張啟泰先生、及理監事等20餘人
   （2）元智大學彭XX教授、陳XX教授、趙XX教授、李X教授
   （3）大同大學Mr. S.C. Hung、Mr. J.C. Liu
   （4）國立中山大學江XX教授
   （5）台灣科技大學黃XX教授

（6）台灣藝術大學葉XX教授

（7）台灣大哥大系統設計處工程師張XX先生

6. 發表論文數：

（1）大陸方面22篇

（2）台灣方面10篇

7. 會後參觀旅遊：

在人民大會壇晚筵，參觀福建庭、西藏庭、台灣庭

2006年9月9日~14日在湖南長沙高新產業開發區參加海兩岸無線電技術研討會後，中國無線電協進會代表團參觀了嶽麓書院，在該書院門前大家合影留念。

十五、2006年9月9日～14日第十五次海峽兩岸無線電技術交流研討會在湖南省長沙市高新技術產業開發區舉行

1. 主辦單位：

（1）湖南省電子協會

（2）台北中國無線電協進會

承辦單位：長沙高新技術產業開發區

2. 研討主題：

3. 主持人：

（1）湖南省電子協會理事長

（2）李明威先生，台北中國無線電協進會理事長

4. 大陸方面出席人員：

（1）湖南省電信有限公司彭宇航先生、廖國偉先生、蔣云輝先生、蔣紅豔女士、謝良平先生

（2）湖南大學計算機與通信學院王春華教授、梁浩教授、黎福海教授

（3）長沙通信職業技術學院雷超陽教授、劉年華教授、宋燕輝教授、蔡衛紅教授

（4）重慶郵電學院張曉明教授

（5）湖南郵電規劃設計院蔣招金先生

5. 台灣方面出席人員：

（1）中國無線電協進會理監事等16人

（2）元智大學趙XX教授、蔡XX教授、陳XX教授、楊XX教授、陳XX教授、陳XX教授、周XX教授、李XX教授、施XX教授、黃XX教授、李XX先生、鍾XX先生、陳XX先生

（3）國立台灣科技大學黃XX教授、張XX先生

（4）花蓮東華大學資訊工程系張XX教授、邱XX先生、羅XX先生

6. 發表論文數：

（1）大陸方面19篇

（2）台灣方面17篇

7. 會後參觀旅遊：

湖南張家界天門山。

十六、2012年12月18日～23日第十六次海峽兩岸無線電技術交流研討會在台北中國無線電協進會舉行

1. 主辦單位：

台北中國無線電協進會

2. 研討主題：

（1）無線電頻率干擾問題在NCC舉行

（2）航空無線電通信在桃園北部飛航服務園區舉行

3. 主持人：

（1）台北中國無線電協進會理事長許超雲博士

（2）北京中國無線電協會常務副理事長朱三保先生

4. 大陸方面出席人員：

（1）中國無線電協會常務副理事長朱三保先生、劉九一女士、周鴻順先生、李海清先生、王曉芳女士、易龍先生、萬美真女士，等7人

（2）海峽兩岸通信交流協會常務理事長宋瑞秋女士

（3）國家廣播電影電視總局無線電台管理局李建設先生

（4）中國電信集團公司技術部處長王作強先生

（5）中國聯合網路集團有限公司技術部副總經理劉曉甲先生

（6）中國交通通信信息中心通信導航管理處處長王智先生

5. 台灣方面出席人員：

中國無線電協進會理事長許超雲博士、顧問鄧XX先生、理監事溫XX先生、陳XX先生、冀家琳先生、陳XX先生、李文益先生、葉XX先生、榮譽理事長李明威先生

6. 會後參觀活動：

（1）2012年12月18日參觀國家通訊傳播委員會電波監測單位，由中國無線電協進會接待午餐

（2）2022年12月19日參觀中華電信股份有限公司衛星站、海岸電臺，參觀中央廣播電臺，並由中華電信接待午餐

（3）2012年12月20日參觀桃園北部飛航服務園區，並由基復有限公司接待午餐，下午參訪工業技術研究院，並由中國無線電協進會榮譽理事長設宴款待貴賓

（4）2012年12月21日參觀台南勝利之聲廣播公司

（5）2012年12月22日參觀故宮博物院、士林官邸、信義商圈、101大樓

（6）2012年12月23日專車送往桃園國際機場搭機離台

中國無線電協會（北京）暨中國無線電協進會（台灣）訪問團參觀CAA/ANWS北部飛航服務園區合影紀念　2012.12.20

十七、2014年5月8日～11日第十七次海峽兩岸無線電技術交流研討會在廈門與福州兩地舉行

1. 主辦單位：

（1）廈門無線電管理局

（2）福州無線電管理委員會

（3）台北中國無線電協進會

2. 研討主題：

（1）兩岸之間無線電干擾問題

（2）海上無線電通信安全，兩岸緊急救難頻道作業方式與機制

（3）敲定本年7月24日海峽兩岸武夷山交流活動

3. 主持人：

（1）吳勁松先生，廈門無線電管理局局長（2014年5月8日）

（2）盧曾榮先生，福建省無線電管理委員會主任委員

（3）張啟泰先生，台北中國無線電協進會榮譽理事長

4. 大陸方面出席人員：

（1）廈門交流會時出席人員；廈門無線電管理局吳勁松局長、林英明處長、林思德站長

（2）福州交流會時出席人員；福州無線電管理委員會主任委員盧曾榮先生、呂忠賢副主任委員、王安秘書長、肖經思副祕書長

5. 台灣方面出席人員：

中國無線電協進會榮譽理事長張啟泰先生、副理事長李文益先生及理監事等16餘人

6. 發表論文數：

（1）大陸方面篇

（2）台灣方面篇

7. 會後參觀旅遊：

十八、2014年6月15日～16日第十八次海峽兩岸無線電技術交流研討會在廈門舉行

1. 主辦單位：

（1）福建省科學技術協會

（2）台北中國無線電協進會

2. 研討主題：科技惠民與兩岸互動發展

3. 主持人：

（1）福建省科辦閩台科技交流中心主任高文仲先生

（2）台北中國無線電協進會理事長許超雲博士

事實上，本次會議為海峽兩岸科技專家論壇第六次海峽論壇，兩岸參加者約1000餘人，分為六個分會場

4. 大陸方面出席人員：

（1）福建省科辦閩台交流中心主任高文仲先生、楊金拔副主任等數十人

（2）福建省無線電管理協會會長呂中賢先生等數十人

5. 台灣方面出席人員：

中國無線電協進會理事長許超雲博士，副理事長黃華榮先生、李文益先生、秘書長羅XX先生等16人

6. 發表論文數：

（1）大陸方面　篇

（2）台灣方面　篇

7. 會後參觀旅遊：

十九、2014年7月24日第十九次海峽兩岸無線電技術交流研討會在廈門市寶發幸福酒店舉行

1. 主辦單位：

（1）福建省無線電管理委員會

（2）台北中國無線電協進會

2. 研討主題：海峽兩岸無線電頻率干擾問題

3. 主持人：

（1）盧增榮先生，福建省無線電管理委員會主任委員

（2）許超雲博士，台北中國無線電協進會理事長

4. 大陸方面出席人員：

（1）福建省無線電管理委員會主任委員盧增榮先生、副主任呂忠賢先生、秘書長王安先生、副祕書長肖經思先生

（2）廈門無線電管理局局長吳勁松先生、林英明處長、等20餘人

（3）福建省無線電監測站陳志宇站長、直屬武夷山分站盧劍峰副站長

（4）貴賓北京中國無線電協會理事長劉岩先生、副理事長朱三保先生、萬美貞女士

5. 台灣方面出席人員：

中國無線電協進會理事長許超雲博士、榮譽理事長張啟泰先生、顧問鄧添來先生等理監事20餘人

6. 發表論文數：

（1）大陸方面　篇

（2）台灣方面　篇

7. 會後參觀旅遊：中國無線電協會理事長隨同眷屬共30人，於2014年7月25日00：15搭乘廈門航空MF8081次班機，抵達武夷山，於次日開始了為時三天的武夷山旅遊。

二十、2014年9月10日第二十次海峽兩岸無線電技術交流研討會在福建省福州市四環北路62號梅峰賓館10樓會議廳舉行

1. 主辦單位：
（1）福建省通信協會
（2）台北中國無線電協進會
2. 研討主題：智慧城市論壇（本題目為福建省第十四屆科學年會的一部份）
3. 主持人：
（1）福建省通信管理局楊錦炎先生
（2）許超雲博士，台北中國無線電協進會理事長
（3）執行主持人朱斌教授（女士）、福建大學創新與發展研究中心主任（博士生導師）
4. 主講人：
（1）劉多女士，電信研究院副院長，題目：落實寬帶戰略，促進寬帶城市建設
（2）台灣大同大學智慧電信控制中心主任湯XX博士，主講智慧電網系統及雲端系統
5. 大陸方面出席人員：
（1）福建省信息產業廳廳長盧增榮先生
（2）福建省通信管理局局長楊錦炎先生
（3）福建大學創新與研究發展中心朱斌教授
（4）福建通信學會秘書長陸文華先生及會員40餘人
（5）新加坡新電子系統顧問有限公司首席顧問李林先生（駐深圳），主講智慧城市建設思略
6. 台灣方面出席人員：
（1）中國無線電協進會理事長許超雲博士、秘書長羅XX博士、理

監事冀家琳先生、會員許XX先生、李XX先生、冀國瑞先生、

（2）大同大學智慧電網控制中心主持人湯XX博士

7. 發表論文數：

（1）大陸方面篇

（2）台灣方面篇

8. 會後參觀旅遊：接待單位，福建省閩台交流中心

（1）參觀林則徐紀念館

（2）參觀林覺民故居

（3）參觀三坊七巷

（4）參觀紫藤書屋（冰心故居）

（5）參觀耕讀書院（嚴復故居）

（6）參觀天后宮、建寧會館

（7）參觀馬尾軍港

二十一、2016年6月15日第二十一次海峽兩岸無線電技術交流研討會在福建省福州市華林路11號西湖賓館國際會議中心舉行

1. 主辦單位：
（1）福建省通信協會
（2）福建省科學技術協會
（3）台北中國無線電協進會
2. 研討主題：互聯網+應用論壇
3. 主持人：
（1）福建省通信學會理事長陳榮民先生
（2）福建省科學技術協會副主席史賦先生
（3）許超雲博士，台北中國無線電協進會理事長
（4）執行主持人張麗娟女士，福建省通信管理局局長
4. 大陸方面出席人員：
（1）福建省通信學會理事長陳榮民先生、秘書長陳星耀先生、及其他成員40餘人
（2）福建省科學技術協會副主席史賦先生、閩台科技交換中心楊金拔主任、林玉火先生、林悅先生、林暉先生等
（3）一品威客創業投資有限公司總裁黃國華先生
（4）智業互聯（廈門）健康科技有限公司總經理侯浩天先生
（5）廈門美國網科技有限公司數據架構平台總監洪小軍先生
（6）福建富士康通信軟件有限公司副總裁呂少鵬先生
5. 台灣方面出席人員：
中國無線電協進會理事長許超雲博士、副理事長李文益先生、理監事劉XX先生、葉XX教授、呂XX先生、郭XX先生、許XX先生、顧問鄧XX先生等共15人

6. 發表論文數：

（1）大陸方面篇

（2）台灣方面篇

7. 會後參觀旅遊：

（1）2016年6月16日，福州市旅遊，參觀三坊七巷、參觀馬尾軍港

（2）2016年6月17日由副理事長李文益先生領隊作平潭之旅

（3）2016年6月18日參觀湄洲島媽祖廟

二十二、2017年5月9日～11日第二十二次海峽兩岸無線電技術交流研討會在台北市中山北路大同大學舉行

1. 主辦單位：

（1）台北中國無線電協進會

（2）福建省通信管理協會

2. 研討主題：2017年海峽兩岸無線電交流座談會與無線電頻率干擾問題

3. 主持人：

（1）台北中國無線電協進會理事長李文益先生

（2）福建省通信管理協會常務理事長吳勁松先生

4. 專案討論：

（1）緊急救難頻率使用管理

（2）航空與海事無線電頻率使用情形與防止干擾措施

5. 台灣方面出席人員：

（1）中國無線電協進會理事長李文益先生及理監事與顧問等13人

（2）遠傳電信及台灣大哥大電信業者5人

6. 大陸方面出席人員：

（1）福建省經濟信息化委員會副主任陳建業先生、調研員陳慧先生

（2）廈門市無線電管理局局長姚啟平先生、調研員吳勁松先生

（3）福建省無線電監測站站長陳志宇先生、武夷山分站副站長肖經思先生

7. 發表論文數：

（1）大陸方面篇：無

（2）台灣方面篇：無

8. 會後參觀旅遊：

（1）參訪基隆海岸電台

（2）參觀金門昇恆昌金湖廣場

二十三、2018年6月12日～15日第二十三次海峽兩岸無線電技術交流研討會在福建省福州市三明酒店舉行

1. 主辦單位：

（1）福建省無線電管理協會

（2）台北中國無線電協進會

2. 研討主題：海峽兩岸科技專家論壇分論壇，討論項目多為行動電話5G等研究發展情況

3. 主持人：

（1）北京中國無線電協會理事長劉岩先生

（2）李文益先生，台北中國無線電協進會理事長

4. 大陸方面出席人員：

（1）福建省無線電管理協會呂中賢會長、黃茂會秘書長、王安調研員等10餘人

（2）福建省通信協會秘書長陸文華先生等數十人

（3）國家無線電監測中心副總工程師黃標先生

5. 台灣方面出席人員：

中國無線電協進會理事長李文益先生、常務理事許超雲博士、顧問鄧XX先生等共16人

6. 發表論文數：

（1）大陸方面篇

（2）台灣方面篇

7. 會後參觀旅遊：

（1）莆田國家級高新技術園區

（2）福建省福聯集成電路有限公司

（3）福建華佳彩有限公司

二十四、2004年10月19日～11月25日第二十四次海峽兩岸無線電技術交流研討會在安徽省安徽大學舉行（補遺）

1. 主辦單位：
   （1）安徽省安徽大學
   （2）台北中國無線電協進會
   （3）元智大學
2. 研討主題：邀請美籍華人世界著名半導體學者中央研究院士，手機發明人之一，施敏院士主講，半導體及行動電話原理
3. 主持人：
   （1）安徽大學校長黃德寬先生
   （2）台北中國無線電協進會榮譽理事長張啟泰先生
4. 大陸方面出席人員：
   （1）大陸全國重點大學之教授與博士等350餘人
5. 台灣方面出席人員：
   （1）中國無線電協進會理事長李明威先生及理監事等20餘人
   （2）元智大學趙XX教授及其他教授等

海峽兩岸無線電技術交流研討會感想

中國無線電協進會由1994年至2018年，歷經四位理事長努力，與中國大陸各大專院校、無線電管理機構及學會，作了24次無線電學說與技術交流，收集了近400篇的技術論文，可謂成績斐然，盛況空前。而且交流的對象，大都是大陸著名的大學、無線電管理機構及無線電專業學會與公司，在台灣能與大陸這些著名的大學，如北大、清華、中國傳媒大學、北京郵電大學、南京東南大學、上海交大、哈爾濱工業大學、武漢大學、成都及合肥中國科技大學、福建大學、廈門大學等，作學術交流者，並不多。

在這二十幾年與大陸的無線電學術與技術交流中，雙方獲益良多，大陸這些名校培養出來的無線電專業人才，在航太科技、行動電話4G～5G、機器人、無人飛機、人工智慧（AI）等，各方面取得了驚人的成就，傲視世界。

沒想到二十一世紀無線電與電腦竟然是改變人類生活的一個時代，我們對中國大陸這些無線電專家學者，既敬佩，又恐懼。在交流過程中，只有看到他們學術技術突飛猛進，培養出大量優秀的無線電專業人才，譬如大陸的華為技術有限公司1999年與2002年曾參加海峽兩岸無線電技術交流研討會，但他們投入了巨額的研究經費與吸收了眾多的無線電科技人才，到了2012年即超過歐洲的愛立信，2018年超過了美國的蘋果公司，成為全球最大的電信製造商，它的移動通信產品銷售到世界170餘國，2019年竟引起美國政府的制裁，但他們的產業基礎雄厚，人才濟濟，市場對產品需求穩固，不為美國制裁所動，持續發展，而我們的無線電產業與技術則不斷流落與凋零，除半導體製造技術與外銷業績外，社會上很難找到真才實學的無線電專業人士，以後如何與他們作無線電技術交流，如何作無線電產業競爭或合作，我們能不警惕時不我與，不知不覺中走到弱勢的一方嗎？

國家圖書館出版品預行編目

浪臺經商旅遊隨筆 / 冀家琳著. -- 臺北市：獵海人, 2024.04

面； 公分

ISBN 978-626-98128-8-2(平裝)

863.55 113002731

浪臺經商旅遊隨筆

作　　者／冀家琳

出版策劃／獵海人

製作銷售／秀威資訊科技股份有限公司

114 台北市內湖區瑞光路76巷69號2樓

電話：+886-2-2796-3638

傳真：+886-2-2796-1377

網路訂購／秀威書店：https://store.showwe.tw

博客來網路書店：https://www.books.com.tw

三民網路書店：https://www.m.sanmin.com.tw

讀冊生活：https://www.taaze.tw

出版日期／2024年4月

定　　價／500元